新潮文庫

あの子とQ

万城目　学著

新潮社版

12030

あの子とQ 目次

装画・挿画　水沢石鹸

あの子とQ

第1章 おとずれ

目が覚めて、まぶたを持ち上げたら、そこに何かが浮かんでいた。絶叫とともに布団《ふとん》を撥《は》ねとばし、ベッドから飛び降りた。髪を振り乱し、濁音を多く含んだ叫び声を上げながら階段を駆け下り部屋に突入するなり、コーヒーを飲んでいたパパと、キッチンで朝食の準備をしているママの「どした？」という視線に迎え入れられた。

どした？　ではない。ばけものがいた。こんな格好の、こんな大きさのものが、天井のあたりに浮かんでいた、と目を見開き、声を震わせ、全身を使って訴えたが、なぜか両親の反応はやけに薄い。

私がパジャマ姿のまま、しこを踏んだ力士のように腰位置を落とし、目にしたものの姿を両手を広げ表現してから、しばらくが経《た》って、

「ああ」

とようやくパパが気の抜けた声を上げた。ママはにおいから推測するにフライパンでベーコンを焼いていた手を止め、ガス台から冷蔵庫の前に移動した。冷蔵庫の扉に

は学校からの連絡事項のプリントといっしょに、今月のカレンダーがぶら下がっている。

なぜ、娘がばけものを目撃し、しかも、今この瞬間もそれが二階にいるかもしれないというのに、この人は私に背を向け、腰に手を当てるなどして十月のカレンダーを確認しているのか。私の絶叫と今日の日付って関係ないよね？　あまりにズレた反応に、私が唇の端をひん曲げ、「ねえ、ちょっと」と一歩、足を前に踏み出したとき、ママが甲高い声を発した。

「弓子《ゆみこ》の誕生日まで、あと十日じゃない」

私は耳を疑った。

何の話？

咄嗟《とっさ》に、パパに視線を送った。変でしょ。おかしいでしょ。部屋にばけものがいたら、まずは親として安全の確認が筋でしょ。

私の心の声が届いたようで、コーヒーカップをテーブルに置き、パパはおもむろにイスから立ち上がった。

「気をつけて、まだ部屋にいるかも」

私はドアの前に移動し、さあ、と二階へいざなう姿勢を示したのに、パパはなぜか

私ではなくママの隣に向かい、

「おお、あと十日か。いよいよ、十七歳か」

と冷蔵庫のカレンダーをのぞきこみ、相づちを打ち始めた。

「パパ、ママ、聞いてる? 私の部屋に、変なのがいるんだって。こんなふうに浮かんでるんだって!」

私の訴えにようやく二人はこちらへ顔を向けた。

「弓子、朝ごはん食べる?」

「はい?」

聞き間違いかと思った。

だが、ママは本気のようで、「食べるわよね」とベーコンを焼く途中だったフライパンに戻り、火をつけた。

「早いなあ。あっという間に、十七歳だ」

パパがにこやかな笑みを浮かべながら、私の隣にやってくる。

「笑いごとじゃないって」

だよなあ、とうなずくが、その顔は依然、笑っている。さらには、「わからんなあ」とあごに手を添えたり、私の足元をじろじろと見回したりする。わからんなあ、は私のほうだって。待ってよ、ママ。なぜ、野菜スムージーを作り始めた？

「あのさ、私、叫びながら下りてきたよね？　つまり、緊急事態だってこと。現場は二階だってこと。もしも、強盗が押し入ってきたという話なら、どうするよ」

「強盗なら、心配ないだろう」

いや、それは、そうだけど、と私はいったん言葉に詰まったのち、

「だから、強盗じゃないんだって。こんな丸い、デカいばけものが――」

と声を張り上げているうちに、こめかみのあたりの血管が急に太くなっていくのを感じた。その気配を察知したのか、「わかった、わかった」とパパがようやく階段に向かう。

私の部屋は二階に上がって、廊下の突き当たりだ。

「気をつけてよ。まだ、いるかも」

と私が袖《そで》を引っ張るのも構わず、パパはずんずんと廊下を進み、開け放たれたままのドアから部屋に入った。

「何もいないね」

真っ暗な部屋を見回し、あっさり告げると、カーテンを開けた。デスクの足元にマンガが十冊ほど積まれ、参考書とノートの上にさらに一冊が人の字になって伏せられ

ている。パパは窓がロックされている状態であることをひとと おり確認してから、

「これは急だな」

とつぶやいた。

でも、「急」のアクセントが何だか変で、

「え、何が急なの？」

と問い返すと、

「着替えて下りてきなさい」

とポンと肩を叩《たた》き、そのまま部屋を出ていってしまった。

腑《ふ》に落ちない気分のまま、制服に着替えて一階に下りた。

「パパ？　ママ？」

リビングに足を踏み入れるなり、異変に気がついた。部屋が真っ暗だ。どうして、カーテンを閉め直し、わざわざ照明も消しているのか。もっとも私は夜目が利《き》くので問題ないけれど、いちいちが妙である。

「弓子」

パパの声が響いた。

顔を向けると、テーブルの前で二人が並んで立っていた。しかも、おそろいで我が

家の正装である、クラシックな黒マントを羽織っている。

「ど、どうしたの？　二人とも、そんな格好して。何で、こんなに暗いの？」

二人は答えない。

「さっきから、何だかおかしいよ。電気つけるよ」

まず、窓際《まどぎわ》のカーテンから開けようとすると、

「待ちなさい」

とパパがマントを翻《ひるがえ》して手を挙げ、鋭く制止した。

何のつもりか、パパはその場に片膝《ひざ》をついた。ママも当たり前のように隣で同じ姿勢を取る。二人して暗闇《くらやみ》でプロポーズごっこ？　と眉《まゆ》をひそめたとき、

「私たちの娘、弓子を頼みます」

とひざまずいた姿勢のまま、ママが明らかに緊張した声を発した。ママの視線は私を捉《とら》えていなかった。私の頭よりも数十センチ上部をうろうろとさまよっている。

「ねえ、どこに向かって話している――」

いい加減、腹が立ってきて、つい声を強めて天井を見上げた先に、それがいた。

私は腰を抜かした。

思わず床に尻餅《しりもち》をついた私を、そいつは見下ろしていた。

その外見のどこにも目なんてものはないのに、明確にそこから放たれた視線を感じる。

目覚めのときと同じくらい派手な絶叫を発した私の頭のなかに、なぜか男の声が聞こえてきた。それは鼓膜を通じてというよりも、頭の内側までぷかぷかと浮かんで流れてきたシャボン玉が、そこでぽんと弾《はじ》けたような淡さと、軽やかさをもって直接響くものだった。

「嵐野《あらしの》弓子」

それはいきなり、私の名前を呼んだ。

「俺は――、お前のQだ」

つまり、そいつの自己紹介だった。

＊

「この数日中にやってくるという知らせはあったんだ。でも、いきなり朝にご登場とは予想していなかった。そう言えば、僕のときは、学校の帰りだったなあ。家が山の上にあったから、冬だと帰り道が真っ暗なんだよ。街灯もない道を走っていたら、突然声が聞こえてきて、漏らしそうになった」

「ママは確か寝る前だったはず……。でも、あまり、覚えていないのよね。それより も、ママは十七歳の誕生日プレゼントにバイクを買ってもらうという約束だったから、そっちのほうが楽しみで。毎日学校まで二十キロも歩くの、うんざりしていたから
――」

「別にいいじゃないか。そのくらい走ったら」

「脚がたくましくなるのが、嫌だったのよ」

二人は呑気《のんき》に朝食を食べながら思い出を語り合い、車通勤のパパの車庫出しにママがついていって、テーブルにひとり取り残されてからも、私はぶすっとした表情を崩さずパンを齧《かじ》り続けた。

ひととおりの説明を受け、状況は理解した。一族の誰もが通る道なのだと聞くと、少しは気持ちも落ち着いたが、それでも他に類を見ないレベルでの気味の悪さには変わりない。

「嫌だよ、あと十日も、あんなのといっしょだなんて」

改めて間近で見上げたときのグロテスクな外見を思い返しながら訴えたが、

「大事なことだから」

とママにさらりと流され、ならばとパパに顔を向けるも、

「誕生日、何が食べたい？　記念すべきバースデーだから、おいしいもの食べに行こう」

と先手を打つかたちで話を逸《そ》らされた。

「あ、ひさびさ、丘山《おかやま》さんのところでピザ食べたい」

とすぐに反応してしまう自分のお目出度《めでた》さが、情けなかった。

遠ざかっていくパパの車のエンジン音を聞きながら野菜スムージーを飲み終え、二階の部屋に戻った。それから一度も自分の足元には視線を向けず、学校の支度を整えた。

ママの二十キロには負けるが、私の家から学校まではざっと十五キロの距離がある。

「行ってらっしゃい」

いつもと変わらぬママの見送りの声を背中に受け、私は自転車を漕《こ》ぎ出した。

家を出発して県道にぶつかるまで、だいたい二十分。そこでヨッちゃんと合流し、学校まで自転車を並べて走るのが朝のルーティーンだ。

農業や林業を営んでいるわけでもなく、代々そこに家を構えているわけでもないのに、どうしてそんな不便なところに住んでいるの？　と質問を受けたときには、

「ママが造形作家で、自然に囲まれたアトリエで仕事がしたいという希望があってさ」

という口実で乗り切ってきた。ママが造形作家であるのは事実だから、使い勝手がいい。

部活で遅くなる日には、ひとりで暗い道を帰るの危なくない？　とヨッちゃんが心配してくれる。でも、その心配は、対象が正確ではない。どんな変態が私を待ち伏せしていたとしても、本当の危険に身をさらしているのは、相手のほうなのだ。

なぜなら。

私は、吸血鬼だから。

街灯があろうとなかろうと、私は暗闇を把握できる。昼間のような明るさを感じるわけではないが、それでもくっきりと見えている。たとえ変質者と遭遇したとしても、見方を変えると、それは誰の目も届かぬ暗闇でわざわざ人間が吸血鬼を待っている、ということだ。もちろん、そんな状況が実際にあったとしても、私は絶対に襲わない。変質者の首筋に嚙《か》みつくなんて想像しただけで、気分が悪くなる。

そう、嵐野家は吸血鬼の一族だ。

正真正銘のヴァンパイアである。

それが理由で、嵐野家が人里離れた山の麓《ふもと》に居を構えているのは間違いないが、ここには少し複雑な事情が潜んでいて、実はパパとママは吸血鬼であって、吸血鬼ではない。

厳密に言うと、かつては純然たる吸血鬼だった。

といっても、たとえば数百年前の吸血鬼と同じかと問われたなら、違うと答えるしかない。むかしの吸血鬼の生き方を基準に置けば、私たちはみんな不純もいいところだ。なぜなら、むかしの吸血鬼は子孫を残せなかった。こんなふうに晴れ渡った朝の太陽の下、自転車通学なんて無理も無理。年も取らなかったから、一年分の成長をともなう誕生日を迎えることもなかったはずである。

パパは「松竹梅」のたとえを用いて、この〝種〟としての変化を説明する。つまり、いにしえの超オールド・スタイルの吸血鬼を最上級の「松」レベルだとすると、私は「竹」レベルの吸血鬼、パパとママは「梅」レベルだ。そうそう、隣町でピザ屋をやっている丘山さんも同じく「梅」。丘山さん家《ち》も吸血鬼一家で、小学校に通っている丘山さんの双子のキッズは「竹」になる。

なぜ、両親や丘山さんといった大人が、私よりも下位の「梅」レベルに位置するのか。

それはひとえに「脱・吸血鬼化」という、われわれ吸血鬼一族にとって避けることができない儀式の存在があるからだ。

ひょっとしたら、今を生きる吸血鬼たちにとって、人生最大のイベントと言っても過言ではないかもしれない。

そのプロセスはいたってシンプルだ。

吸血鬼が十七歳になること。

証人による証明がなされること。

この二つの条件が揃《そろ》えば、「竹」から「梅」へ、吸血鬼としての大きな変化を導く「脱・吸血鬼化」の儀式への参加が認められる。

その証人としてやってきたのがQというわけ。

もっとも、証人という表現は間違っている。

なぜなら、Qは人のかたちからはほど遠い、直径六十センチほどの、ウニのように長いトゲトゲに全体を覆《おお》われた得体の知れぬ物体だったからだ。

＊

血の渇きについて。

どちらかといえば、おっとりとした性格が共通しているパパとママから、これまでもそれこそ耳にタコができるくらい、しつこく聞かされてきた。

有名人が違法な薬物に手を出して捕まったというニュースが世を騒がせると、決まってどちらかがレクチャーを始めるのが我が家のパターンだ。曰《いわ》く、血の渇きとはどんな薬物よりもおそろしいもので、覚醒剤《かくせいざい》に手を出してしまった人間が地獄まで一直線で転げ落ちるように、吸血鬼が人間の血を一度でも口にしてしまったら、その先、待ち受けるものは破滅しかない。それは個人に留まるものではなく、共同体全体に影響を及ぼす危険を孕《はら》んでいる。だから、絶対に人間の血を口にしてはいけない。もちろん、薬物にだって手を出してはいけない。

きっと、薬物なんかよりも、ずっと、ずっとおそろしいものなのだ。

何しろ、一滴でも人間の血を舐《な》めてしまったら、私たちの本能が目覚める。人間の生き血を飲むことが最上の幸福とされた時代、不死を手放すことができなかった時代の記憶が一瞬にして呼び起こされ、問答無用で私たちの身体《からだ》と脳味噌《のうみそ》を支配する、らしい。どんなに激しく、つらい薬物の禁断症状よりも、一度、血の味を知ってしまったことで襲ってくる血の渇きのほうが、はるかに深刻で、苦しいものだという——。

でも、実際に両方を経験した人なんているのかな？　五歳の頃の話だ。すでにパパとママから、血の渇きについて教えられていた私は、はじめて地獄絵図を見たときに強いショックを受けた。

血の渇きだ！

針山でぶすぶすと身体を刺されながら、のたうちまわるあわれな人々と、その周囲で燃え盛る紅蓮《ぐれん》の炎――。真っ赤な色彩はそのまま人間の血潮を表しているようで、血の渇きに苦しむ吸血鬼の姿そのものが描き出されていると、おさない私の目には映った。

その後、吸血鬼とは縁もゆかりもない絵と知ったが、地獄を表現しているという意味では、人間よりもはるかに吸血鬼に突き刺さる内容ではなかろうか。おかげで今も、血の渇きという言葉を耳にするたびに、条件反射のように炎がめらめらと燃え立つ地獄絵図を思い浮かべてしまう。

つまり、吸血鬼が「脱・吸血鬼化」の儀式に参加することは、地獄に永遠のさよならを告げるのと同義だ。儀式を経て、吸血鬼は血の渇きに惹《ひ》かれる危険から解放される。潜在的な血への興味も失う。たとえば、パパとママが人間の血を吸ったとしても、二人の身体には何の変化も起こらない。「うえっ、マズい！」とすぐさま吐き出して終わり——、のはず。

おいおい、血を吸わない吸血鬼なんてアリ？　吸血鬼としてのアイデンティティはどこへ？　古き良き生活スタイルを守り続ける気概はないの？　なんて声が、かつては上がることもあったのだろうか。少なくとも、今は誰もそんな意見は持ち合わせていない。

だって、考えてみ？

今の世の中で、人間の血をこっそりいただきながら、暮らし続けるなんてことができると思う？

これだけ、あちこちに監視カメラが設置され、さらには誰もがスマホを持ち、どこでも撮影が可能、かつ情報発信ができる社会になってしまったら、もはやバレずに人間狩りを成功させることなんて不可能。ならば私たちに求められるのは、できる限り人間の社会に溶けこむ努力と、超・超・超・マイノリティであるという自覚に基づく自発的な変化——。これらの深刻な種族的要請から編み出された、先人たちによる知恵の結晶こそが「脱・吸血鬼化」の儀式なのだ。

なんて、難しいことを並べてみたけれど、私自身ははっきり言って人間だとか、吸血鬼だとか、普段はそんなことまったく気にせず生きている。人間の友達もたくさんいる。というか、同世代の友人は全員、人間だ。特に、ヨッちゃんは親友だ。

でも、今朝は否応《いやおう》なしに、自分が人間とは異なる種族であることを思い知らされた。

「ねえ、そこにいるの？」

左右を田んぼに挟まれた一本道を自転車で突っ切りながら、私は首をねじり、地面に貼《は》りついたまま自転車のスピードにおつき合いしている、何の変哲もない影に呼びかけた。

返事はない。

パパとママが言うには、あのばけものは陽の光が直接注ぐ場所では、私の影のなかに潜りこんでいるのだという。私が二階の異変を必死の形相で告げ、現場に行こうと誘っても、パパが私の足元をじろじろと眺めていたのは、すでにそこに隠れていると知っていたからだ。

「何で、あのばけものは太陽の光がダメなの？」

と訊《たず》ねる私に、

「それを説明することは、禁じられているんだ。たとえ相手が娘であってもね」

とパパはいかにも申し訳ない、と言いたげに眉を下げ、首を横に振った。

十七歳の誕生日を迎える前に証人がやって来ることも、それがどんな格好をしているかも、パパとママは自身の経験から当然、承知していたわけだが、そのことも含め、これまで私が「脱・吸血鬼化」の儀式について、いくら詳細を訊ねても頑《かたく》なに何も教えてくれなかった理由が、ようやく判明した。

「儀式について内容を話すことができるのはQのみ」

という厳格なルールがあるらしい。

「知りたいことがあれば、直接、Qと会話したらいい」

「会話？ 影のなかに溶けて消えてしまっているのに？」

「日が沈んだあとは、いくらでも姿を現すよ」

「え？ また、あの気味の悪い姿を拝むの？」

「まあ、すぐに慣れるから」

パパはけろりと告げたが、あれに慣れるなんてあり得ない。朝から何て憂鬱《ゆううつ》な展開なんだ、と自然と猫背になってペダルを踏んだら、

「おはよー」

と前方から声が聞こえてきた。

顔を上げると、ヨッちゃんが県道との合流地点で自転車を止め、手を挙げている。

「あれ？ 顔色悪い？」

さすが親友、ひと目見るなり、こちらの常ならぬ心持ちに気がついた。

「でも、弓子は肌が白いから、いつも顔色が悪いって言や、悪いよね」

それはいわゆる吸血鬼肌と呼ばれる、日光への本能的な遠慮のあらわれを意味する肉体的特徴なのだが、それを差っ引いても、今日の私は顔色が悪い自信がある。

だが、ヨッちゃんの前でいったん自転車を止めたときに気がついた。彼女も私に劣らず顔色が悪い。顔の表情もどこかしら硬い気がする。

どうした？　何かあった、吉岡《よしおか》氏？　とヨッちゃんの名前を呼びかけたら、一瞬ハッとした表情が顔に浮かび上がったのち、目元と口元に逡巡《しゅんじゅん》の色が素早く漂い、それでも何かを決意したようで唇をきゅっと横に引き、

「私、決めた」

とヨッちゃんは自転車のベルをちりりんと鳴らした。

まったく、何て朝だろう。

ヨッちゃんがそろそろ告白するのだという。

＊

男子バレーボール部のキャプテンに、ヨッちゃんは恋をした。

私の通う高校は地域では進学校という位置づけで、三年生は勉強に集中するという方針のもと、部活動は二年生までしかない。ゆえに、ヨッちゃんが告白したい相手、男子バレーボール部のキャプテンである宮藤豪太《くどうごうた》は私たちと同じ二年生ということになる。

聞くところによると、お互い出身中学校は別。一年生、二年生とクラスも別。それどころか、入学してから、宮藤豪太とはまだ一度も言葉を交わしていないのだという。

「今まで、そんな話、一度もしてくれたことなかったよね？　ひょっとして、ひと目ぼれ？」

違う、とヨッちゃんは首を横に振った。

「十カ月ぼれ、くらい」

「そんなに？　つまり、遠目からじっくりと見定めたってことね」

「何か……、いいのよ。宮藤くん、ひたむきな感じがして」

一陣の風が吹き、ヨッちゃんの襟元あたりで切り揃えた髪をさらっていった。たとえそれが、県道を猛スピードで突っ走っていく大型トラックが巻き起こした排ガス混じりの風であっても、髪を靡《なび》かせ自転車のペダルを踏む親友の横顔はやけにさまになっていて、青春のキラキラ感が横溢《おういつ》していた。やだヨッちゃん、マジで恋してるよ、こりゃ。

「弓子」

あい、と返事した私に、

「やめられない、とまらない気持ちってあるんだね——」

唐突にかっぱえびせんのようなセリフを口にして、ヨッちゃんは正面に見えてきた学校の自転車用のゲートに向け、力強くペダルを踏みこんだ。

学校に着いて授業が始まってからも、ヨッちゃんの一大決意に心奪われ、自分の足元にはほとんど注意を払う機会がなかった。

だって、何も起こらないのである。

そこにあるのはただの影だ。それでも一度だけ、「もしもし」とまわりに誰もいないタイミングを見計らって声をかけてみたが、やはり無反応。学校にはついてきていないのだろうか。それとも、あの格好で浮いているときしか、しゃべらないのだろうか。

数学の時間、先生が黒板に三角形と内接円の問題をチョークで書き、それを各自がノートに写して解答するという作業に取りかかったとき、三角形の内側に収まる円を描く手がハタと止まった。

何となく、円からウニのようにトゲを生えさせてみる。まだ暗闇でしかその姿を確かめていないが、色は黒に近かったはずだ。円の部分には顔が隠れていたのだろうか。ひたすらトゲのようなものに覆われていた記憶しかない。

生徒からの質問を受けながら、席と席の間の通路を古ぼけたサンダルを履いて移動していた先生が、

「嵐野。補助線、引きすぎだろ」

と私のノートをのぞき怪訝《けげん》な声を上げたので、慌《あわ》てて消しゴムで内接円から放射状に伸びた線を消した。

結局、何ら動きもないまま、六時間目の授業を終え、部室でジャージに着替えてから体育館に向かった。

私とヨッちゃんが所属するバスケットボール部は、体育館の中央に仕切りのネットを引いて、バレーボール部とハーフで場所を使っている。どちらの部も男女日替わりでコートを使うが、変則的なところもあり、その日、隣のシマに男女どちらが登場するかは、行ってみないとわからない。

果たして、今日のバレーボール部は男子がコートに陣取っていた。

柔軟体操をしながら、天井から垂れ下がったグリーンのネットの向こうにいる男子たちをチェックする。バレーボール部だけあって、背の高い人が多い。お目当てのキャプテンはいったいどれ？　と十五人近くいる部員の顔を眺めていたら、

「おっすです」

　と隣にヨッちゃんがやってきた。

「宮藤くんのこと、わかる？」

　わからない、と私は正直に答えた。

「あの人」

　と屈伸を始めながら、ヨッちゃんが指差した。

「右から三番目」

　どれどれと視線を向けるその間にも、男子たちは立ち位置を変えていて、「え、どの人？」と戸惑っていると、

「いちばん、背の低い人だよ」

　とヨッちゃんは少し言いにくそうにつけ加えてくれた。

「宮藤くん、百七十センチあるかないか、くらいだと思う」

「セッターなの？」

「いや、セッターの選手はちゃんといるの。たぶん、リベロ」

「リベロ？　何それ？」

セッターとは、スパイクを打つ人へのトス上げに特化した選手のことで、バレーボールに詳しくない私でも、上背《うわぜい》が第一に求められるポジションではないと知っているが、リベロという言葉は初耳だった。

「はい、みんな集合してー」

こちらのキャプテンの声が響き、私とヨッちゃんは腰を上げる。てきぱきと今日の練習メニューを告げ、

「じゃ、ランニングから」

とキャプテンは手を叩く。彼女を先頭に二列を作り、できる限り大きくコートに四角形を描くように走った。体育館を仕切るグリーンのネットの横を通過する際は、床にしどけなく垂れるネットの端を踏むのもお構いなしに、男子バレーボール部を凝視した。

宮藤豪太の特徴は、すぐに把握することができた。

下手なのだ。

はっきり言って、二年生のなかでいちばん動きが鈍い。

バスケットボール部は男女ともに、学年でもっとも上手い選手がキャプテンに選ばれているのに、なぜ？　とランニング後も常に彼の姿を視界に入れながら練習をこなすうちに、やがてその理由が判明した。

誰よりも声が大きい。また、全体を見ての気配りができる。部員に細かく声をかけ、宮藤豪太はとてもいい練習の雰囲気を作り上げることに成功していた。今まで気にしたことがなかったが、ときどき体育館に響き渡る「ないっすー」のかけ声の、何とも言えぬ間合いのよさに、私も聞き覚えがあった。その声のぬしが宮藤キャプテンだった。

ヨッちゃんらしいなあ、と親友の味のある選球眼を、私は誇らしく思った。顔だって悪くない。骨格がしっかりしていて、眉が太い。いかにも賢そうな目をしている。

練習の終わり際、ヨッちゃんが「どう？」と心配そうに訊ねてきたので、彼の口ぶりを真似《まね》て「ないっすー」と返したら、うれしそうに脇《わき》をつついてきた。

今日はバスケットボール部が後片付け担当で、しかも当番は私だった。吊《つ》り下げ式のバスケットゴールを天井に持ち上げるために壁際のボックスの蓋《ふた》を開け、スイッチを押そうとしたとき、フロアの隅にバスケットボールが一個、置いてきぼりになっていることに気がついた。

走ってボールに向かい、拾い上げた。

体育館にはもう誰も残っていない。

意識を集中させ、耳を澄ませる。

まわりに人間の気配は感じられなかった。

集中はそのままに二、三度、その場でボールをついてから、「いよっ」と二十五メートル以上は離れているバスケットゴール目がけ、右手一本でシュートした。

いっさいリングに触れず、ボールは気持ちよくリングネットを膨らませたのち、ストンと床に落ちた。

「おい」

突然、男の声が聞こえてきたものだから、私は本当にその場で飛び上がった。しかも、声は頭の中に直接聞こえてくる。

「だ、誰？」

「俺だ」

「え？　Q？」

そうだ、とまた頭の中で響いた。

「まさか、朝からずっと私といっしょにいた？」

「俺の役目は、お前を監視することだ」

「い、今は、どこにいるの？」

床を見下ろすと、天井の複数の照明の光線を浴びて、淡さの違う自分の影が四方向に派生している。

不意に背後からの視線を感じた。

反射的に振り返ると、そこにQが浮かんでいた。

やはり、体育館いっぱいに響き渡るボリュームで、私は絶叫した。

＊

じゃあ、あとは二人にお任せするね、とママはお見合いに同席したやり手仲人《なこうど》のような面妖《めんよう》な笑みを口元に浮かべ、最後に「仲良くね」と手を振ってから、ドアを閉めた。

自分の部屋のデスク前に座る私。目の前には、わざわざママが作って持ってきてくれたロイヤルミルクティー。その湯気の立つティーカップを手に取り、

「で、私は何をしたらいいの」

となるだけ突《つ》っ慳貪《けんどん》に訊ねた。慎重にカップに唇をつけると、薄い牛乳の膜が貼りついたのち、深い甘みがじわりと舌に伝わる。さすが、ママ仕立て。できることなら、完全にひとりのときに、のんびりとマンガなどを読みながら飲みたかった。

「何もする必要はない。そのまま、普段の生活を続けたら、それでいい」

聞き慣れつつある男の声が、頭のなかに直接届く。その一方で、声のぬしが自分の後方にいると、はっきりと認識できるから不思議だった。

「じゃあ、あなたは何をするの？」

「俺は、お前を監視する」

「それって、何のための監視？」

「お前が儀式を受ける資格を有するか否《いな》かを、判断するための監視だ」

「あのさ、ストーカーみたいに――、というか、完全にストーカーそのものだけど、そんなにまでして私の何を調べたいのよ」

「お前が知っているかどうか」

「知っている？　何を？」

「人間の血を」

はあ？　ティーカップをふたたび口元に持っていこうとしていた手を止め、頭のて

っぺんから声を出してしまった。何を言ってるの、と思わず振り返る。あれだけ、もう見ないぞと心に決めたのに、

「何で、私がそんな馬鹿《ばか》なこと――」

と身体をねじった先にQが浮かんでいた。「うがぁ」といううめき声とともに、すぐさま元の姿勢に戻る。

「どうして、私が人間の血を吸うのよ。絶対に、あり得ないでしょッ」

「俺はお前の過去も、お前がどういう吸血鬼かも知らない」

知らないのなら、なおさらそんな決めつけおかしいでしょッ、と返そうとしたとき、視界の隅に卓上カレンダーが映った。十月二十七日のマスには、「17th Birthday」の書きこみがある。

「まさか」

とカレンダーを手に取った。

私の誕生日まで、ぴったり十日。

「私が血の渇きに耐えられるかどうかを、チェックしにきたの？」

そうだ、とQはあっさりと認めた。

「俺の役割は、お前が十七歳になるのを見届けることじゃない。十七歳になる前に、

お前が血の渇きとは無縁であると証明することだ」

「誕生日まで十日ってことに意味はあるの？」

「血の渇きを得た者が、耐えることができる限界――、それが十日だ」

何という、性悪説にもとづいた証明方法だろう。

もしも、私がこれまでの人生のどこかで人間の血を口にしてたら、当然、血の渇きに苛《さいな》まれる。だが、どれほどカモフラージュしようとも、十日間、ストーカー監視され続けたら、必ずバレるという冷徹な計算だ。吸血鬼自身の人となりや、日ごろのおこないは完全に無視し、直接監視によってのみ判断する。確かに公平で、理には適《かな》っている。理には適っているが、私が嫌である。

三時間前、学校から帰宅して、「どうだった？」と訊ねてきたママに真っ先に訴えたのが、

「あいつ、変態だって！　学校にいた間、ずっと私につきまとっていたんだから――。それってトイレにまでついてきたってことだよ！」

という深刻なセクハラ被害についてだった。

ママは困ったときの仕草である、口元を「ほ」と発音するときのかたちにすぼめ、

「それは……、見られている、っていう感覚はあった？」

と探るように声をかけた。

「見られてる？」

「そう、視線というの？　見られているという感覚？」

「それは……、なかったけど」

「じゃあ、大丈夫。自分自身がQの視界に入ったとき、はっきりと感じることができるから」

そう言えば、体育館でも視線を感じたことを思い出す。今朝、目が覚めたのも、Qが私を見下ろしていたからなのかもしれない。ならば、トイレでそれを感じなかったのは、Qが私を見ていなかった、ってことだからセーフ？　いやいや、その前に同行自体がアウトだろ。ガキの吸血鬼にだって尊厳というものがあるだろ。

「時代に寄り添っていないところはあるけれど、こればかりは儀式を受けるためと割り切って我慢して。Qもその手のクレームはよく受けるだろうから、わかっていると思う」

同じく十七歳の誕生日を迎える前にQにつきまとわれた経験者だけに、娘の言い分に理解を示しつつ、それでも吸血鬼として生きる以上は儀式を第一に考えるしかない、という板挟みになったママの心情が、最後まで崩れなかった「ほ」の口元に表れていた。

ロイヤルミルクティーをぐいと飲み干し、私は意を決して振り返った。

「ねえ、ママの言葉、あなたも聞いたでしょ？　だから、約束して。トイレとお風呂《ふろ》のときは、絶対にのぞかない。学校では、二度と話しかけないで。姿も現さないで」

唇の端を最大限にひん曲げて相手を睨《にら》みつけ、視線をそらすことなく最後まで言いきった。

ベッドの真上で空中に静止する物体は黙って私の言葉を聞いた。

改めて、奇妙としか言いようのない外見をしていた。

色合いはどこか煤《すす》けたような黒で、全体がトゲでびっしりと覆われている。はっきりとはわからないが、その中央部分はボールのような形態をしているはずだ。ボール部分の直径は二十センチ弱、そこに同じく二十センチほどのトゲがあらゆる方向に突き出しているから、全長六十センチのサイズだ。そのまま全体を白に反転させたら、おしゃれな北欧家具の照明が天井からぶら下がっているように見えるかもしれない。しかし、黒ではまったく印象が違う。得体の知れない、ぬめりのような、どろりとした質感の光沢が全体を覆い、すべてが絶妙に気持ち悪い。唯一《ゆいいつ》の救いは、何百本あるか知れないトゲが動かないことだろう。これが海中のイソギンチャクのように、触手となって動きだした日には、私は今この瞬間に失神可能である。

ちなみにパパとママにQの姿は見えない。私にだけ見える使者、私にだけつきまとう証人。朝食前にママが黒マントを羽織り、うやうやしく「弓子を頼みます」なんて言ったのも、私の頭上にいるだろうとめどをつけてのお願いだったわけだ。

「ならば、こうする」

とQの声が頭に響いた。

「お前が家の外でひとりでいるとき、俺は姿を現さない。俺の存在を消したいと望むときは、まわりに人間のいない環境を作れ」

無人のトイレなら、人間のいない環境を作れ、人間を襲い血を吸うチャンスもないので監視の必要はないということか。なるほど、いちいち理に適っている。それでも、やっぱり嫌だけど。

「言っておくけど、私はシロもシロよ。トマトジュースも嫌いなくらいなんだから」

「疑われるような動きをしないことだ」

何だろう、この上から目線は。実際、高い位置にいるわけだけど、いちいち言い方がイラッとくる。

「これから、あなたを呼ぶときは何て？　名前はあるの？」

「Qだ」

「それはあなたの名前じゃないでしょ。パパとママもQって言ってたし」

「ただQと呼べばいい」

「何でQ？ あなたのかたちが球形だから？」

「違う」

「英単語の頭文字？」

「吸血鬼だ」

「吸血鬼のつづりって『vampire』よね。Qは使わないけど」

「だから、吸血鬼だ」

一瞬の間ののち、「嘘《うそ》でしょ」と口走っていた。私はてっきり「きゅう」と耳で聞いて、アルファベットの「Q」と決めつけていたが、まさかまさかの「吸血鬼」からの「吸」？ センスが平成を越えて、バック・トゥ・ザ・昭和だ。

あくまで頭のなかでどんな字をあてるかだけの話だけど、「吸」はあまりにカッコ悪くて、呼びかけたとき、頭に浮かぶ文字としても変だ。だから、これまでどおり「Q」の一字をあててあげることにした。

＊

「行くのね、ヨッちゃん」

「行く」

決意の眼差《まなざ》しとともにアキレス腱《けん》を伸ばし、その場でもも上げ二十回を猛烈な勢いでこなすと、ヨッちゃんはウウンと空に向かって伸びをして「吐きそう」とつぶやいた。

今日の部活は男子バレーボール部、女子バスケットボール部とともに体育館外でのトレーニングだ。準備運動をこなしたあと、学校の周囲をしばらくジョギングするのが、どの運動部も定番のメニューになる。ヨッちゃんはそこで偶発的なタイミングを装《よそお》い、お目当ての宮藤豪太とのファースト・コンタクトを果たすのだという。

「いきなり、告白しちゃうの？」

「いろいろ考えたけど、向こうが私の存在を認識していないのに、突然、そんなの言われても困ると思うから、ワンクッション置くことにした」

「ワンクッションって？」

「QRコードを渡すの」

「LINEの？　ああ、そこから始める、ってわけね」

「違うよ、渡すのはYouTube」

「YouTube？」

「きっと私、ものすごく緊張して、宮藤くんの前で、何も言えないと思う。だから、私が言いたいことをYouTubeに動画でアップして、そのURLを宮藤くんに伝えるの」

いや、ヨッちゃん、それは――。親友がいきなり何を言いだすのかと混乱していると、

「大丈夫、限定公開モードだから。ちゃんと字幕もつけて、おもしろくしたから」

とジャージのポケットから小さな紙を取り出した。そこには四角いQRコードが真ん中にプリントされ、これをスマホで読み取ればYouTubeの動画世界へGOできる、ということなのだろうけど……、うん、新しい。新しいよ、ヨッちゃん。でも、未来を見据えすぎだと思うんだ。こういうときは、もう少しアナログで、シンプルなほうがいいんじゃないかな。

そこへ、うちのキャプテンが手を叩きながら部員に指示する声が響く。

「準備ができた人から、学校のまわりを各自、五周。よろしくねー」

同じく体育館脇スペースでストレッチしていた男子バレーボール部が、ひと足先に通用門から公道へと出発した。宮藤キャプテンの「今日は七周、そら、行くぞー」と呼びかける声が聞こえる。

もちろん、恋する乙女の耳はそれをいち早くキャッチしただろう。気持ちを落ち着かせようとしているのか、

「人は簡単すぎるから、難しいほうの齋藤の齋を書いて飲む」

などと言って、ヨッちゃんは手のひらに何かを細かく指で書いてから飲みこむ仕草をしている。

「ねえ、今はそういう方向のおもしろさは、いらないと思うよ」

「だよね、本当はテスト勉強しなくちゃいけないのに、動画撮影と編集でそれどころじゃなかったよ」

手強《てごわ》いぜ、ヨッちゃん。

ちなみにいかなるプランで、男子バレーボール部キャプテンとコンタクトを取るつもりなのか、とヨッちゃんに訊ねたところ、

「まだ、考えていない」

と不安げに首を横に振りながら、ヨッちゃんは出発した。出たとこ勝負ということらしい。でも、先行するバレーボール部に追いつくのは無理そうだし、周回遅れで彼らに抜かされるほど私たちも遅くない。これはすれ違うのは難しそうだと心配していたら、何ということか、私たちが進む先に宮藤豪太がひとりで立ち止まっていた。

あれ？　と声を上げたヨッちゃんは、

「どうしたんですか？」

とても自然に話しかけた。

宮藤豪太は「あ」という顔を向けてから、

「いや、そこの家のおばあさんにいきなり呼び止められて、これ見ててくれ、と言われちゃって」

と困ったように目の前の小さな一軒家を指差した。彼の足元には、いかにもおばあちゃんが使いそうな、ショッピング・カートが置かれている。

あの、と宮藤豪太の正面で足踏みを続けながら、ヨッちゃんがポケットに手を突っこんだ。「ゆ、ゆう」とおそらくＹｏｕＴｕｂｅと言おうとしたのだが、

「あれ、ない。落とした？」

と慌てて左右のポケットを確かめる。

「ゆう？」

と訝《いぶか》しげに問い返す彼の視線を受けつつ、「え、あの、あれ？　おろ？」と親友の頭が真っ白になっていることは傍目にも明らかで、これはひとまず撤退だ、吉岡氏、と進言しようとしたとき、

「ゆ、郵便番号おしえてください！」

とヨッちゃんがいきなり口走り、当然ながら宮藤豪太はそれに対し、「何それ？」という表情を返したのである。

第 2 章

あやまち

なぜに郵便番号だったのか。

その後、ヨッちゃんに理由を訊《たず》ねたところ、宮藤豪太《くどうごうた》を前にして、当初の予定どおりYouTubeと言いかけたが、肝心のwebアドレスをQRコード化した紙が見つからず、焦《あせ》りまくっている間に「アドレス」という言葉が「住所」に、さらに「〒」のマークへと連想が進んだとき、もはやそこにスタート地点に戻る冷静さはなく、あとは勢いのままに突っ走るしかなかったのだという。

ミラクルというのは、起こるべくして起こるものなのかもしれない。

入学以来、一度も言葉を交わしたことのない相手から突然、家の郵便番号を問いかけられたにもかかわらず、一瞬、怪訝《けげん》な顔をしたのち、なぜか宮藤豪太は素直に七桁《けた》の数字を口にした。

さらに驚くべきは、それを聞いたヨッちゃんが、

「へえ」

とあからさまに興味がない返事をしたことである。

「え」

と宮藤豪太は動揺の表情を浮かべた。なぜか、この意味のわからぬ問答を始めたのは彼のほうであるかのような空気がその場に漂い、

「え？　何？」

と戸惑うキャプテンに、ヨッちゃんがいかにも仕方がないなあ、という調子で、

「じゃあ、今度、どこかに遊びに行きますか？」

と持ちかけると、「お、おお」と気圧《けお》されたように宮藤豪太はうなずいた。

オウケー、決まり。

ヨッちゃんは少しかすれた声でつぶやいた。それまで、その場足踏みの状態をキープしていた私たちだったが、

「行くよ、弓子《ゆみこ》」

とひと声かけて、ヨッちゃんは颯爽《さっそう》とランニング・コースに戻った。

私も急ぎ、その後に続く。

何かあり得べからざる瞬間に居合わせてしまったような、白日夢を見た感覚に囚《とら》われながら、しばらく走ってから振り返った。足元にショッピング・カートを立てたたま、宮藤豪太はぽかんとした表情で突っ立っていた。

その後は周回のタイミングが異なったようで、男子バレーボール部キャプテンとコース上ですれ違うことはなかった。体育館脇《わき》に戻り、筋トレタイムに入っても、彼らの姿は見えず、

「私、何した？　何、言った？」

とその間、ヨッちゃんは終始パニックに陥った状態で、今にも頭に煙突が生えて「ぽ、ぽ、ぽ」と煙でも吹き出しそうな勢いでスクワットをしていた。

冷静さを取り戻した彼女に会うためには、週明け月曜日の朝を待たねばならなかった。いつものように県道沿いに自転車を並べながら、

「金曜日、すごかったね。あんなふうに誘えるなんて思いもしなかった」

週末もたっぷりとＬＩＮＥで語り合った話だが、改めて私が偽らざる感想を伝えると、

「自分がこわいです」

とつぶやいたのち、ヨッちゃんは「でも、今日になって思ったけど、あれって約束なのかな」と不安そうにちらちらと視線を向けてきた。

「だって、約束したようで、何も約束していないじゃない」

「キャプテンはヨッちゃんのオファーに『お、おお』と言っていたよ」

「それだって、本当は『お、おお、おったまげ』と言いたかったのかも」

それはないと思うよ、と私がなだめても、日時や内容を何も決めていないという指摘は、言われてみるとそのとおりで、

「あの一瞬だけで、何もかも決めるのは難しいよ。もう一度、話しかけて確かめてみたら？」

という私の言葉に、そうだよね、とうなずくヨッちゃんだったが、

「無理だぁ」

とすぐにうめき声とともに天を仰ぎ、「頼む、弓子」と宮藤豪太への確認を依頼してきた。木曜日から始まる定期試験に合わせ、今週の部活はすべてお休み。体育館で宮藤豪太に遭遇するチャンスはない。ということは、宮藤豪太を学校内で探し出し、直接コンタクトを取る必要がある。

それはちょっと荷が重いかなあ、と渋るこちらの反応を見て、

「だよね。やっぱり、ＹｏｕＴｕｂｅかな……。宮藤くんに訊《き》きたいことを伝えて、ＯＫなら高評価をお願いします、でしめる――。いや、ＯＫのときはチャンネル登録か」

とまたもやデジタル・タトゥーを彫りこむ方向を目指し始めたので、

「わかった、私が訊いてみる」

と堪《たま》らず請け合ってしまった。

その日の夜中、執拗《しつよう》に忍び寄る眠気と戦いながら、部屋でテスト勉強をしていると、不意に視線を感じた。

顔を向けると、果たしてそこにQが浮かんでいた。この週末、まったく存在を感じることがなく、ひょっとしてどこかに消え去ってくれたのかも、とひそかに期待していたけど、そんなわけなかった。

「何？」

「お前はずいぶん上手に、人間の社会に溶けこんでいるな」

感心しているのか、皮肉を言っているのか、判別しづらい平坦《へいたん》なQの声が私の頭の中に響いた。

Qと言葉を交わす際、私は声に出す必要があるが、相手は直接、頭の内側に届けてくる。つくづく、どういう仕組みでコミュニケーションが成り立っているのか不思議である。Qとはただの浮かぶトゲの集合体だ。トゲが直線的であるところや、観察した限り、目も口も耳も見当たらないところなどはウニに似ている。つまり、Qは棘皮《きょくひ》動物の仲間なのか。いや、棘皮動物は宙に浮かばないし、しゃべらない。

「別に、普通でしょ」

と机のノートに視線を戻し、ぶっきらぼうに告げると、

「腹が立つことは、ないのか」

と一段トーンを低くした声が返ってきた。手にしたシャーペンを置き、ふたたびQに向き直った。

「腹が立つ？　何に？」

「吸血鬼であることを隠しながら生きることにだ。窮屈さを感じることはないのか？」

「そんなの、感じるわけない。だって、生まれたときから、私にとって世界はずっとこうなんだから」

なるほど、とQが応《こた》えたとき、ほんの一瞬、全体が震えたように見えたが、目の錯覚かもしれない。

「これまで、吸血鬼だと人間に知られそうになったことはないのか」

「何、これ。尋問？　儀式に関係があること？」

「単なる、俺の興味だ」

「ないわよ。私は慎重だから。パパとママはそれに輪をかけて慎重だから。間違いが

ないように、幼稚園や保育園にも行かずに育てられた。小学校に上がるタイミングに合わせてここに引っ越してからも、間違って血を舐《な》めてしまわないように、ひたすら教えこまれて――。育つのも、育てるほうもたいへんなんだって」

「そのことに不満を感じたことは」

「一度もない」

私は本心から即答した。

「そりゃあ、ケンカ上等って感じで、ガンガン人間を襲って好き放題していた、古い時代を知っているなら今が窮屈に感じるかもだけど、あなたも一日じゅうストーカーしていたら、わかるよね？　今さら無茶して反社会的勢力に認定されても、何もいいことないって。擬態って言うの？　人間のフリして生きていくことが、いちばん賢いのよ。それに普段、私が考えていることは人間と同じだし。テスト勉強マジしんどいし。眠いし」

Qはしばらく無言で宙に浮かんでいたが、

「お前の友人のことだが」

と急に話題の方向を変えてきた。

「ヨッちゃんのこと？　まさか、私の交友関係にまで口出しするつもり？」

「海に行きたがっていたぞ。海鳥を見るのが好きらしい」

「誰が？　ヨッちゃんが？」

Qは答えなかった。その代わり、ふいと音もなく消えた。

何のこと？　と呼びかけても、それっきり姿を現そうとしない。

何なのよ、と眉間《みけん》にしわを寄せながら、机に広げた問題集に意識を戻したときに気がついた。すっかり、目が覚めている。そうか、これから眠くなったら、あのばけものに出てきてもらえば目が冴《さ》えるのかと気づいたけど、実行することは……ないっす。

ところで、トイレ問題はその後も尾を引いている。

もしも監視を中断させたいのなら、無人のタイミングで使用しろ、とQから妥協案が提示されたわけだが、十分間の休憩や昼休みは誰もが集中して使うため、結局、無人の時間なんてものはない。そこで、男子にはときどきいるけれども、女子では滅多にお目にかからぬ「先生、すみません、ちょっと（トイレ）」と挙手して教室を抜け出すようになった。さすがに授業中はトイレも無人だからである。

翌日、五時間目の授業中、私は席を立ち、トイレに向かった。

いくらママから「視線を感じなければ、それはQが自分を見ていない状態」となだめられても、足元の影に潜んでいることに変わりはないし、ならば聴覚はどうなっているのか、そもそもトイレに行くと知られている時点で気持ち悪い等々、問題は山積みだ。しかし、そこを徹底的に突き詰めると、トイレ自体に行けなくなる。それは困るので、それ以上は考えないようにしている。「信じる」とも違う。どんな場所にも、微生物や細菌は存在するのだから、それと同列に捉《とら》えようという後ろ向きな解決策。

洗面所で手を洗って外に出ると、廊下の先から誰かが近づいてくる。何気なしに視線を向けると、何ということか宮藤豪太だった。男子トイレは一階にある。私に凝視されながら、彼は内股《うちまた》気味で下り階段に足先を向けた。逡巡《しゅんじゅん》している余裕はなかった。

「あ、あの！」

階段に足を踏み出したところで、え？　という表情で振り返った宮藤豪太に、

「私、先週、部活でランニング中に話しかけた——」

と焦りながら話しかけるも、ピンときてない様子なので、

「友達が郵便番号を訊いて、そのとき隣にいた」

と自分を指差すと、「ああ」と頭の上の見えないランプが点灯したかのように宮藤豪太はうなずいた。

「今度、ヨッちゃんと、あ、ヨッちゃんというのは、あのとき話しかけた吉岡優《よしおかゆう》のことで、その、彼女と遊びに行ってくれる……、よね？」

私の言葉に、明らかに戸惑いの表情を浮かべる相手に、

「あ、あれは、ちょっとわけがわからない流れだったけど、ヨッちゃんはとても楽しい子で、そりゃもう、間違いないお方だから、ぜひ実現してあげてほしい――、です」

と教室に届かぬよう、極力声を抑えて力説する。

しばらく無言で私の顔を眺めていた宮藤豪太だったが、

「でも……、遊びに行くって、どこへ」

とくぐもった声を返してきた。確かに、どこに行くつもりだったんだろ？　ヨッちゃんと詰めておけばよかった、とこのタイミングで後悔したそのとき、不意にプランが思い浮かんだ。

「そうだ――、今度、海を見に行くのはどう？　もう、泳ぐ人はいないだろうけど、うん、海鳥なんかもいて、秋の海もきっといい感じだと思う」

勢いのまま並べたてた言葉の何に驚いたのか、彼は目を見開いた。

「お、おお」

と前回と同じ相づちを打ったのち、「海なら、行く」と続けた。

「え？」

言いだしっぺなのに、裏返った声を発してしまった。

「行こう、海。あ、ちょっと、俺、その——」

ゴメン！ と言い残し、二段とばしで階段を駆け下りていくキャプテンの足音を聞きながら、思わず自分の影を見下ろした。今の提案がまるまる昨夜のQの言葉を借用したものと気づいたからである。

ひょっとして私、Qに助けられた？

＊

帰り道、県道の通学路にて自転車を並べながら、奇跡的に宮藤豪太とのコンタクトを果たし、海に遊びに行くことで合意を得た旨《むね》を報告すると、

「海かあー」

と秋晴れの空を見上げ、ヨッちゃんは目を細めながらヒュイッと口笛を吹いた。

「キャプテンに『遊びに行くって、どこへ』って訊かれたから、思いついたまま『海』って答えたけど、よかったのかな」

ヨッちゃんは顔を下ろし、急に自転車のハンドルから片手を離すと、人差し指と親

指を交差させるように重ね、

「キュンです」

　とこちらに突き出した。

「ポール牧《まき》じゃないよ」

　何それ？　と訝《いぶか》しむ私に、パチンと指を鳴らしてから、

「いいね、海。秋の海はシブいよ。さすが、弓子、ナイスチョイス」

　とヨッちゃんはくちびるの端から舌をのぞかせ、ニッと笑った。

「で、いつ行くって？」

「え？」

「だから海。宮藤くんはいつがいいって？」

「そこまで話す暇はなかったんだ。何だか、向こうが急いでいて」

　やけに内股になって、男子トイレを目指し階段を駆け下りていった事実はあえて伏せておくことにした。

　そっか、といったんは正面に視線を戻したヨッちゃんだったが、しばらく経《た》って、

「部活の休みってあったっけ？」

　と眉間にしわを刻み、ふたたび顔を向けてきた。

「定期テストが終わったら、県の秋季大会だよね。土日は全部、練習じゃなかった？　バレーボール部も秋季大会があるから、宮藤くん、海になんか行く暇ないかも」

「試験が終わったあとの休みは？」

　お、とヨッちゃんはふたたび指を鳴らした。二学期の中間試験はあさってから始まる。二日間続いたのち、学校はちょうど土日休みに入る。部活は週明けから再開だから、行くとしたらそこしかない。

「オウケー。試験が終わったら行こう。週末は台風が来て天気が荒れるかもなんて朝のニュースで言っていたけど――、私たち、晴れ女だから大丈夫っしょ」

　ん？　さり気なく耳を通り過ぎていった言葉を引き戻す。

「私たちって？」

「そりゃ、私たち」

「え？　私も行くの？」

「当たり前っしょ。嫌だよ、いきなり、二人だけでなんて。圧が強すぎる」

　それから、ヨッちゃんはぶつぶつと何事かつぶやきながらペダルを漕《こ》いでいたが、

「よし」と急に声を上げ、

「海に行くのは土曜日。駅に朝十時に集合。北ノ浜に向かって出発だ」

と力強く宣言した。

「もしも明日、宮藤くんに会うことがあったら、私から話しかけてみるね。弓子も宮藤くんを見かけたら、伝えておいてくれない？」

明らかに及び腰の空気を放っている私に、「頼んます、ね」とウインクなのか、トラックが巻き上げた砂粒が入ったのか、よくわからぬ左目の瞬《まばた》きを見せつけてくる。その得体の知れぬ迫力に負け、「う、うん、わかった」と結局押し切られてしまった。

妙なことになった、と思った。

宮藤豪太を海に誘ったのは私なのだから、ある程度、協力するのもやむなしとして、腑《ふ》に落ちないのは、そもそもの発案がQによるものという点である。

その夜、テスト勉強中に現れたQに当然、私は訊ねた。「海に行きたがっていたぞ。海鳥を見るのが好きらしい」という言葉。あれは誰が「行きたがっていた」のか？するとQは、あっさりとその主語が宮藤豪太だと認めたのである。

何で知ってるの？　と声を裏返しつつ見上げる私に、

「お前が食事を済ませている間、あの男の声を拾った」

と巨大ウニが浮かぶがごとく宙に静止したばけものは、何ら感情をうかがわせるところのない平坦な口調で答えた。

「拾った？」

Qによると、学校で私がトイレや食事といったプライベートな時間を過ごすときは、あえて意識を離れた場所に向けているのだという。つまり、私の影から外には出ずに、別の教室にいる昼食中の宮藤豪太の声を拾ったことになる。とんでもない聴覚だが、それを聞いて真っ先に私が抱いたのは、親友の窮地を救ってくれたことへの感謝の気持ちよりも、

「何で、あなたがそんなことするの？」

という不審の念だった。

Qはただ浮いていた。

答えるつもりはないのかと思い、テスト勉強に戻ろうとしたら、

「興味がある」

という声が頭に響いた。

「この国にくるのは、はじめてだからな」

「この国？　あなた、外国のばけものなの？」

「俺はばけものじゃない」

頭の内側で、一瞬、言葉が熱を持ったように感じた。

「俺は――」

これまで感情というものをいっさい滲《にじ》ませることがなかった相手が、唐突に生きた声を伝えてきたようで、思わずごくりと唾《つば》を飲んだとき、

「Qだ」

という声が届いた。まるで数秒前のたかぶりが、幻だったかのような、何の抑揚もない、いつもの声色だった。

＊

ヨッちゃんには「わかった」と請け合ってみたものの、翌日は教室移動の必要な授業が続いたせいで、宮藤豪太とはまったく遭遇するチャンスがないまま放課後を迎えてしまった。

終礼を済ませて教室を出ると、ヨッちゃんが廊下で待っていた。

「どうだった、弓子」

その第一声から、彼女もいまだコンタクトを果たしていないことがうかがえた。私が「会えなかった」と首を横に振ると、

「私も体育とか、美術があったせいで全然、休み時間に暇がなくて——。今、宮藤くんのクラスを見たら、もう教室は空っぽだった」

どうしよう、とヨッちゃんが泣きそうな声を漏らすので、

「まだ明日から試験が二日間あるわけだし、どこかで見かけたとき、話しかけたらいいよ」

とフォローしたところ、

「でも、試験中にそんなことしたら、宮藤くんも勉強に集中できなくなって、迷惑かけちゃう」

ともっともな言葉を返してくる。そうだねえ、と私が首を傾《かし》げたとき、

「おい、日直。黒板、消しておけよー」

という担任の声が聞こえてきた。

「日誌も取りにこいよ。今日の日直、誰だ？　ええと、嵐野《あらしの》だ。おい、嵐野は帰ってしまったか？」

いきなり自分の名前が呼ばれ、「あ、忘れてた」と慌《あわ》てて教室に戻る。

「弓子、先、帰るね」

振り返ると、萎《しお》れたぶなしめじのように頭《こうべ》を垂れ、ドア枠に区切られた廊下を、ヨ

ッちゃんがフェードアウトする姿が見えた。

黒板を消し、日誌を書き上げ、職員室に届ける途中もヨッちゃんのことが頭から離れない。職員室へ続く二階の廊下を歩きながら、私は意識を集中させた。聴覚を研ぎ澄まし、何百という校内を歩く足音のなかから宮藤豪太のものを探してみる。足音は昨日トイレに向かうときに、廊下に響かせていたリズムを覚えている。これまで、こんなことを試した経験がなかったが、どうにか親友のロマンスを成就《じょうじゅ》させてあげたい。

こめかみに血管が浮かび上がる。

廊下から窓の外を眺めるふりをしながら意識を一気に高める間に、数人が背後を通り過ぎた。ついでに嗅覚《きゅうかく》の感度も上がっていたようで、うち男性教師のひとりがタバコを普段から吸っていて、女子生徒のひとりが昨晩、焼肉でも食べたのか、続けざまにひどい臭《にお》いをキャッチしてしまい、「うぇ」と顔をしかめた。私はタバコとニンニクの臭いが苦手だ。タバコは単にくさいから、ニンニクはまるで化学薬品のような刺激臭をともない鼻を突くからだ。吸血鬼がニンニクを嫌うのは本当。もしも、私がニンニク千個に囲まれたら、さすがに死にはしないだろうが、確実に具合は悪くなる。

いくら日光への恐怖を吸血鬼が克服したと言っても、急激に温暖化が進む昨今、夏の強烈な日差し対策として外出時の長袖《そで》着用は必須《ひっす》だし、これまで私は屋外で水着を着て泳いだことが一度もない。弱点を克服したとはいえ、ものには限度があるという話だ。

ちなみに、同じく吸血鬼の弱点と言われる銀については、アクセサリーをつけても、銀イオン配合の汗ふきシートを使っても何の影響も受けない。あれは単なる迷信。もちろん、鏡にも姿は映る。十字架も問題ない。私の通う高校はミッション系ゆえ、カバンにプリントされた校章や、制服のバッジには、堂々と十字架を中央に置いたエンブレムが使われている。

タ。タ。タ。

不意にひとつの足音に意識が引き寄せられる。え、私、こんなことできるの？　という半信半疑の思いとともに窓に顔を近づけた。

テニスコート脇から運動部の部室エリアへと移動中の男子生徒のひとりにピタリと焦点が定まった。人影はすぐにテニスコートのフェンスの陰に隠れてしまったが、それが男子バレーボール部キャプテンかどうか考えるより先に、足が動いた。日誌を脇に抱えながら階段を駆け下り、昇降口から外へ飛び出す。上履きのゴム底が地面を蹴《け》る音を従え、勢いのままテニスコートのフェンスに沿って曲がった。正面にはテニスコートに面してずらりと部室が並んでいる。ちょうどバレーボール部の部室の前に、詰め襟姿の男子がひとり立っていた。

「ワオ」

ビンゴ。宮藤豪太、その人だった。

まさに千載一遇のチャンス。部室のドアを開け、中に入ろうとするキャプテンを呼び止めた。こちらに顔を向けたところへ、あと十分くらいここで待っていてほしい、と一方的に告げ、さらに彼の胸元に日誌を押しつけ、返事も聞かずにその眼前を通り過ぎ、自転車置き場へと向かった。

己の自転車にまたがり、一気に通用ゲートから校外へと漕ぎ出す。

夕暮れの空を背に、立ち漕ぎで県道をすっ飛ばした。朝のヨッちゃんとの合流地点をさらに越えたところで、彼女の後ろ姿を捕捉《ほそく》した。見るからに元気のなさそうな猫背でキコキコと漕いでいる。その横を猛然と追い抜き、『AKIRA』さながらの横滑りのブレーキングで自転車を停めた。

「ヨッちゃん！」

風に煽《あお》られ、こちらの髪の毛がたいへんなことになっているせいで、誰に声をかけられたのか一瞬わからなかったようで、一拍置いてから、

「弓子！」

と返ってきた。

「宮藤豪太、確保！」

乙女の頰が、みるみる紅潮する。

「バレーボール部の部室の前で待ってもらっているから、すぐ戻って」

カチカチと自転車のギアをチェンジさせる音とともに、すでにヨッちゃんはUターンを始めていた。先ほどまでの猫背はどこへやら、猛然とお尻《しり》を突き出し、立ち漕ぎ姿勢で来た道を引き返す。上履きでペダルを踏むのは変な気分だと思いつつ、ヨッちゃんを追う。二台の自転車は前後にフォーメーションを組み、ツール・ド・フランスの選手の如《ごと》くお互い頭を低くして、ときどき位置を交替し、風の抵抗を最小限に抑えながら県道を突っ走った。

「弓子。宮藤くん、まだいるかな？」

「おばあさんから買い物カートを預けられて、ずっと突っ立っている人だから大丈夫」

「どういうこと？」

「知らない人でもそれだよ。私から日誌を預けられたなら、当然、今も突っ立っているはず。ちゃんと連絡先を交換しなよ」

がってんだ！　とヨッちゃんは先頭で通用ゲートを突破し、自転車置き場に到着するなり、猛ダッシュで部室へと向かった。私は少し間を置いてから、歩きでゆっくりと向かう。

部室の前に人影が二人、向き合っているのが見えた。ヨッちゃんと宮藤豪太だ。ときどき、小さな笑い声が聞こえてくる。私の足音に気づくと、「あの、これ」と宮藤豪太が日誌を差し出した。

「どうも」

と受け取り、ヨッちゃんの背後を通り抜けたとき、ヨッちゃんが背中に右手を回し、試合で使うサインプレイの指の動きを見せた。

「速攻」

そうだ、ヨッちゃん。相手の陣形が整う前に突っこんで、見事にダンク決めちゃいな！

何ともいい気分で、スキップなんかも織り交ぜて職員室に向かい、日誌を届けてから教室に戻った。机に置いたカバンを取り、パチンパチンとスイッチを押して消灯する。昇降口でスニーカーに履き替え、部室の様子を確かめにいこうかなと思ったが、やめておいた。

何だか、無性に走りたい衝動に駆られ、自転車置き場ではなく、グラウンドに立ち寄った。すでに日は暮れ、照明も点《つ》いていないため、グラウンドはすっかり夜の気配に包まれている。中央のトラックには陸上部が引いた百メートルの直線コースのラインがぼんやりと浮かび上がっていた。スタートラインに立ち、屈伸し、ジャンプする。腕時計の機能をストップウォッチに切り替え、周囲の気配をうかがった。誰もいないことを確かめてから、

「よーい」

とクラウチングスタートの姿勢を取り、集中を高めた。

こめかみに血管が浮かぶ。さらに眉間にも一本太い血管が脈打ち、髪がざわっと逆立ったとき、

「ドン」

と心の号砲を鳴らし、私は駆けた。ぐいぐいと空気を引き裂き、身体《からだ》じゅうに力の粒がぴちぴちと音を立ててみなぎる感覚とともに百メートルを走りきり、ストップウォッチのボタンを押す。

液晶の表示は、９秒43。

やっほ、世界記録。

誰もいないトラックをビクトリーランしながら、もしも私が脱・吸血鬼化してしまったら、人間との身体能力の差はぐっと縮まると言うし、こんなふうに走ることはできなくなってしまうのかな、と思うとほんの少しさびしさを感じた。

*

「ねえ、ちょっと出てきて——、みたら?」

定期テスト二日目を明日に控えた夜、もう試験勉強はいいや、覚えられないやと古文の助動詞との格闘に見切りをつけ、私は正面の壁に向かって呼びかけた。

「話したいことあるから」

試験が始まってからというもの、私が勉強に集中できるよう配慮しているのか、それとも、もはや監視対象への関心がなくなったか、Qはまったく姿を現さない。視線を感じることすらない。

「もう、帰っちゃったのかな——」

と夕食の準備中、皿を運びながら私が発したひとりごとに、

「心配しなくても、きっちり誕生日まで、そこに隠れているから」

とママは私の足元の影を菜箸《さいばし》で指し示してから、庭で採れたみょうがや、しその葉の天ぷらを鍋《なべ》から引き上げた。

ひさしぶりに夕食の時間に間に合ったパパが、

「Qとは話をしたかい？」

しその葉をパリパリと音を立てて食べながら訊《たず》ねてきた。「全然」と首を横に振ると、

「せっかくの機会なんだから、話してみたらいいよ。見た目にも慣れてきただろうし」

などと無理難題をふっかけてくる。

「話す？　何を？」

と私が眉間にひときわ深いしわを寄せると、

「僕は外国の吸血鬼の話を教えてもらったなあ。そんな情報、それまで誰からも聞いたことがなかったから、とても興味深かった」

とパパはみょうがを口にくわえ、「ママはどうだった？」とバトンを渡す。

「私ねえ……、実はあまり覚えていないのよね。そうだ、ウチはお姉ちゃんがいるでしょ。あの人、口が達者だから、いつも口ゲンカで負かされてばかりでくやしかった

んだけど、勝ち方をQが教えてくれたような気がする。こう言い返せばいいって」

「へえ、おもしろいね、それ」

二人とも相当むかしの出来事だから、記憶が曖昧《あいまい》になっている部分もあるだろうが、それにしても、いい思い出に偏《かたよ》りすぎじゃないか？　だって、あの見た目だよ？　もっとネガティブな反応を示すのが自然でしょうよと、

「気味は悪くなかったの？　あんな格好で浮いているんだよ？　どう見ても変でしょ？」

と当時の感覚を思い出してもらおうとしても、揃《そろ》って「うーん」などと首を傾げている。

私の誕生日は三日後だ。

今のところ、嫌悪《けんお》感《かん》一色に塗り潰《つぶ》された我が心証であるが、これから大逆転することもあり得るのだろうか。ちょっと想像つかないなと思いつつ、これまたママが庭で栽培している肉厚のしいたけにかぶりついた。

それから四時間が経ち、こうしてテスト勉強に見切りをつけ、虚空《こくう》に向かって気まぐれに呼びかけてみたのだが、いっこうに返事がない。

「パパがあなたと話してごらん、って――、そうか。あなた、影に隠れているなら、

いっしょに聞いているか。ねえ、そもそも、あなたって男なの？　結構、低い声よね。それに大人の声で頭の中に響くんだけど、女の人バージョンもあるの？」

やはり音沙汰《おとさた》がなく、フンと鼻を鳴らしてから、机の上の教科書やノートを片付け始めたとき、

「いる」

といきなり声が聞こえてきて、「わッ」と手にしたノートを放り出してしまった。

「数は少ないが、女もいる」

視線を感じて振り返ると、そこにQがいた。

相変わらず、何百本という鋭いトゲを四方八方に突き出しながら空中で静止していた。

二日ぶりの登場になるが、不思議なことに、これまでとは違い、視認した途端、思わず叫びたくなる衝撃が訪れない。まさか、これが慣れてきたということ？

「どうして、あなたはその姿なの？」

シンプルな問いかけに対し、Qは無言のまま浮いている。

「その見た目で男と女の区別があるって、どういうこと？　どういうルール？　トゲの数を合わせて奇数か偶数かで分かれているとか？」

やはり返事はなく、こうして静物として浮かび続けていると、黒い現代アートもどきのインテリアと見えないこともないな、などと妙な感想が湧《わ》き上がってきたところへ、

「慎重――、とお前は言っていた」

とQがようやく声を発した。

「確かに、お前の両親は慎重に生きている。近所との付き合いをおろそかにせず、適度な関係を保っているようだ」

いったい何の話かと一瞬、訝しんだが、以前、Qとの会話のなかで、自分や両親が吸血鬼であると周囲にバレぬよう慎重に生きてきたという内容を口にした記憶がある。そのことについて言及しているらしい。

Qの言うとおり、この前の日曜もママが採った庭の野菜を、私が近所の人たちに届けて回った。農業をやっている家が多いので、お返しだと卵や栗《くり》や焼きたてのクッキーをもらった。果たして、それが吸血鬼とバレないためのカモフラージュ作戦の一環かどうかは判断がつきにくいが、ご近所さんとの関係はとても良好だ。

「学校で走っていたな」

「え？」

「あれは、どういうつもりだ」

話がやけに飛ぶ。今度は私がグラウンドで全力疾走したことを言っているのだろう。

「どこが、慎重なんだ？」

Qの声は心なしか低さを増して届いたように感じた。

「いや、あれは、誰も見ていないだろうし、じゅうぶん暗かったし、ちゃんと周囲の気配を確認して走ったから――」

「監視カメラに撮られていたら、どうする」

どこまでも落ち着いた声で放たれる指摘に、私は言葉に詰まる。

「お前の行動ひとつで、両親やこの街に住むお前の仲間たちの安全がおびやかされる。そのことをわかって走ったのか」

感情の揺れがないぶん、Qの声はとても冷たく響いた。

何だろう、急に視界が涙で滲み、Qの輪郭がぼやけてきた。

「これまでも、同じような行動を取ったことがあるのか」

私は横を向き、目が乾くのを待つ。

中学生の頃、少しずつ身体が大人に近づくにつれ、自分の運動能力を試したくなってきた。オリンピックをテレビで見たあとは特にその欲求が顕著になり、実際に中学校の無人のグラウンドで試した。さすがに男子の記録を超えるのは無理だったが、走り幅跳び、三段跳び、百メートル走は女子の金メダリストよりもよい数字を出すことができた。

「あるんだな？」

私は無言で膝《ひざ》の上に置いた拳《こぶし》を握りしめた。

思慮に欠けた軽率な行動だったことに間違いはない。何がどう命取りにつながるかわからないと、さんざん両親から言い含められ、もちろんその意味は理解していたが、「大丈夫だろう」とどこかで勝手に判断していた。正確には「たとえ人間がそれを見たとしても、自分の見間違いと思うはずだ」と高をくっていたと言うべきか。

そもそも、吸血鬼でもなければ仲間でもないこのばけものに対し、謝るのはもちろん弁解の必要すらないはずだが、それでも何も言い返せないくやしさと情けなさが相まって、私は強く唇を嚙《か》んだ。

長い無言の時間が続いてから、

「カメラはなかった」

という声がぽつんと頭に届いた。

「何で……、わかるの？」

「周囲は俺が確かめておいた。誰もお前のことを見ていない」

顔を上げられぬまま、「ありがとう」とかすれ気味の声で礼を伝えた。

「話を聞きたいか？」

「話？」

「外国の話だ。今のお前には役に立つかもしれない」

私は膝の上の握り拳を解いた。返事をするでもなく、ベッドに視線を向けた拍子に、その真上にQが浮かんでいるにもかかわらず、布団《ふとん》のどこにも影が落ちていないことに今ごろになって気がついた。

＊

はるか、はるか、むかしの話だ。

そう前置きしてから、Qはゆったりとした口調で語り始めた。

場所は村とだけ、そのまわりにあるものは山と川とだけ、さらに川の向こうにあるものは町とだけ説明して、どこの国を舞台にしているのかも伝えぬまま、Qは私の頭の中に言葉を置いていく。

それは吸血鬼の物語だった。

おそらくスマホも、自動車もない、さらには電気もない時代、吸血鬼たちが住む村があった。

「脱・吸血鬼化」の道筋を見つける以前の世界に生きる仲間たちの話のようで、その村に吸血鬼の家族が二十ほど集まり、農作物を育て、家畜を飼い、狩猟をして暮らしていた。

彼ら、彼女らは自分たちの力で山を切り拓《ひら》き、一から村を築き上げ、人間社会とは距離を置きながら自給自足の生活を営んだ。それでも、すべてをまかなえるわけではなく、たとえば質の高いタバコや酒は、川を越えて町に行かないと手に入らない。さらには塩や香辛料といったものも、誰かが町で物々交換するか、もしくは山深い場所で襲って得た旅人の所持金で購入してくるのが常だった。

村に、ひとりの少女がいた。

年齢は十六歳。私と同い年だ。ただし、脱・吸血鬼化をする前の時代の話なので、「十六歳」は彼女が吸血鬼になった年齢を指す。古《いにしえ》の吸血鬼は年を取らない。彼女の場合、永遠に「十六歳」のまま、生き続けることになる。

笑顔に愛嬌《あいきょう》があり、人間から警戒感を抱かれにくい顔立ちだったため、少女は町との連絡係を任された。月に二度、太陽を避けて曇りか雨の日にのみ、山と川を越えて、往復四時間かけて町と村とを移動した。

町で彼女は、ある人間の男と知り合った。

酒屋の主人の息子で、たまに店番をしているときに言葉を交わすうち、次第に打ち解け、やがて気軽に冗談をぶつけ合う仲になった。それはすなわち、吸血鬼になって以来、少女がはじめて得た人間の友だった。

男と会うことが、少女が町に向かう際のたのしみのひとつになった。

男の真面目《まじめ》な働きぶりや、病身の母親を気づかう姿を間近に見て、自然と好意を抱くようになったのである。

だが、外見に変化の生じない少女が、いつまでも連絡係を務めるわけにはいかない。

もしも、あの出来事がなければ、少女は二年後あたりに村の誰かと連絡係を交代し、男のことは町の話題が出たときにだけ、いくつかの褒め言葉とともに思い出す程度の淡い記憶に変わっていただろう。

数日間降り続いた雪がやんだ、冬の日のことだった。

まだ暗い雲が垂れこめる空の下を、少女は町へと向かった。その途中、突然、獣の匂《にお》いを嗅《か》いだ。さらには血の匂いを。

少女は走った。

やがて、白い雪の上に血まみれで倒れる人影と、吸血鬼の登場を知り、恐れをなして獲物《えもの》から離れていく狼《おおかみ》が二匹、視界に入った。

倒れている人間の顔を確かめたとき、少女は息を呑《の》んだ。

彼女がよく知る、酒屋の息子だったからだ。力なく伸びた腕の先で、銃が雪に沈んでいた。狩りの最中に狼に襲われたのだ。太ももと脇腹《わきばら》から流れ出した大量の血は、すでに白い雪を真っ赤に染めている。

先月、店を訪れたとき、病に伏せる母親に新鮮な肉を食べさせてやりたい、と男が話していた。なら、狩りでもしたら？　と少女が冗談半分に提案すると、やったことないけど試してみようかな、と笑いながら男は酒壜《びん》を渡してくれた。

雪が降ったばかりで、獣の足跡を見つけやすいと考えて、狩りに出たのかもしれなかった。名前を呼んでも、男は何の反応も示さない。たとえ今から彼をおぶり、町まで運んだとしても、これだけ血を失っていたら、到着まで身体が持たないことは明らかだった。

少女は男の横にひざまずいた。

少女の感情は揺れていた。

一人息子を失い、あの陽気な酒屋の主人と、病身の母親がどれほど悲しむかと考えると、とても心が痛んだ。

同時に、先ほどから抑えがたい衝動が少女の身体の底で蠢《うごめ》いていた。

たまらなく、血が欲しかった。

今は男のことを考えるべきと理解していても、少女の身体を押し包む、血の匂いの誘惑に頭がどうにかなりそうだった。

男の太ももの下、赤く染まった雪を手に取り、口に含んだ。

溶けていく雪の冷たさのあとに、おそろしく甘美な感覚が身体じゅうを駆け巡った。

仲間たちが狩りで得た獲物や家畜をさばくときに、動物の血を分け与えられることはあっても、まだ人間の血の味を少女は知らなかった。

果たして人間の血を求めたいだけなのか、それとも友人である男の未来を閉ざしたくないからなのか、すでに少女自身もわからなくなっていた。鼻孔から入りこむ血の香りが全身を巡り、意識までをも朦朧《もうろう》とさせ始めるのを感じながら、少女は男の首筋を見つめた。

もしも首筋に嚙みつき、残りの血を吸い尽くしたならば、当然、男は死を迎える。

だが、血を吸うと同時に力を与えたならば、男は死を免れる。いったんの仮死状態を経て、ふたたび目覚めたとき、男は吸血鬼として新たな生を得るのだ。

その代わり、男は二度と両親とともに過ごすことはできなくなる。それでも、子の死という親にとっての最大の悲劇が、彼の両親に襲いかかる日は永遠に訪れなくなるはずだ。

男の顔色はいよいよ白さを増し、口元から吐き出される息は、少女の鋭敏な聴覚でも捉えることができぬくらい、か細いものになりつつあった。

残された時間はなかった。

これまで、少女は慎重に生きてきた。己が吸血鬼であることを人間に勘づかせるような愚かな行為は決してしなかったし、人間を見下すことも、敵視することもなかった。ゆえに、少女が普段は隠している牙《きば》を剝《む》き出しにして、男の首筋に嚙みついたとき、そこにはやはり友人を救いたいという純粋な気持ちがあったはずだ。たとえ、血への欲求がすでに抑えがたいほど高まっていたとしても。

少女は男の血を吸った。どれほど時間が経過したのか、まったく記憶にないほど、むさぼるように吸い続けた。

その行為を中断させたのは、男たちの怒号だった。

ハッとして面《おもて》を上げた少女の視線の先に、銃を持って走ってくる人間の男たちの姿があった。

少女の上唇の下から突き出した二本の牙と、血まみれの口元を認めた男たちはいっせいに悲鳴を上げた。

「違うの」

と立ち上がろうとしたとき、少女に向けられた複数の銃口から、轟音《ごうおん》とともに銃弾が放たれた。

*

マジ、へこんだ。

あんな話を寝る前に聞かされたのだ。寝つきが悪いなんてもんじゃない。

果たしてQが語った内容は、過去の実話なのか、それとも私にお灸《きゅう》を据えるためのつくり話なのか、それを確かめる間もなく、Qは音もなく消え去り、私は最高にダウンな気持ちのままベッドに入る羽目になった。

「何だか、眠そうだね。遅くまで勉強したのかい？　そうか、今日で中間テストは終わりか」

翌朝、コーヒーを飲みながら呑気《のんき》に話しかけてくるパパの正面で、私は仏頂面《ぶっちょうづら》でトーストを齧《かじ》り続けた。元はと言えば、パパがQと話してみればいい、なんて余計な提案をしてきたことがきっかけなのだ。

いったい、パパが聞いた外国の話はどんな内容だったのだろう。まさか、昨夜のようなダークテイスト満載の結末ではあるまい、と思いつつ、朝からこみいった話をする気にもなれず、

「ねえ、パパのとき、Qは男だった？　女だった？」

と代わりに近ごろ疑問を抱いていたことについて訊《き》いてみた。

「男？　女？　Qの見た目はトゲトゲだろ？」

「見た目じゃなくて声だよ。頭に響くQの声が男だったか、女だったか、ということ」

そういうこと、とうなずいたパパだったが、「どっちだったかなあ」と首をひねり始める。どうして、そんな簡単なことを思い出せないの？　と訝しむ私の前で、もう三十年以上前のことになるからなあ、と天井を見上げたのち、「ママはどうだった？」とキッチンに立つママに質問のバトンを渡してしまった。ベーコンを焼きながら、「さあ、どっちだったかしら」とママも同じように鈍い反応とともにおっとりと考え

こんでいる。

　結局、二人からまともな返事は聞くことができぬまま、パパは会社に向かい、

「テスト、がんばってねー」

とママの朗らかな笑顔に見送られ、私は学校へ出発した。

　昨日は一日じゅうひどい雨だったせいで、水たまりがあちこちに残る、ゆるやかな坂道を下りながら、ちらりと自転車の足元についてくる自分の影をのぞきこむ。

「ねえ、昨日の話って本当に起きたこと？　ベースト・オン・ア・トゥルー・ストーリー《事実に基づく物語》ってやつ？」

　返事はない。

　そもそも、太陽が出ている時間に、屋外でQが話しかけてきたことはない。一度だけ体育館で登場したときは、すでに日が暮れていた。直射日光がダメだなんて、いまどき、どんな吸血鬼よりもオールド・スタイルじゃない？

「もしも、あなたが太陽の下に姿を現したら、どうなるの？　むかしの吸血鬼のように焼け死んでしまうとか？」

　やはり返ってくる声はなく、やがていつもの合流地点を目指し、完璧《かんぺき》なタイミングで県道を立ち漕ぎし、接近してくるヨッちゃんの姿が目に入った。

「おはよう、弓子！　何だか、また顔色悪いね」

自転車を並べるなり、さっそく的確な指摘を放ってくる親友の血色はというと、これがすこぶるよい。見るからに何かを伝えたそうに、口元がムズムズと妙な動きをしているので、どうしたの、いいことあった？　と訊ねると、ヨッちゃんはよくぞ訊いてくれましたとばかりに、

「いなかったのである」

とやけに太い声色を使ってうなずいた。

「それ、何かのモノマネ？」

「うん、司馬遼太郎ふうに言ってみた」

わかんないよ、と私が眉間《みけん》にしわを寄せると、

「いなかったの。宮藤くんに、彼女が」

一拍の間を挟んで、「ああ」と声を上げてしまった。宮藤豪太に恋人がいるのかどうか。根本的な部分について、一度も確認せずに突っ走っていたことに今ごろになって気がついた。

「本人に訊いたの？」

「うん、ＬＩＮＥでだけど」

いいねえ、ヨッちゃん。恋の芽が少しずつ伸びていく様に、こちらまでむず痒《がゆ》い気分に浸っていると、

「やっぱり晴れ女パワーってやつ？ 今日はまた雨が降るみたいだけど、明日は天気も回復するみたいだから、予定どおりに北ノ浜ツアーは決行です」

と脇を追い抜いていく大型トラックの騒音にも負けず、乙女は力強く宣言した。

「その話だけど、宮藤くんと二人で行っておいでよ。そんなふうにＬＩＮＥで連絡取れるようになったら、もう大丈夫だよ」

相手の上機嫌につけこんで、やんわりと抜ける方向にかじを切ろうとしたところ、あいや、待たれい、とヨッちゃんがハンドルから離した手のひらを向けてきた。

「宮藤くんと相談して、彼の友達も来ることになったから」

「それって、まさかダブルデート？」

「バランス的にそうするしかないでしょ。もう、キャンセルできないから。明日、駅で集合だから」

思いもしない展開に、ママの困ったときの仕草を真似《まね》て、口元を「ほ」の格好に保っていると、

「ねえ、弓子ってこれまで男子とデートしたことあるの？ まあ、あるよね」

とヨッちゃんがいかにもついでの態《てい》で、鋭い質問を投げこんできた。

「ふふん」

と余裕たっぷりの、鼻の先に漂うが如《ごと》き笑いを返してみたが、当然、人間の男とデートした経験なんてない。

別に「人間とのデートは禁止」という掟《おきて》があるわけではなく、それどころか、吸血鬼と人間との結婚も可能である。吸血鬼もそのルーツは人間だから、人間との間に子どもを授かることもできる。だが、問題は人間側の理解だ。古から、吸血鬼が何よりも恐れてきたのは、人間たちに反社会的勢力と認知され、そのコミュニティを破壊されることだった。もしも、自分の隣にいる相手が違う種族と知ったとき、人間はどう行動するか。すべてを理解し、一生、沈黙を守り続けることができるのか。

実際に、人間と結婚した吸血鬼の話を、私は聞いたことがない。吸血鬼であることを相手に告白し、その状態を永遠に維持できたカップルなんているのだろうか。互いが乗り越えるべき覚悟の壁は、とんでもなく高いはず——。

なんて、朝の登校時間には重すぎる内容を思い浮かべてしまうのも、間違いなく昨夜のQの話のせいだ。あのトゲトゲ野郎、テスト期間中に何のつもりで、と心で毒づいていると、

「わ、弓子、すごく怖い顔」

という声が耳に滑りこんできて、慌てて眉間のしわを解き放つ。

「ひょっとして弓子、好きな人が別に――」

「それはない、大丈夫」

と先回りして、さわやかな笑顔とともに返すと、ヨッちゃんはよかった、とうなずき、

「宮藤くんに、きのこの山と、たけのこの里、どっちが好きか訊ねたら、世の中にその二択がある限り、コンビニの棚に二つの商品は並び続けるだろうね、何よりの宣伝文句だから、なんて言うの。大人だよねー。ああ、海楽しみ。ウミウシいるかな？」

とこれから始まるテストのことなどまるで眼中にない様子で、力強くペダルをぐいと踏んだ。

風にさらわれて、今にも音符でもこぼれ落ちてきそうなヨッちゃんの髪を目で追いながら、ふと小さな事実に気がついた。

私はまだ、恋というものをしたことがない。

人間にも、吸血鬼にも。

誰に対しても。

きみたちには無限の可能性がある。

そう大人たちに語りかけられるたび、私はいつも考えこんでしまう。

自分には、どんな可能性があるのだろう?

たとえば、これから先、人間社会のなかで誰の目も気にすることなく、自分が思うがままに生きていくことができる可能性――。

ゼロだ。

＊

いや、Qの話を聞かされたばかりゆえ、もはやマイナスに突入した心証すらある。

悲惨な話だった。特にラストが。

そもそも、あの話に登場した少女は何も悪いことをしていない。酒屋の息子は、狩りの一隊からはぐれたところを狼に襲われたのが致命傷になったわけで、少女が取った行動はむしろ彼の両親のことを考えたものだったにもかかわらず、吸血鬼に息子を殺されたと思いこんだ酒屋の父親は、怒りと恐怖に駆り立てられるままに領主のもとへ復讐《ふくしゅう》を訴え出た。あの女は吸血鬼だ、あの女が住む村は吸血鬼のすみかだ！　と。

領内に吸血鬼一族が暮らすことを許す領主なんて存在しない。すぐさま領主は近隣の町村に呼びかけ、討伐隊を結成し、吸血鬼の村に攻めこんだ。

どれほど運動能力に秀《ひい》でた吸血鬼であっても、千人近い人間に襲われたらさすがにひとたまりもない。しかも、かつての吸血鬼は活動ができなかった、昼間の時間を狙《ねら》われた。

家を燃やされ、外に逃げ出しても、そこには太陽というもうひとつの地獄が待っている。村に住む全員が、陽の光の下《もと》に引きずり出され焼け死んだ。吸血鬼たちが一から築き上げた村は、一瞬でこの世から消え去ったのである。

われわれが「脱・吸血鬼化」の方法を編み出すまで、きっと世界中で何度も繰り返されてきただろう悲劇について、パパやママから聞く機会がなかったわけではない。いや、むしろ口酸《くちず》っぱく、吸血鬼であることがバレたときの危険については注意を受けてきた。

だが、迫力が違った。

どこまでもローテンションな調子ながら、まるで実際に目にしてきたかのように語られる悲惨な顛末《てんまつ》は、異様に生々しく――、いつの間にか、私は頭の中で例の地獄絵図とシンクロさせていた。針の山や血の池地獄で苦しむ人々の姿が、そのまま太陽の下で焼け死ぬ吸血鬼に置き換わった。怒りに突き動かされ、村を目指す、千人近い人間たちの殺気だった足音が、今にも窓の外から聞こえてきそうで、恐怖に身体がすくんだ。

そんなひどい体験を味わいながら、私は中間試験を乗り切った。

夕食に「試験、おつかれさま」とママが私の好物ハンバーグ・ドリアを作ってくれたおかげで、気分よく部屋に戻り、

「昨日の話について、聞きたいことがある」

とQを呼んでみたが、返事はなく、虚空に向かってのひとり言になってしまう。

「私の誕生日、あさってだよ。『脱・吸血鬼化』の儀式って何をするの？　パパもママもあなたに訊け、としか言わないし」

つい食べ過ぎてしまったおなかをさすりながら、明日の北ノ浜行きのルートをスマホで調べていると、

「覚えていないからだ」

と唐突に声が頭の中に響いた。

「覚えていない？　そんなわけないでしょう。二人とも実際に経験したのに」

振り返ると、やはりトゲトゲの静物が微動だにせず浮かんでいた。

「お前の両親は儀式の内容を覚えていない。なぜなら、すべて忘れさせられたからだ」

「忘れさせられた？ 誰に？」

「それぞれの元を訪れたQに、だ」

「ち、ちょっと、待って。どういうこと？」

「吸血鬼にとって、もっとも重要な儀式だ。完全な秘密が守られなければならない。儀式を受けた吸血鬼は目にしたもの、耳にしたものを忘れるよう求められる」

「でも――、パパとママは大人だよ？ 立派な吸血鬼として、責任をもって生きているのに、それでも秘密にしたままって、そんなの変じゃない？ だいたい、完全に秘密にすることなんて可能なの？ もしも、私がノートにあなたのことを書き留めておいたら？ スマホにメモして、クラウドに保存していたら？」

「記録として残りそうなものはすべて廃棄しろ、と命じる。お前はそのとおりに行動する。だが、記憶のすべてを消し去ることはしない」

かつて自分の元を訪れたはずのQについて、パパとママがやけに偏った記憶しか語ろうとしない不自然さについて、不意に思い出す。

「儀式の日までお前を監視すること、儀式が終わればその内容について記憶を消すこと――、それが俺の役割だ。断片的に残った記憶についても、口外してはならないと念を押す。だから、お前の両親は忠実にそれを守っている」

「いいの？　そんなこと、私に教えて」

「この会話自体を、お前は忘れる」

「そ、そんなのおかしいでしょッ。私の記憶をどうして他人のあなたが勝手にいじることができるのよ」

相手への盾とするようにクッションを胸の前に抱き、私は宙に浮く物体を睨《にら》み上げた。

「忘れない方法なんて、いくらでもあるから。ヨッちゃんに、あなたのことを書いたメールを送る。ＹｏｕＴｕｂｅに動画を残しておく。デジタル・タトゥーって言葉、知ってる？　ネットに記録されたものは簡単には消せなくて、今とても問題になってるの」

「行動に移す前にお前を止めたらいい。そのための監視だ」

「へえ、そんなことできるの？」

私は机の上のマグカップを持ち、Ｑに向き直った。マグカップを少しずつ傾けていく。

「ほら、こぼすわよ。本当にできるのなら、私の動きを止めて見せなさいよ」

いよいよ傾けるが、身体の動きに変化は訪れない。

「あ」

結局、傾けすぎたせいで、中身のロイヤルミルクティーが床にこぼれ落ちた。

「何で、止めないのよ」

私は慌《あわ》てて学校のバッグから部活用タオルを引っ張り出し、床を拭《ふ》く。

「ねえ、あなたもとっくに、わかってるでしょ。私が血の渇きを我慢しているかどうか——。もう監視の必要なんかないんだから、儀式までどこかに消えていてくれない？」

「お前の誕生日まで監視しないと、その証明はできない。それまで大人しくしていろ」

とても冷たく響くその声は、いかにも私をバカにしているようで、顔を上げると同時に、

「何なのよ、いつも偉そうにッ」

とタオルを投げつけたが、すでにそこにQの姿はなかった。

そのまま壁にぶつかったタオルが、力なくベッドに落ちていく。

声が届いたのだろう。

「弓子、仲良くねー」

というママののどかな声が、ほどなく階下から聞こえてきた。

＊

自転車にまたがり出発しようとした、まさにそのタイミングで「弓子」と声をかけられ振り返ると、ママといっしょに庭で畑仕事をしていたパパがスコップを手に近づいてくるのが見えた。

「明日の誕生日、丘山《おかやま》さんの店を予約しておくけどいいかな」

おお、極上ピザだ、ごちそうだと「もちろん」とうなずくと、「じゃあ、六時で予約しておくから」と手の代わりにスコップを軽く振って戻ろうとするので、

「あのさ、私の儀式って……、誕生日ディナーのあとにあるの？　それとも前？」

と明日に迫っているというのに、いまだ詳細が何ひとつ明らかになっていない「脱・吸血鬼化」の儀式について思いきって訊ねてみた。

「もう、明日の話だよ」

「確かに、そうだね——。でも、明日になれば滞りなく済むものだから大丈夫。うん、心配しなくても……」

心配するなと言う割には、途中からごにょごにょと不明瞭《ふめいりょう》な言葉ばかりを連ね始める。

「パパ、自分が儀式を受けたときのこと、ちゃんと覚えてる？」

「それが、あまり覚えていないんだな。何でだろう、年かなあ」

と首を傾《かし》げているパパにそれ以上、問いを重ねる気も失《う》せて、「待ち合わせ、ギリギリなんだ」と自転車のペダルに足をかけた。

「ママから聞いたけど、北ノ浜に行くんだって？　あそこはキスがよく釣れるんだ。釣りはしない？　そりゃ、そうか」

呑気なパパの声に送られ出発した私は、一路、駅を目指した。自転車置き場に駐輪して改札に向かうと、そこにヨッちゃんが待っていた。

「オッスです」

と駆け寄ると、明らかに緊張した面持ちで「おはよう、弓子」とぎこちなく手を挙げる。

「キャプテンは？　まだ？」

「宮藤くん、電車通学で、向こうの駅のほうが近いから、あっちで待ち合わせすることになった」

向こうの駅とは、ここから三駅離れた、北ノ浜行きのバスが発着する乗り換え駅を指すのだろう。

「いいねえ、ヨッちゃん」

改めて、ヨッちゃんの装《よそお》いを上から下へと眺め、私は何度もうなずいてしまう。

普段、制服とジャージ姿ばかり見慣れているため、私服であること自体が目新しい。さらには、ネオンイエローのスウェットにプリーツスカートというシンプルな組み合わせの首もとから、シャツの襟だけをちょこんとのぞかせているあたりも、デートへの意気ごみをさりげなくアピールしていて、実にシー・ソー・キュートだ。

「あ、お団子だ」

ヨッちゃんの頭に二つ、ゆるめのお団子結びを発見し、思わず指差すと、

「お母さんにシノラーみたいだ、と言われたけど、何だろうね」

とヨッちゃんはお団子を手のひらで撫《な》でてから、ピンク色のリュックサックを担《かつ》ぎ直し、

「行こう、電車、来るよ」

と改札に向かった。

きっぷ買っておいたから、とヨッちゃんから一枚を渡され、改札を通過する。ホームに出て、ものの一分も経《た》たないうちに、三両編成で電車が到着した。

電車が停車する寸前、並んで待つ二人の姿をドアの窓ガラスが映し出した。

私の格好はといえばブルーのパーカーに、くるぶしの上あたりまでの丈のジーンズ、そこに斜めがけのバッグという、近所のJAのスーパーに向かう際の服装とほぼ変わりない組み合わせだ。生まれてはじめてのダブルデートとはいえ、しょせん相手は違う種族だから、盛り上がりに欠けるのは致し方ないところなれど、今日の目的はヨッちゃんの恋路を成就《じょうじゅ》させること。そのためなら、たとえこの世の地を這《は》う生物のなかで、フナムシがいちばん苦手であっても、私は海へ行く。

電車の中はガラガラで、対面式のシートにヨッちゃんと向かい合って座ると、

「ああ、緊張する」

とヨッちゃんは手のひらにやけに時間をかけて文字を書きこんでから、口に運んでごくりと呑みこんだ。

「齋藤の齋は書きすぎて、効き目が薄れてきたから、顰蹙《ひんしゅく》に変えたんだけど、手のひらじゃスペースが足りなくて腕まで書いちゃうんだよね」

「大丈夫だよ、いつものとおりにしていれば」

三駅目で私たちは電車を降りた。

改札を出ると、ベンチに宮藤豪太と男子がもうひとり、腰を下ろしていた。改札を出た私たちに気づくと、「お」と宮藤豪太が立ち上がる。それに対し、ヨッちゃんが「お」と手を挙げて応じ、ニューカマーの男子も「お」と続いて立ち上がったとき、

「おおー」

と私とヨッちゃんの声がハモった。

なぜなら、相手が百八十五センチを超えようかという、たいへんな長身だったからである。

「大きいねー」

と相手を見上げ、ヨッちゃんが素直な感想を口にすると、

「ウチの部の、はすっち」

と宮藤豪太がひょいと手を横に出して紹介した。

どこかで見覚えのある気がしたのは、体育館で遭遇済みゆえかと合点したとき、

「蓮田《はすた》律人《りつと》です。ええと、俺、D組です」

と大きな身体《からだ》を折り曲げ、律儀《りちぎ》に初対面のあいさつをしてくれた。

私とヨッちゃんはともに身長は百六十センチを超えていて、決して女子のなかで背の低いほうではないのだが、推定百八十五センチ超えを前にしたとき、目線の位置は相手の顔のはるか下、胸のあたりに落ち着く。

「ＰＡＳＴＡ」

そこにプリントされた、Ｔシャツのロゴに、私の視線は吸い寄せられた。白い皿の上にナポリタンのような赤味がかったパスタが盛りつけられ、宙に浮いたフォークに麵《めん》が巻きついている。　イラスト上部にＰＡＳＴＡ。それを着るのは蓮田。ハスタ、パスタ。ダジャレだろうか？　それとも自己アピールの一環だろうか？　その真意をつかめず私が静かに混乱していると、

「いいねー、そのＴシャツ。コーディネートはこーでねーとって感じ？」

とヨッちゃんがパスタＴシャツを指し、いきなり親父《おやじ》ギャグをぶつけてくるので思わず息を吞んだ。それってわざと？　ダジャレにダジャレを重ねるという、高等すぎるレトリックが炸裂《さくれつ》した？

されど、親友の顔を確かめるなり、私はたやすく真相にたどり着いた。

こやつ、浮かれているだけだ。

ヨッちゃんが左右に細かく謎《なぞ》のステップを踏みながら、「宮藤くんのそのシャツも

いいね」とうなずくと、「兄貴のオーストラリアみやげだけど」と宮藤豪太が照れたように笑い、すると隣で蓮田が「あ、俺のは親戚《しんせき》の鹿児島みやげ」と胸のPASTAに手を当てた。なぜに鹿児島でパスタ？　という疑問もそのままに、

「A組の吉岡優です」

とヨッちゃんがちょこんと頭を下げる。次、と脇を小突かれたので、

「C組の嵐野弓子です」

とあとに続いた。

「F組の宮藤豪太です」

いちいち組を伝えるのが何だか間抜けで、みんなでくすくすと笑い合い、かくしてダブルデートがスタートした。

＊

駅前の小さなロータリーから、北ノ浜行きのバスに乗った。

乗客は私たちのほかには、前方におばあさんとおじいさんがひとりずつ。私たちは後方に陣取り、通路を挟んで、右側の二人席に私とヨッちゃん、左側の二人席に宮藤

&蓮田という配置だ。

「はすっちとは中学校からずっと同じチームでさ――」

いくらでも席は空いているのだから、別に並んで座る必要はないのに、大きな蓮田の隣で小さくなりながら、宮藤豪太がヨッちゃんに両者の関係性を説明している。何でも、中学入学時は宮藤豪太のほうが大きかったが、彼が中一で背が止まってしまったのに対し、蓮田はまだじりじりと伸び続けているらしい。

いいよなあ、と宮藤キャプテンがうらやましがる声を聞きながら、私は窓際《まどぎわ》の席から車窓の風景を眺めた。

北ノ浜に向かうには、うねうねと続く山道を越えねばならず、窓の真下をのぞくと結構な勾配《こうばい》の崖《がけ》が木々の合間に見えて、ちょっとこわい。道幅は狭く、ときどきすれ違う軽トラと上手に道を譲り合いながら、バスはごとごと揺れて海を目指す。途中、こんなところに人が住んでいるの？ という山のど真ん中のバス停でおばあさんが、さらに下り坂に入った途中の集落でおじいさんが降り、車内は私たちダブルデート御一行様のみとなった。

「弓子とは高校に入ってから知り合ったの」

耳に飛びこんできた自分の名前に反応して顔を向けると、ヨッちゃんが私を手のひらで紹介している。

「一年のときからクラスは別だけど、何だか気が合うんだよね」

完全に同意できるそのコメントに私がうなずいていると、

「嵐野さんて、シュートがうまいよね」

と宮藤豪太が妙なことを言いだした。「なあ」と隣に声をかけると、蓮田も「3《スリー》ポイントシュートがすごい」と調子を合わせてくる。

「何それ？　弓子のこと？」

「嵐野さんが体育館で練習しているの、見たことあるんだ。3ポイントを全部入れてた」

と宮藤豪太は腕を伸ばしてシュートのポーズをして見せた。

「え？　私？　いつ？」

背中にヒヤリとしたものが走るのを感じつつ訊ねると、「先月だったかなあ」とキャプテンは首を傾げる。

「俺たち、体育館を出たところでストレッチしてて、誰かが、あの子、めちゃくちゃうまいぞ、って気づいて。外からみんなでストレッチしながら眺めていたら、延々3ポイントシュートを決め続けて、いつまで経っても失敗しなくて――、それが嵐野さんだった」

すっかり忘れていた。

体育館に誰もいないことをチェックしてからトライしたはずだったのに――。壁に耳あり、障子に目あり、体育館には全部あり。きつくお灸を据えられたばかりだけに、この会話もQに聞かれているのかと思うと、非常に居心地が悪い。さらに問題なのは、隣にヨッちゃんがいることだ。

「弓子が3ポイントシュートを決めまくる？ 見間違いじゃない？ だって、弓子の3ポイントべたはウチの部で有名だよ」

「いや、あれは嵐野さんだった。嵐野さんて独特のミステリアスな雰囲気があるから、見間違えない気がする」

と宮藤豪太は隣の蓮田に「なあ」と同意を求める。

「俺も駅で会ったとき、あ、3ポイントの人、って思った」

思いもしない蓮田のコメントに、知らぬうちに口元が、困ったときのママの癖と同じ「ほ」のかたちになっていた。まさか、「3ポイントの人」と認識されていたとは夢にも思わなかった。このままだと「一〇〇m走世界記録の人」と呼ばれる日も近い――、なんてこと言っている場合ではない。彼らの勘は馬鹿《ばか》にはできない。ミステリアスな雰囲気を感じ取った、というのも、違う種族に対する本能的な違和感に由来するかもしれないからだ。

とにもかくにも、今さらながら己の迂闊《うかつ》さ、脇の甘さを痛感していると、

「嵐野さんは、県選抜のメンバー？」

と蓮田が訊ねてきた。「まさか」と首を横に振ると、ヨッちゃんが身体を通路に乗り出し、

「ウチで選抜経験者といったら、キャプテンだけ。そんなふうに3ポイント決められるのは彼女しかいないよ」

と思わぬ援護射撃を繰り出してくれた。

「確かに……。あれだけうまけりゃ、余裕で選抜レベルだろうしなあ」

と宮藤キャプテンが腕を組む。そこへ北ノ浜に到着することを知らせる車内アナウンスが響いたことで、「3ポイントの人」疑惑は急速に沈静化した。蓮田が長い腕を伸ばし「とまります」ボタンをプッシュすると、ほどなく車窓からの視界を覆《おお》っていた樹木が途切れ、水平線まで望める海の風景が広がると同時に、いっせいに歓声が上がった。

漁港に面したバス停で、われわれ一行は下車した。

日焼けが何よりの大敵である私にとって、海で泳ぐという習慣ほど縁遠いものはない。海に来るのは小学生のとき以来、秋の海に至ってははじめてだ。北ノ浜を訪れるのも今回がはじめて、という事実を知ったヨッちゃんは「そうなの?」と大仰に驚いて見せたのち、

「あっちがビーチだよ」

と漁港に隣接して広がる海岸を指差した。岩場が多いようだが、確かに小さいながらも砂浜が視認できる。こんなこぢんまりとした海水浴場でも、近隣の小中校生にとっては夏の聖地として有名で、ヨッちゃんも中学生までは毎年のように泳ぎにきたそうだ。

堤防の上に登り、ヨッちゃんが「気持ちいい」と両手を広げたのを見て、私も横に立つ。

「デカいな」

はじめて海をまともに目にした気分で、入り江から水平線までの風景をたっぷりと見渡していたら、男子二人も「よっこらせ」とよじ登ってきた。

「あ、フナムシ」

と宮藤豪太がいきなりつぶやいたものだから、私は飛び上がった。

「キャッ」

その際、真後ろに立っていたヨッちゃんに思わずヒップアタックをお見舞いしてしまい、

「危ない！」

と宮藤豪太が咄嗟《とっさ》に腕を伸ばす。

「ゴ、ゴメンッ」

慌てて振り返ると、宮藤豪太に腕をつかまれたヨッちゃんの身体の傾きがちょうど元に戻るところだった。

「大丈夫、ヨッちゃんッ」

「うん、大丈夫。く、宮藤くん、ありがとう」

めいっぱい赤面しつつも、私と視線が合うと、ヨッちゃんは素早く宮藤豪太には見えない位置で「キュンです」のポーズを手で作って見せてくれた。

それから堤防の上を四人一列になって、ビーチへと向かった。

空にはそこそこ雲が棚引き、太陽の光を私好みのマイルドさに薄めてくれている。穏やかな波音に包まれながら、適度にフナムシを警戒して歩いていると、何だか自分が吸血鬼であることを忘れてしまいそうだな、と思った。

＊

波打ち際で、はじめは手だけ触れて波の感触を楽しんでいたが、蓮田がスニーカーを脱ぐと、宮藤豪太もそれに続き、結局全員が裸足《はだし》になって膝《ひざ》まで海に浸《つ》かった。波が引くたびに足の底の砂が持っていかれるのがくすぐったく、ひゃひゃひゃと笑いながらビーチを横断した。

といっても、ビーチの幅は百メートルもなく、すぐにゴツゴツとした岩場に変わってしまう。

「靴を履こう、牡蠣《かき》で怪我《けが》するから」

という宮藤豪太のアドバイスに従って、靴を履いて岩場に上陸した。岩場には轍《わだち》のように深い切れこみが何本も走り、それが沖のほうへ続いている。ひょいとその溝をのぞきこんだヨッちゃんが、

「弓子！」

と手で招いた。

幅三十センチほどの溝は海水に満たされている。ヨッちゃんの隣にしゃがみこみ、

視線を落とすが、何もいない——、と思いきや、よくよく目を凝らすとあちこちに生物が蠢《うごめ》いていた。

「弓子、エビだ！　身体が透けてる」

はかなげに浮かぶ体長一センチの透明エビの隣には、十円玉サイズのイソギンチャクが触手を漂わせ、底のほうでカニが顔を出したと思うとすぐに引っこみ、一見動いていないようなヤドカリは実はじりじりと移動中だった。メダカほどの大きさの魚が徒党を組んで素早く突っ切っていくその左右には、ただの黒っぽい岩肌に見えてさまざまな色合いの貝殻が貼《は》りつき、モノトーンだったはずの世界が不意にとんでもなくカラフルな世界へと変身していく。

「うほほ」

と声をあげるヨッちゃんに顔を向けると、いつの間にか腕を肘《ひじ》まで海水に浸している。

「弓子もやってみなよ」

よく見ると、人差し指の先をイソギンチャクに吸いつかせていた。ほら、ほら、と催促されているうちに、別の場所をのぞいていた男子二人がやってきて、

「あ、おもしろそう」

と同じく腕を水面に突っこんだ。

「うはは」

と蓮田が上半身を器用にくねくねとさせている隣で、

「嵐野さんも」

と宮藤豪太もニヤニヤしながら視線を送ってくる。

三人の視線に促され、パーカーの袖《そで》をまくり、腕を沈めた。水中にて花を咲かせるが如《ごと》く、短い触手を開いている焦《こ》げ茶色のイソギンチャクにおそるおそる指を近づける。

「何だか、こわい」

「大丈夫だよ」

ヨッちゃんの声に後押しされ、えいと触れてみた。

「むほっ」

つい変な笑いがこみ上げてしまう、何とも繊細な感触が指先をくすぐる。

「海、たのしいね。ウミウシいないかな」

とヨッちゃんが声を弾ませるのも道理で、磯の探索は予想を超えておもしろく、ただ足元を眺めているだけで気がつけば十二時をとうに過ぎていた。

いったん漁港に戻り、バス停近くの食事処《どころ》に入った。漁港には観光客の人たちの姿もちらほらと見える。干物を並べた土産物屋も開いている。私はあじのひらき定食、ヨッちゃんは海鮮丼《どん》、宮藤豪太は煮つけ定食、蓮田は醬油《しょうゆ》ラーメンの大盛りを頼んだ。

不思議な時間だった。

私にとって、宮藤豪太も蓮田も今朝までその他大勢いる同級生のひとりだったのに、今は何の違和感もなく互いの部活の話に笑い、数学の教師の口ぐせを真似し合っては盛り上がっている。

それはヨッちゃんの明るさのたまものか、宮藤豪太の自分のペースをほどよく保つスキルゆえか、それとも、海に来て醬油ラーメンという、蓮田のズレ具合に起因するものなのか、私にはよくわからなかったが、ヨッちゃんと男子バレーボール部キャプテンは贔屓目《ひいきめ》なしにお似合いのカップルに思えた。

となると次の段階――、真剣交際へのスムーズな移行が望まれるというものである。

何かヨッちゃんの背中を押す材料はないかしら、と店の窓の外に視線を漂わせていると、「北ノ浜洞窟《どうくつ》」という看板が目に入った。

「何、洞窟って？」

立派な筆文字で記されているが、その四割近くがすでにかすれて消えかけている看

板を指差すと、

「ビーチとは反対の、漁港の向こう側に洞窟があるの。むかし、お父さんに連れていってもらったなあ。怖くて洞窟の中では、お父さんの背中にずっとくっついて回ったよ」

とヨッちゃんが魚へんの漢字が表面をびっしりと埋める湯飲みを口元で傾けつつ、教えてくれた。

「ねえ、行ってみようよ、洞窟」

私の提案に一同は賛成の声を上げ、店を出た一行は小さな漁船がひしめき合い、磯の香りが濃厚に漂う岸壁を端まで進んだ。そこからは古びた遊歩道をたどり、「洞窟はこちら」という標識に従って歩くこと十分、洞窟に到着した。

どこかおどろおどろしい雰囲気が漂う、古ぼけた「北ノ浜洞窟」の看板が掲げられた入口は、見るからに無人だった。人ひとりが入れる大きさのボックスが入口脇《わき》に構えてあるが、小窓にはカーテンが引かれている。その代わり、窓の手前のカウンターに錆《さ》びついた箱が設置され、「入場料おひとり三百円」という文字が側面に見えた。

「へえ、二つのルートがあるんだ。全然、覚えていないなあ」

とヨッちゃんが窓の上部に貼られた案内板を指差し、

「どっちのルートも、だいたい同じ長さだって」

とその説明書きを読み上げたとき、私はピンとひらめいた。

「ねえ、二組に分かれて、どちらが奥まで行って、早く帰ってこれるか競争しない？」

二組に分かれるのは、もちろんヨッちゃんと宮藤豪太を二人きりにするためだ。おお、これはナイスアイディアと自画自賛の心持ちで「どうよ」と隣を確かめると、なぜかヨッちゃん、あまり気乗りしない顔をしている。

あれ？ と思いつつ、宮藤豪太に「おもしろそうだよね？」と同意を促したところ、こちらも「いやあ、それは」とやけに湿っぽい言葉を発するばかり。

「え？ 怖いの？」

まさかと思いつつ、念のためにヨッちゃんに訊ねてみたところ、

「弓子は怖くないの？」

と真顔で問い返された。

「だって、観光用の洞窟でしょ？」

「電気ついてないから、このまま奥に行ったら真っ暗だよ」

そのときになって、ようやく洞窟内の照明が点灯していないことに気がついた。吸

血鬼は夜目が利《き》くため、「暗い」という感覚がとことん鈍いのだ。

せっかくのチャンスなのに！　と頬を膨らませ腕を組んだところへ、「カチッ」という音とともに洞窟天井の照明がいっせいに点《とも》った。

「これ、スイッチだ」

振り返ると、ボックスの横に立っている蓮田が、詰所の側面に設置された箱の蓋《ふた》を開け、中をのぞきこんでいる。

「お帰りの際は必ず消灯してください、だってさ」

ボックス蓋の注意書きを読み上げる蓮田に、私は「ナイスパス、パスタ、いやハスタ！」とラップ気味に心でサンクスを伝え、財布から六百円を取り出すと、

「これ、行きの電車の切符代ね。ヨッちゃんと二人分、入れておくよ」

と返事も聞かずに、チャリンチャリンと料金箱に落とした。

＊

「ぐっぱでわかれましょ」

しょ、しょ、と三回目で二対二の組分けが成立し、もちろんヨッちゃんと宮藤豪太

は同じチーム。蓮田が何を出すか、吸血鬼の動体視力でもって寸前まで見極め、彼と同じ手を出し続けることで、ヨッちゃんと宮藤豪太が同組になるときを待つという作戦が見事成功した。

「じゃあ、別々のルートに分かれて、奥まで行って戻ってくる。あ、突き当たりで写真、撮ること！」

入口に立った時点ですでにビビっているヨッちゃんに手を振り、私は蓮田を連れて洞窟に乗りこんだ。ほどなく分岐ポイントが現れ、「私たち、右に行くよー」と後方に伝え、そのまますたすたと右ルートを進んでいると、

「嵐野さん、ちょっと、速い」

という声が背中に届いた。足を止めて振り返ったところへ、

「よく、そんなさっさと歩けるね。暗くない？」

と指摘を受け、しまった手加減を忘れていた、と気がついた。確かに天井の裸電球の光は弱めで、人間の視力では足元がはっきりしないかもしれない。「3ポイントの人」疑惑が完全に沈静化していないところへ、「暗視可能の人」疑惑を加えられるのは困るので、

「そうだね、暗いね」

と適当に相づちを打ち、そっと蓮田の後方ポジションに移動した。

奥に進むにつれ、急に空気がひんやりとしてきて、Tシャツ一枚では寒いのか、蓮田はときどき腕をさすりながら、足元をのぞきこむようにして歩いている。

「そういえば、宮藤くんて、付き合ってる彼女とか、いないんだよね？」

せっかく蓮田と二人でいるのだから、ここは果敢にインサイダー情報をゲットすべきだろう、と確認の意味も含め、質問をぶつけてみた。

「豪太？　いないよ」

とあっさり蓮田は答えてくれた。

「じゃあ、狙《ねら》っている女の子とかは？」

「どうかなあ、それもいないんじゃないか」

「ならヨッちゃん、どうでしょう」

「あ、やっぱり、そういう意味？」

「え？　それ、どういう意味？」

蓮田は首をねじってこちらに顔を向けると、

「豪太から教えてもらったけど、いきなり郵便番号を訊《き》かれて、それに答えたら、今度は遊びに行こうと誘われた、って……、本当？」

と誰に遠慮しているのか、少し声を低くして訊《たず》ねてきた。

「本当……だよ」

「何かの罰ゲームで誘ってきたんじゃないか、って豪太が言うから、俺もその可能性は否定できないかもなあ、って――」

「ちがうよッ、ヨッちゃんは本気だよ！　何よ、罰ゲームって」

思わず気色《けしき》ばんで大きな声を上げてしまい、蓮田が驚いて足を止める。

「ごめん。吉岡さんがふざけているわけじゃないってのは、今日いっしょにいて、よくわかった」

「私も……、ごめんなさい。だよね、いきなり、わけわかんないよね。でも、ヨッちゃんは真剣だから。それで宮藤くんと脈――、あるかな？」

ううん、と蓮田はうなった。

「あいつ、キャプテンになってから、とにかく部活一本だからなあ」

その言葉に、これまで体育館で何度か目にした、バレーボールのコートにいる宮藤豪太の姿が蘇《よみがえ》る。

「宮藤くんて、レギュラーなの？」

不思議に思うのは、それほど部活一本で、しかもキャプテンを務めているのに、彼のプレーは、バレーボールを知らない私から見てもどこかぎこちなく、端的に言うとスピードに欠ける印象があったのだ。

「今は、レギュラーじゃない」

「前は、レギュラーだったってこと？」

「うん、怪我する前は」

「怪我？　宮藤くんが？」

「リベロってわかる？　相手のアタックを受ける後衛専門のポジションなんだけど、豪太は目がいいから強いアタックもすんなりさばけるし、味方が弾《はじ》いたボールも必ず拾ってつないでくれるし、すげー頼りになる奴《やつ》だった。キャプテンになって、気合い入りすぎたのかなあ。夏に足首を怪我しちゃって。それから足の踏ん張りが前のように利かないのか、一瞬のスピードが戻らないみたいでさ。でも、あいつ、何とか復活しようと今は必死であがいてる最中で——」

よほど寒いのか、Tシャツからのぞく両腕を、さらに腹のあたりをごしごしとさすってから、前屈《かが》み気味に歩き始めた蓮田の背中を追いながら、急に胸が詰まった。自分のことでいっぱいいっぱいになってもおかしくないのに、宮藤豪太はいつも体育館で誰よりも声を出して、練習の雰囲気を良くしようとがんばっていた。

「宮藤くん、いいキャプテンだね」

「うん。でも、何でもかんでも、ひとりで背負いすぎじゃないか、って俺はちょっと心配で。だから今日は誘ってくれてサンキュー。試験が終わったら、またあいつ、部活のことばかり考えるだろうから、こうしてリフレッシュするのは大事だよ」

突然、蓮田が振り返った。

「嵐野さんッ」

やけに力のこもった声が洞窟内にわんっと響き、それに呼応するように天井の電球がちかちかと瞬《またた》いた。

「は、はい……」

相手の迫力に、思わず一歩下がって返事する。

「俺、こんな場所で、言うべきことじゃないとは、思うんだけど」

「な、何ですか、急に」

常ならぬ雰囲気にもう一歩下がる。

「本当は、言わないで済ませたいけれど、でも、この状況だと言わないわけにはいかないと思って――」

緊張のせいなのか、蓮田の顔色が悪い。さらに額のあたりに汗が浮かんでいるのが見える。

「え？　何？」

うそ？　いきなり告白？　そりゃ、ダブルデートという建前上、私がパスタ、いやハスタと対になるわけだけど、私は違うんだ。私はあなたとは異なる種族で、つまり吸血鬼で——。

ごめんなさいッ、と先手を打とうと口を開いたそのとき、

「ゴメンッ」

とさらにその先を越され、謝られた。

「え？」

「俺、さっきから猛烈に腹が痛くて——、温度が下がってきたからかな？　どんどん調子が悪くなって。だから、ゴメンッ。こんなところに女の子をひとりで残すなんて最悪だけど俺、もう限界だ。間に合わないかもしれないけど、港のトイレまで戻るッ」

おしまいのほうはほとんど声を震わせながら、上体をくねらせ、「ゴメンッ」ともう一度、大きく頭を下げてから、蓮田は猛ダッシュで薄暗い洞窟を走り去っていった。

しばらく、呆然《ぼうぜん》とその場に立ち尽くした。

「すっ、すっ、すっ」

と抑えた風の音のような響きが頭の中に聞こえてくるのと同時に視線を感じた。

真横にQが浮かんでいた。

「お前、今あの男に告白されると思ったな」

またもや「すっ、すっ、すっ」という音。

これってQの笑い声だ――。

完璧《かんぺき》に図星の指摘に、私は暗闇《くらやみ》のなかで真っ赤になりながら、「うるさいッ」と怒鳴りつけたら、わんっと大きく響いて洞窟内を声が走り抜けていった。

*

ひとりぼっちで取り残されても、仕方なく突き当たりを目指し、洞窟探検を再開した。自ら提案した折り返し地点で写真を撮るというミッションをクリアするためである。

「男子バレーボール部って、お腹《なか》が弱い人が多いのかな」

宮藤豪太と授業中の廊下で出くわしたときも、トイレに急行する途中だったことを思い出しながらQに話しかける。

返事はないが、太陽光が届かぬ空間で先ほどからQは私の隣に浮かんでいる。まるで暗闇に浮かぶ影のように、私と同じ距離を保ちつつ、どういう仕組みか相変わらず理解できないが、音も立てずに空中を移動中だ。よく考えてみると、こうして姿を現したQといっしょに歩くのははじめての経験だった。

「私の誕生日、もう明日なんだけど——、儀式って本当にやるんだよね？」

さすがにこの質問は無視されることはなく、それでもたっぷり時間を取ってから、

「もちろん、やる」

という返事が頭の中に届いた。

「ねえ、あなたって暇なの？　こんな風にのんびり海までついてきて、儀式のための準備とかないの？」

「俺の役目は、お前を監視することだ」

「あなたは明日の儀式には関わらないってこと？」

「監視の結果を証言する」

「じゃあ、あなたがそれを伝える相手が儀式を執り行うってこと？　誰？　パパとママ？　いや、それはないか。あの人たち、本当に何も覚えてなさそうだもん」

加えて、あの緊張感のなさだ。もしも当事者なら、吸血鬼ライフのなかでもっとも重要な儀式を迎えようとする娘に対し、もう少し違った態度で接するだろう。

「明日になれば、嫌でもわかる」

パパは儀式について内容を話すことができるのはQだけと言っていたけど、結局のところ、こちらも何も教えてくれないわけで、

「儀式が終わったら、あなたはどうなるの？」

と少し切り口を変えて訊ねてみた。

スニーカーが地面を踏む音だけが、洞窟内部に静かにこだまするところへ、

「去る」

と静かな声が頭に響いた。

「去るって……、どこへ？」

「お前が知る必要はない」

にべもない調子で告げたのち、

「もう二度と、お前と会うことはない」

とさらに突き放すように続いた。

決して売り言葉に買い言葉のつもりはなかったが、

「あっそ。そりゃ、よかった」

と口にしたあとに今の返事は淡泊すぎたかな、と反省した自分が滑稽《こっけい》だった。あれほど、ばけもの呼ばわりして気味悪がっていたくせに、いざ去られる段になって、「もっと、いっしょにいたかった」とは夢にも思わないけれど、邪魔者扱いばかりで申し訳なかったな、などとかすかな罪悪感を覚えている。取り繕うつもりはなかったが、「もう少し訊いてもいい？」となぜか話を続けてしまう。

「あなたって普段、私の影の中に潜んでいるのよね。そのときって、何を見てるの？ 私が見ているものと同じ風景？」

「何も見えない」

「え？」

「影の中は何もない。だから、何も見えるものはない」

「それじゃ……、私が学校で授業を受けたり、田んぼの横を自転車で走ったり、庭で野菜に水やりしているとき、あなたはどうしているの？」

Qは太陽の下では姿を現せない、だから私の影の中にいる、とパパは言った。Qが姿を現し、私を見るときは、その視線を感じることができる、とママは言った。ならば私が屋外で活動中、Qの視線を感じたのは体育館での一度きりだから、それ以外の時間、Qは常に何も見えない影の中で過ごしていたことになる。これまでの九日間──、ずっと？

「何も見えない場所にいて……、退屈じゃないの？」

「見えるものはなくとも、音や気配は感じ取れる」

そうだった、私の影の中にいながらにして、宮藤豪太の会話を聞き取る力はあるのだ。学校のグラウンドで世界記録を出したときは、私に気づかれずにまわりをチェックしてくれていた。

「でも……、それで、いいの？」

「どういう意味だ」

「だって、明るい世界を、ときには見たくならない？　もっと学校で姿を現したらよかったのに。直接陽の光が当たらなければ、大丈夫なんでしょ？」

「お前は俺が現れることを望まなかった。学校では二度と話しかけるな、姿も現すな、と言ったのはお前だ」

返すべき言葉を失い、薄暗い照明の下で思わず立ち止まると、Qも同時に止まった。自分の意思で移動しているのではなく、それこそ自動的に付随する影みたいな動きだった。

「あの……」

暗闇が凝縮したかのように浮かぶ黒い物体に、「Q」とはじめて呼びかけた。

「ごめんなさい」

天井からの弱々しい照明を受けても、その身体《からだ》が光に照らされることはない。むしろ、すべての光を呑《の》みこむかのように佇《たたず》む、暗いトゲのかたまりに向かって頭を下げた。

「何を謝っている」

「だって……、私はあなたに対して冷たい態度ばかり取ってきたから」

「俺とお前とは、生きる世界が違う」

喜怒哀楽の揺れをまったく感じさせない、どこまでも淡々とした声が頭の内側で響いた。

「俺はお前の影の中でしか生きられない。影の外に出たところで、お前から離れることもできない。ならば、どこにいても同じことだ」

「これまで、太陽の下の世界を見たいと思ったことはないの？　そりゃ、気温四十度超えの真夏の日差しとかはカンベンだけど、今日みたいなやわらかな陽気だったら、私は大好きだよ。海も苦手意識があったけど、とてもきれいだった。あなた、海は見た？　ずっと影の中にいたんでしょ？」

「外の世界になど興味はない。お前の影から出た瞬間、俺はこの醜い姿になるだけだ」

え？

抑えたトーンは同じでも、これまでとは明らかに違う、剝《む》き出しの言葉を突然聞いた気がした。そうだ──、私が外国のばけものなのかと訊ね、「俺はばけものじゃない」と返されたときと同じ、普段は隠されているものが一瞬、垣間見《かいまみ》えたような感覚。

「お前の後ろ、もう突き当たりだぞ」

振り返ると、二十メートルほど先で天井の照明の数珠《じゅず》つなぎはストップし、洞窟の終点の証《あかし》ということか、小さなほこらのようなものが設置されていた。顔を戻したときには、Qの姿は消えていた。それから何度呼びかけても、応答はなかった。

仕方なく終点まで進み、写真を撮ってから来た道を折り返した。やがて進む先に出口が見えてきた。

「ゆーみこー！」

すでにヨッちゃん＆宮藤豪太ペアは帰還していて、二人が手を振るシルエットが半円状の小さな光の中に浮かんでいる。

「負けたー！」

とヨッちゃんに手を振り返してから、私はその場でしゃがみ、スニーカーの紐《ひも》を結ぶふりをしながら、

「Q、出てきて」

と呼びかけた。

「洞窟の出口の向こうに海が見える。ここなら太陽の光もまだ直接は届かない」

あれ、蓮田くんはー？　という声に、それ以上、紐を結ぶふりも続けられず立ち上がった。

「余計なおせっかいかもだけど、あなたに見てほしいの。本当に、海ってきれいだから」

不意に背後からの視線を感じた。

「蓮田くんは、途中リタイア！」

と返し、なるべくゆっくりとした足取りで進んだ。

出口から届く光が足元をそろそろ照らし始めたとき、

「弓子」

とはじめて下の名前だけでQが呼んだ。

「見えた」

ありが——。

思わず振り返ったが、すでにそこには何の気配も残っていなかった。残りの「とう」を遅れて聞いた気がしたが、空耳だったのかもしれない。

＊

遊歩道を漁港へと戻る途中、相方が退場した顚末《てんまつ》を私が説明し、ヨッちゃんと宮藤豪太がそれをゲラゲラ笑って聞いていると、当の蓮田が「ごめんごめん」と走って戻ってきた。

「大丈夫だった?」

蓮田はTシャツからのぞく、たくましい二の腕を水平に持ち上げ、「セーフ」とポーズを取って見せた。

「風が強くなってきたね」

と耳の横で暴れる髪を押さえながら、ヨッちゃんが沖に視線を向ける。

「夕方にまた雨が降り始めるかも、って天気予報を見て、そんなのハズレだよと思っていたけど、こりゃ何だかあやしいね」

海のほうからかたまりのようになって吹きつける風が、ときどき髪を強引にさらっていくので、私はパーカーのフードをかぶった。

週のはじめの時点では、今日の天気予報は雨だった。それが定期テストの間に急ぎ足で台風が過ぎ去ってくれたおかげで、おととい は滝のような雨、昨日はほどほどの雨を経て、本日の快晴へとつながったわけだが、まだ天気の機嫌は直っていないらしい。

漁港に戻ったところで、大きな雨粒がフードを避けて、ぽつりと鼻先に当たって弾けた。

「あ、雨」

とヨッちゃんが少し遅れて空を見上げる。さらに、しばしのタイムラグがあって、宮藤豪太と蓮田も「本当だ」と手のひらを空に向けた。

「こういうとき、アホな人から順に雨に降られるんだって」

とヨッちゃんは私に向かってけらけらと笑い、「ちくしょー」と頭のお団子に手のひらを乗せた。誰よりも先に自分が降られたとはもはや言い出せず、それよりも雨が本格的にやってきそうで、私たちは岸壁に連なる漁船が風を受けて揺れ始める横を小走りになってバス停を目指した。

雷がひとつ鳴った。

「わあ、来た!」

それからは、あっという間に土砂降りだった。

ぎりぎりのタイミングでバス停にたどり着き、シャッターが閉まった店の軒先を借りてバスが来るのを待った。

「あ、お母さんから、干物《ひもの》のお土産を頼まれてるの忘れてた!」

と濡《ぬ》れた頭を拭《ふ》く間もなく、ヨッちゃんがいきなりダッシュで軒先から飛び出し、二軒隣の土産物屋に消えていった。すると、蓮田も「俺も親父《おやじ》から塩辛の金、渡されてた」とうひゃひゃと雨の中に繰り出す。

「バスの時間まで五分だよ!」

わかったァ、と蓮田は手を挙げ、ヨッちゃんを追って土産物屋に飛びこんでいった。

「嵐野さんは、お土産いいの?」

「うん、大丈夫」

軒から勢いよく流れ落ちる、雨だれの向こうに広がる漁港はすっかり雨にけぶっている。四人を迎えたときの陽気さは今や見る影もなく、海面は空を覆う雲に倣《なら》って、憂鬱《ゆううつ》な表情に沈みこんでいた。これほどまでに海とは空の機嫌を鏡映しにするものなのかと、その急すぎる変化に人知れず驚いていると、

「今日は、あの……、どうも」

と隣から、雨音に紛れてキャプテンの声が聞こえてきた。

「何で……、嵐野さんは俺を海に誘ってくれたの？」

え？　と視線を戻し、さほど私と変わらない高さにある、宮藤豪太の顔をまじまじと見つめてしまった。

「さっき洞窟で吉岡さんに、どうして今日、海に行く話になったのか訊いたら、嵐野さんのアイディアだって教えてもらったから」

そうだった。

すっかり忘れていたが、彼を海に誘ったのは私だった。

「ええと、それは――」

どう答えたものか、頭を忙しく働かせていると、

「ここ、思い出の場所だったんだ」

と宮藤豪太はぽつりとつぶやいた。軒先からの雨だれを手のひらでしばらく受けたのち、その手でビーチに向かう途中の防波堤を指差した。

「俺、中学のとき、親父が病気で亡《な》くなってて。その親父とむかし、二人で来たんだよ。ちょうど今くらいの季節で、でもあのときは、もっと寒かった。風が強い日で、あそこの防波堤に親父と座って海を見た。俺、やることがなくて、別に好きでも上手でもないのに絵を描いて。カモメなのかな、鳥がいっぱい飛んでいた。なぜか最近、そのこと思い出してさ――。いや、俺の話は別にどうでもよくて、何で嵐野さんは海に行こうって？」

「私？　私はその、何というか。そう、まだ北ノ浜に行ったことなかったから、一度、遊びに行きたいと思っていて、それが咄嗟に出た……、って感じ？」

「嵐野さんからいきなり誘われて、しかも、海鳥を見ようって言われたときはビックリした。どうして俺の心を読めるんだろうって――、ただの偶然なのにさ。あ、でも、今日は海鳥を見る暇なかったな」

「ごはん食べたあと、もっとゆっくりしたらよかったね――。洞窟で蓮田くん、お腹壊しちゃうし」

「いいんだよアイツは。大盛りを頼むのが悪い」

と宮藤豪太は笑って見せたが、ふと真面目《まじめ》な表情に戻って、

「誘ってくれて、ありがとう」

とちょこんと頭を下げた。いえいえこちらこそ、と私も姿勢を正し、

「ひとつ、ヨッちゃんのこと、よろしくお願いします」

と頭を下げたそばから、しまった、今のは余計なお世話、フライングだったかも、と後悔しかけたとき、

「吉岡さんて、楽しい人だね。元気を貰《もら》えるし、何というか……、目がきれいでさ」

と頬をほのかに赤らめる男子バレーボール部キャプテンに気づき、私は息を呑んだ。フライング上等、とうに私を置いて若い二人は走り出している。

「あ、バスが来た」

宮藤豪太の声に顔を向けると、ビーチ方面から十四時台唯一《ゆいいつ》のバスが、ヘッドライトを点《つ》けて近づいてくるのが見えた。

「二人を呼んでくる」

宮藤豪太が雨の中に一歩、踏み出したとき、弾かれるように土産物屋の入口から買い物袋を手にしたヨッちゃんと蓮田が続けて現れた。

「来たよ、来たよ！」

ちょうどバスが到着するタイミングで、二人は帰還。四人で車内に駆けこんだ。ひときわ大きな雷が落ちて、ヨッちゃんが「ひッ」と肩をすくめると同時に、バスのド

アが閉まる。

　他の乗客は誰もおらず、行きと同じように後方へと移動した。

「干物、大量ゲットです」

　と大きな買い物袋を手に通路を進み、運転席を背に右側の二人席にヨッちゃんが座り、左側の二人席に蓮田が腰を下ろした。そこで私はまたもやナイスな機転を利かし、

「干物の匂《にお》いが大の苦手なもんで」

　と蓮田の隣にさっさと座る。

　あれ？と一瞬、戸惑った表情を見せた宮藤豪太だったが、残り三人の視線を浴びながら、最後の一席にぎこちない動きで着席したとき、ゆっくりとバスが発進した。

＊

　私たちのあとから乗ってくる客はおらず、今日は楽しかったね、またこのメンバーで出かけようよ、と貸し切り状態のバスじゅうに響く声で提案するヨッちゃんに、男子チームはすぐさま賛同の意を示し、私も親指でグッドのサインを作って見せる。

　されど問題は、これから当分の間、男子バレーボール部の土日は部活の対外試合と

練習に費やされるということだった。そのあたりのスケジュールは女子バスケットボール部も同じなので、じゃあ、秋季大会が終わったら遊びにいきましょう、とヨッちゃんが締め、土産物屋で買ったばかりの特製えびせんを一枚ずつ振る舞ってくれた。ああ、改めていい一日だった。私たちの活動タイムだけ雨も遠慮してくれて、マジ、私とヨッちゃんって晴れ女、あとは明日の誕生日までに雨が通り過ぎてくれたら言うことナッシング——。さすがは特製、齧《かじ》るたびに香ばしいえびせんを味わいながら、ふとバスの外をのぞいてみたら、相変わらず激しい雨が窓ガラスを叩《たた》き、稲光を反射させた拍子に、

「おお、光った」

と隣に座る蓮田がびくりと身体を震わせていた。

通路の向こう側では、ヨッちゃんがバレーボールのリベロというポジションについて質問し、それに対し宮藤豪太が熱心に解説中の様子である。

「フンフンフン」

と相づちが続くのを耳ざとくキャッチした私はちらりと隣のヨッちゃんの席をのぞいた。なぜなら、「フンフンフン」の三連発は、吉岡氏が相手の話を聞いていないときのクセだからである。案の定ヨッちゃん、ただただ宮藤豪太の横顔を至近距離から

凝視していた。

ふと——、あんなふうに好きな相手と隣同士に座る日が私にも訪れるのだろうか、と我が身に置き換え想像してみたが、まったく実感が湧《わ》いてこなかった。そのことが少しせつない気もした。でも、仕方ないとも思った。まだ私にはわからないな、とえびせんをぱりりと齧り、正面に向き直ったついでに、

「蓮田くんてさ、彼女いるの？」

とさしたる興味もなく訊いてみた。

おえ？　とえびせんに前歯を立てた状態で間抜けな声を発した蓮田は、ばりばりとせんべいを咀嚼《そしゃく》したのち、

「ひないよ」

と答えた。

「でも、ほへん」

え？　と指の間に残った最後のえびせんの切れ端を口に放りこもうとした私の動きがつい止まる。

「俺、好きな人がいるんだ。だから——、その、ごめん」

何についての謝意を伝えられたのだろう。それこそ頭蓋骨《ずがいこつ》の内側で火花が散るくら

い、目まぐるしく頭を働かせたのち、あれ？　ちょっと本気でわかんない、という結論とともに、

「ぱぁどぅん？」

と真顔で問い返したとき、妙な音を聞いた気がした。

「いや、だから――」

と開きかけた蓮田の口を、手を出して遮り、

「待って。今、変な音……、聞こえなかった？」

と聴覚の集中を高める。

「変な音？　雷かな」

「そうじゃない。もっと重くて、低い音」

私は蓮田の上半身の前に身を乗り出し、窓ガラス越しにバスの外をのぞいた。目の前に私の腕が伸びて、窓ガラスに手のひらを押しつけるのを見て、「わっ」と蓮田が声を漏らす。

勢いよく雨がガラス面を流れ落ちるその先は山側ゆえに、切り立った斜面が視界を塞《ふさ》ぐのみである。薄暗い空の様子を確かめようと首をねじって視線を持ち上げたとき、かすかな地鳴りのような響きとともに、雷とは異なる音をはっきりと耳が捉《とら》えた。

「何だろう――。動いてる」

「動いてるって……、何が」

蓮田に身体が当たろうと構わず、私はさらに窓ガラスに顔を近づけた。

「どした、弓子?」

こちらの異変に気づいたヨッちゃんのとぼけた声が聞こえたときだった。

雨に溶かされた窓ガラス越しの風景は、ただでさえ薄暗い。そこへ急に真っ黒な影が差した。

髪がざわりと根元から逆立った。

「岩――」

唇から音が漏れるのと、運転席と後部シートとの間、バス中央付近の無人の対面シートを押し潰《つぶ》すように、巨大な何かがバスの右側面から突っこんでくるのが同時だった。

耳をつんざく衝突音とともに、窓ガラスが砕け散り、悲鳴が上がった。ヨッちゃんに宮藤豪太、蓮田、そこに運転手のものも加わっていたかもしれない。

バスがぐらりと横に傾いた。

「な、何ッ?」

ヨッちゃんの叫び声に呼応するように、視界が完全に斜めに傾き、右から蓮田の体重が一気にのしかかってくる。咄嗟《とっさ》に床から天井まで貫く、オレンジ色の握り棒をつかみ、腕一本で身体を支えた。

砕けたガラス片が、つぶてとなって宙を舞い、いっせいに左へと流れていくのが見えた。

さらに、バスが前方の何かにぶつかる鈍い衝撃。「うわああぁッ」という運転手の絶叫。

急ブレーキがかかり、反動で身体がガクンと前列シートの背面に衝突し、左右からうめき声が上がる。

バスの底が何かに直接触れ、削られる禍々《まがまが》しい音が車内に響いた次の瞬間、それまで正面に見えていたフロントガラスと運転席の背面の案内板が、底の位置にぐわんと移動した。自分の身体がシートから離れ、割れた窓から入りこんできた雨が細かい霧となって顔に触れるのを感じながら、ヨッちゃんの身体が座席から浮遊するように持ち上がり、天井に肩から打ちつけられるのを視界の隅に捉えた。

「ヨッ――」

声を呑みこみ、こめかみに血管を浮かび上がらせ、瞬時に力を解き放った。

ほぼ垂直にバスが傾き、樹木が折れる音とともにフロントガラスが次々と白いヒビに覆《おお》われていく。無意識のうちに、行きのバスで車窓から目撃した、対向車両とすれ違うのも難儀するくらい狭い車道から真下にのぞいた急勾配《こうばい》の崖《がけ》──が思い浮かんだとき、眉間《みけん》に太い血管がせり上がる感覚とともに、ドクンと心臓が脈打った。

ほぼ真下に位置するバスのフロントガラスに向かって落下していくヨッちゃんを追って、シートの背を蹴《け》って私は跳んだ。

まず、足首をつかんだ。次にスウェットを引き寄せ、彼女の身体を抱きしめてから、真横をすり抜けていく、優先席の赤いシート前に設置された握り棒に足を伸ばす。

親友を両腕で抱きかかえたまま、サーカスの空中ブランコに乗り移るのと同じ要領で、膝《ひざ》の裏を握り棒に引っかけた。

今やバスは完全に垂直方向に傾いている。握り棒に足を引っかけた私は、宙づりの状態のまま、ヨッちゃんの全体重を支えつつ、自分の膝の方向を確かめた。

ぐるりと視界が反転し、先ほどまで座っていた後部座席には、垂直落下するアトラクションにしがみつく姿勢で、宮藤豪太と蓮田が必死の形相でシートのへりや握り棒をつかみ位置をキープしていたが、

ドドドドドンッ──

というバス全体が軋《きし》むほどの強い衝撃に負け、蓮田の身体が浮き上がった。

「蓮田くんッ」

鈍い音を立てて頭からバスの天井に衝突したのち、こちらに向かって百八十五センチ超えの巨体が落ちてきた。

ヨッちゃんのお腹に右手を回し、その身体を固定してから、左手を蓮田に伸ばした。ぶ厚い背中が顔を直撃しても怯《ひる》まず、奥歯を嚙《か》みしめ、絶対逃すものかと蓮田の身体をつかむ。

背中から腹へと腕を回し、落下を止めたのはよかったが、予想以上に相手の体重がのしかかってきた。

「あ」

重さと勢いに負け、足が握り棒から引き離される。

咄嗟に首をねじり、下方向を確かめた。

蜘蛛《くも》の巣のようにヒビが縦横無尽に走るフロントガラスが、目の前に迫っていた。

猶予《ゆうよ》は一秒。

垂直にそそり立つ床面を蹴りつけ、身体の角度を調整し、何とか背中を下に向けた。

左右の腕に渾身《こんしん》の力をこめて二人の身体を少しでも持ち上げ、息を止めて待ち構えたところへ、骨が砕けたんじゃないかというくらいの衝撃が背中に訪れた。

フロントガラスが割れたか、剝《は》がれたかしたようで、真横から大粒の雨が容赦なく顔に降りかかってくる。

バス全体を突き上げるような衝撃が訪れ、間近でガラスがバリバリと音を立てて砕け散った。吹き荒れる風に髪をさらわれながら顔を向けると、ほぼ真横、乗降口付近のフロントガラスがごっそりと消え失《う》せ、剝き出しの景色が露《あら》わになっていた。

樹木が折れる音、土が削られる音、金属がひしゃげる音――、バスが放つ断末魔の叫びに紛れて、か細い人間の悲鳴を聞いた。

宮藤豪太。

ヨッちゃんの頭のお団子結び越しに、バス後部を見上げると、バス側面中央の乗降扉付近の手すりにつかまっていた宮藤豪太が、強烈な揺れに耐えきれず空中に弾かれる瞬間がスローモーションのようになって見えた。

宮藤豪太が、落ちてくる。

ダメダメダメ。

ヨッちゃんを右足で絡《から》め、蓮田の首を左腕で締めつけた。うめき声すら上げない様子から、二人ともすでに意識を失っているようだ。

背中の下で私たちの身体を支える、全体の半分ほどしか残っていないフロントガラスが、嫌な音を立てさらに剝がれ始めた。左足のスニーカーの先を、運転席のハンドルの輪っかに引っかけ自分の身体を固定してから、

「宮藤くん！」

と残る右腕を限界まで伸ばした。

でも、届かなかった。

あと一センチ。

私の指に触れることなく、落下してきた宮藤豪太の身体は、すでにフロントガラスが消失した窓枠から車外へ、音もなく消えた。

私は、絶叫した。

＊

目を開けたら、そこに黒い物体が浮かんでいた。

無言のまま、じっと私を見下ろしている。

あれ、この風景、知っている。先週だったよね？　目が覚めたらいきなりこんなふ

うに変なものが浮かんでいて、私は悲鳴を上げて一階のパパとママのところに駆け下りて――。

ぼんやりとした頭のまま、ええと、ここはどこ？　と思考を取り戻そうとして、自分の身体がぐっしょりと雨に濡れているのに気づいた途端、私は跳ね起きた――つもりだったが、実際には頭を少し持ち上げるので精一杯だった。

「痛ッ」

左胸に激痛が走った。

「無理をするな」

Qの声が静かに頭に響いた。

全身を鋭く貫く痛みに邪魔されて、腹筋に力を入れることができない。仕方なく、ひっくり返り、腹這《はらば》いになってから身体を起こす。左胸の下を押さえながら、砂利に膝を突き、のろのろと立ち上がった。

十メートル先に海が見えた。砂浜とは言えない。岩場でもない。草むらが生い茂る荒れた場所である。

大粒の波しぶきが風に舞って、顔に降りかかるのを避けるように振り返ると、目の前にボコボコにひしゃげたバスの屋根がこちらに向かって横たわっていた。

「ヨッちゃん！　蓮田くん！　宮藤くん！」

私の声は雨と波の音に溶けて、まったく響かない。

「何で、私はあそこに倒れていたの？　みんなはッ？」

暗い雨雲に覆われ、太陽の気配は完全に消されている。ゆえに、Qも恐れることなく姿を見せているのだろうが、何も答えてくれない。

周囲に倒れている人影はないか視線をさまよわせたが、誰も見つけることはできなかった。

胸の痛みに耐えながら、バスの屋根に触れられる位置まで近づいた。このままバスの正面に回るのが怖かったが、濡れた屋根に肘《ひじ》を当て身体を支えながら歩を進める。

屋根が終わり、行き先表示のプレートが現れたところで一度、足を止めた。とめどなく顔を流れる雨を手で拭《ぬぐ》い、べっとりと頬に貼《は》りついた髪を剥がしてから足を踏み出した。

いきなり目に飛びこんできた、無惨《むざん》なまでにフロントガラスが破壊された運転席の様子に息を呑んだ。

「ヨッちゃんッ！」

胸に当てた手でパーカーのぐっしょり濡れた布地をぎゅうと握り叫ぶが、返事はどこからも聞こえてこない。

左側面を底にする格好で横転したバスは、運転席が天井の位置に、そこにはシートベルトに固定されたままの運転手の姿があった。男性は目をつぶっていた。首を折り曲げ、だらりと腕を垂らしている。

おそるおそる手を伸ばす。

長袖《そで》の制服と白い手袋の間にのぞいている手首の内側に指で触れた。温かい。

脈もちゃんとある。

「大丈夫ですかッ」

相手の身体は揺らさぬよう、手袋越しに手を強く握って呼びかけたら、口元が確かにぴくりと動いた。

「この男は生きている」

冷静なQの声に振り返ろうとしたとき、視界の端に白いものを捉えた。

反射的に首の動きを止める。地面に接した側面中央の乗降口ドアのあたり、シートの背もたれの向こうに足が伸びているのが見える。

太ももあたりが震え始めるのを感じながら、親友の名を呼んだ。

声は返ってこない。

シートの陰からのぞく足の先、ヨッちゃんお気に入りの白いダッドスニーカーはぴくりとも動かない。

ガラス片が散乱した足元に注意しながら、窓枠を踏むようにして奥へと進んだ。天井の位置に回ったバスの右側面は、真上から迫るように大きくへこみ、衝突のすさまじさをこれでもかというくらい見せつけていた。窓ガラスはすべて破壊され、容赦なく雨が車内に浸入してくる。スニーカーのゴム底で踏みつけたガラス片が、まるで岩場で牡蠣殻《かきがら》の上を歩いたときのような軽い音を発した。

「ヨッちゃん、ヨッちゃん」

のどがかすれてしまってうまく発声できない。たっぷりと水を吸いこみ暗く変色した、赤い布地の優先座席の向こう側へ、震える足を何とか交互に差し出し、近づいた。きっと、今日のデートに合わせておろしたのであろう白のダッドスニーカーは見る影もなく汚れ、ただそれを間近に見ただけで、視界が歪《ゆが》んできた。

「大丈夫? 大丈夫だよね? ヨッちゃん」

のぞきこんだ先で、ヨッちゃんは目をつぶっていた。

ガラス面が割れずに残っている乗降扉に尻《しり》を置き、バスの本来の床面を背にして、身体を横に倒している。

口元を手で押さえながら、彼女の前にしゃがみこんだ。

その顔はぐっしょりと雨に濡れていた。

震える指を伸ばし、彼女の頬に触れるまでの間、周囲から金属を打ち鳴らす雨の音すべてが消え去った。

頬に指を当てた。そのまま上に走らせ、手のひらを額に押しつける。

確かに伝わってくる体温のぬくもりに、止めていた息を一気に吐き出した。いっしょに涙も滲《にじ》み出たかもしれないが、雨が乱暴に洗い流していく。

ジーンズのポケットからハンカチを取り出し、彼女の顔を拭いた。見た限り大きな怪我《けが》をしている様子はなさそうだ。だが、どうしてこの場所に倒れているのか。

「あなた、見ていたんでしょ？」

Qは真上から私たちを見下ろしている。確かにそこに浮遊しているはずなのに、黒いトゲトゲの身体をすり抜け、容赦なく雨は私の顔を叩く。

「どうして、ヨッちゃんはここに？　何があったの？」

「もうひとりいる」

「え？」

反射的に立ち上がった拍子に左胸から激痛が全身へと回り、しばらく動くことができなかった。それでも、顔だけをバスの後方に向ける。ヨッちゃんのようにシートの陰からのぞく足は見当たらない。

ハンカチを握りしめた手で左胸を押さえながら、バスの後方へ歩を進めた。その間も、稲妻は空を連なるように走り、好き放題に破裂音を轟《とどろ》かせている。もう一生、自分のことを晴れ女だなんて思う日は来ないな、と確信しながら、半信半疑で確認した先に、いきなり黒いものが見えた。

頭だ。

髪を短く刈り揃《そろ》えた頭のてっぺんが、九十度横に回転した二人がけシートの間に見えた。

「蓮田くん！」

前後のシートの間に生まれたスペースに、ヨッちゃんと同じくバスの床面を背もたれに使い、蓮田がその巨体を器用に折り畳み、体育座りの体勢ですっぽりと収まっていた。正面に回ってのぞきこむと、意外と長い睫毛《まつげ》が伸びる目は閉じられたままだが、こちらは触れずとも息をしているとわかった。なぜなら、鼻からかすれた息の音が聞こえてくるからだ。

「起きて！　おい、起きろ！」

何をかわいらしく、こんな狭いところで体育座りをしているのか、と軽くビンタ気味に頬を叩いても目を覚ます様子がない。

ひとまず、いかにも窮屈そうに胸の前で折り曲げている膝を伸ばしてあげた。例の「PASTA」Tシャツが姿を現す。ほとんど濡れていないTシャツに天井を見上げると、私と蓮田が座っていたシート横の窓ガラスが砕けずにそのまま残っているのが見えた。

バス最後尾へと視線をスライドさせるに、頭上の窓ガラスはいずれも無事である。すぐさまヨッちゃんのもとに戻り、お姫様だっこの体勢で抱え上げた。胸の痛みを堪《こら》えながら、蓮田の一列後方、同じくシートとシートの間まで彼女を運んだ。

ようやく自分が肩から下げているバッグの存在に思い至り、中からスマホを取り出した。こういうときは110？　それとも119？　とにかく助けを呼ばなくちゃ、と画面に触れた途端、愕然《がくぜん》とした。電波が死んでいる。今も近くに落ちた大きな雷のせいか、それとも場所のせいか圏外だ。思わず唇を噛んだとき、

「お前が、助けた」

という声が頭の中に響いた。

「助けたって……。二人を？　私が？」

何も覚えていない。覚えているのは、ヨッちゃんと蓮田を抱えたところに、さらにもうひとり落ちてくる場面まで——。

もうひとり？

「宮藤くんはッ？」

破裂するかのように蘇《よみがえ》った記憶とともに、悲鳴混じりにその名を呼んだ。車内を見回すが、人が隠れられるスペースはもうどこにも残っていない。

「宮藤くんはどこッ？　知ってるんでしょ？」

助けを求める声はないかと集中を高めるが、雨の音、波の音、さらに雷の音も加わって早々に無理だとあきらめた。ならば、匂いは？　手にしていたハンカチで鼻のまわりを乱暴に拭ってから、目を閉じた。今度は嗅覚《きゅうかく》に意識を集中させようとしたとき、

「やめろ」

という鞭《むち》がしなるような声が頭の内側で響いた。

「やめろって……。宮藤くんがいないんだよ？」

「バスのあとに道路を通った人間が異常に気づいて連絡したはずだ。救急隊が今、ここに向かっている。お前ができることはもうない。大人しく助けが来るのを待て」

「何、言ってるの？　宮藤くんを探さなきゃ」

「弓子」

ほとんど抑揚のないしゃべり方は変わらずとも、ひどく張り詰めた響きがそこにこめられていることをはっきりと感じた。

「ここから、動くな」

「あなた、宮藤くんがいる場所を知ってるでしょ、だから――」

「お前は、やれることはやった」

水を吸いすぎたハンカチはもう用を成さず、顔全体を手で拭ってから、私はふたたび目を閉じた。

雨の音が遠くなり、磯の香りが少しだけ混じった、湿った空気の奥へと意識を伸ばす。

やがてぼんやりと、でも確かにそこにある、何かの匂いに触れたとき、唐突に答えにたどり着いた。

これ……、血の匂いだ。

った。

＊

「バスに戻れ」

頭の内側で、頭蓋骨を直接叩くかのように生々しく響いた声に、ハッとして我に返った。

バスの外に出た私の進路を塞ぐように、Qが正面に回りこんでいる。

「宮藤くんが怪我してるのッ。しかも、大怪我かもしれない」

「ダメだ、近づくな」

「何でよッ」

「お前はそれを前にしたとき、耐えられない」

血だ――。

人間の血が流れていると警告しているのだ。

でも、そんなの気にしている場合じゃない。こうして嗅覚が捉えた――、それはつまり、ちょっとやそっとの出血ではない、極めて危険な状態だということだ。

「バスに戻れ。助けが来る」

「その前に、何か手当できることがあるかもしれない。助けなんていつ来るかわからない」

「ならば、放っておけ」

冷たく放たれたひとことに思わず絶句する。

「あの男は人間だ」

「だから、見捨てろって言うの？　そんなことできるわけないでしょッ」

全身を雨に打たれながら、そこをどいて、と震える声で告げたが、Qは正面に陣取ったまま動かない。

「どいてったら！」

はたくように腕を伸ばしたら、磁石が反発し合うように、指が触れる寸前に黒い物体は離れていった。

その隙《すき》をついて駆け出した。

左胸を押さえながら、崖と海との間に広がる幅十メートルほどの見通しの悪い茂みを目指した。背丈ほどの高さまで伸びた低木の間をすり抜けるように進むにつれ、むせ返るほど濃厚な匂いが立ち上ってきた。

「止まれ。そこに近づくな」

声を無視して、私はさらに奥へと向かう。

「人間はわれわれとは違う種族だ。これ以上、関わるな」

「われわれ？　私はあなたとは違う。いっしょにしないで」

「お前は、誘惑に勝てない」

「うるさいッ、黙ってて！」

ジーンズの生地越しに、すねが乱暴に枝を折っていくのを感じながら低木を回りこむと、いきなり倒れている人影にぶつかった。

「宮藤くんッ」

折れた太い枝が、その身体の下敷きになっていた。頭上を仰ぐと、崖から斜め方向に伸びた樹木をみっしりと覆う枝葉に、ぽっかりと穴が空いている。途中にどれだけクッションがあったにせよ、バスから一度放り出され、地面に打ちつけられたのならば、無事で済むはずがなかった。真っ青を通り越して、透き通るような白さを帯び始《かが》めている顔を見下ろし、「ごめんなさい、助けられなくて」とその手に触れようと屈んだとき、突然、ガクンと視界が揺れた。

それまで宮藤豪太の身体《からだ》に隠れて見えなかった右肩の下に大きな血だまりができている。それが視界に入っただけで、身体全体を引き寄せる巨大な重力が発生した。同時に、急に頭の中がぼんやりとしてくる——。

「……ずせ」

Qの声がひどく遠くに聞こえた。

「視線を、外せ」

ハッと我に返った。

血を見ちゃ、ダメだ。

だが、頭からボウリングの球でも釣り下げているのではないか、というくらい首から上が動かない。顔の向きを変えるどころか、目玉の位置さえ動かせなかった。

「左手だ」

言葉の意味を理解した私は、胸に添えた左手に力を入れる。大丈夫、手は動く。覚悟を決めて肋骨《ろっこつ》に当てるように拳《こぶし》を作り、思いきり押しこんだ。

「痛ッ」

一瞬、視界に光が舞い散るくらいの激痛が走り、勝手に上半身がのけぞった。気づいたときには空を見上げ、口の中に雨を集めていた。

雨水を吐き出し、痛みで涙がこぼれる顔を拭った。今度は、決して血だまりを見ぬよう顔をそむけた姿勢を保ちながら、宮藤豪太の口元に耳を近づけた。

消え入りそうなくらい、か細い息を何とか感じ取った。

ほんの十センチの距離で宮藤豪太の顔をのぞきこみながら、右手で頰に触れた。ひどく冷たかった。

もはや、宮藤豪太の顔にあの快活なキャプテンの表情は見出《みいだ》せず、血色を失った唇から「ないっすー」の陽気なかけ声が放たれるイメージも湧いてこない。

右手を移動させ、胸に貼りついたシャツ越しに心臓の上に置いた。

明らかに鼓動が弱まっている。

「ダメだよ、眠っちゃッ」

いくら耳元で叫んでも、宮藤豪太の顔の筋肉は一ミリも動かない。

生物としての残り時間そのものが失われようとしていることを、誰から教えられたわけでもなく、はっきりと理解できた。

同時に、誰から教えられたわけでもなく、

「彼を生かすことができる」

というもうひとつの声が、はじめからそこに用意されていたかのように、耳の奥底で蠢《うごめ》きだすのを感じた。

そう、彼を死から救い出す方法を、私は知っている。

もしも、彼が私たちの仲間になったなら――。

＊

ヨッちゃんは言っていた。

はじめて、好きな人ができた――、と。

はじめて、これだという人を見つけた、コレダ珈琲《コーヒー》だよ、と。

その相手から、自分の口からちゃんと好きですと伝えたいと思う人に出会った、と。

道に。ちゃんと、いきなりの別れを告げられる。はじめてのデートをした、その帰り
ヨッちゃんは、好きです、と伝える前に。

忘れられるだろうか。

これから毎日、思い出すんじゃないだろうか。それこそ死ぬその日まで、朝起きてから夜寝るまでのどこかで、歯を磨いていたり、シャワーを浴びていたり、自転車に乗っていたり、電車の吊《つ》り革を握っていたりする、そんな一瞬に、大事な人を失ってしまった悲しさが、もう二度と会えない虚《むな》しさが、まるで車の窓ガラスに反射した光が部屋の中に差しこみ、音もなく壁や天井を走り去るみたいに、心のなかを過《よぎ》るので

はないだろうか。

「弓子」

その声は、頭の芯《しん》から発せられたはずなのに、やけに遠くに感じられる。

「俺を、見ろ」

顔を上げると、土砂降りのなかでトゲだらけの物体が浮かんでいた。だが、影を吸いこんだように黒々としていたはずの外見が、どこかグレーがかって見える。

「色が薄くなってる」

と口にしようとして気がついた。

Qが変化しているのではない。私の視界がかすみ始めているのだ。

「何でだろう、あなたのことが見えにくい」

正直に伝えると、「危険だ」とすぐさま返ってきた。

「今すぐ、この場から立ち去れ。バスの仲間のところに戻るんだ。血に囚《とら》われる前に」

囚われる？

そう言えば、先ほどから血の匂いを感じない。雨のせいで散るか消えるかしてしまったのだろうか、と嗅覚を高めようとして、「え」と声にならぬ声が漏れた。

自分の身体から、匂いが発せられている。

触れるくらいに鼻に腕を近づけた。宮藤豪太の血の匂いが、身体にまとわりつき、皮膚に吸いついている。

ダメだ。

本能的に息を止めて、身体を起こした。決して血を見ないように、右手で視界の半分を塞ぎながら、宮藤豪太の顔をのぞく。すでにその肌から生気は消え去り、唇も土気色に変化しつつある。

もしも、このまま私がバスに戻ってしまったら、宮藤豪太はここで死ぬ。

でも、もしも――、彼が吸血鬼になったなら、死を免れることができる。

息を止めたまま、彼の顔を見つめた。

宮藤豪太が、吸血鬼になる。

それがどういうことなのか、じっくりと考える時間の余裕はなかった。霧がかかったように、頭の動きが鈍くなっている。そのくせ、宮藤豪太の額に落ちて跳ねた雨粒が、さらに小さな粒のかけらに散らばる様を、はっきりと見極められるのだ。何だろう、この奇妙な感覚は。これだけ雨に打たれ、パーカーもぐっしょりと重くなっているのに、身体が熱い。

ぐったりと伸びた宮藤豪太の腕に触れる。雨に体温を奪われた手首に指を這わせ、脈を探り当てた。

残された時間はあとわずかだと、消え入りそうにか弱い脈拍が、冷徹にその事実を伝えていた。

この命を終わらせるか否《いな》か、私の決断に懸かっている。

ダメだ、決めるなんてできない――。

答えを出す前に、息を止めるほうに限界が訪れた。

空を仰ぎ、

「ぶぁっ」

と口を開け、空気を吸いこんだ途端、肺の中に血の香りが一気になだれこんだ。

少しでも意識をはっきりさせるために頬をつねろうと、手を持ち上げようとして気がついた。

「あれ?」

腕が上がらない。

「あれ?」

二回目の「あれ?」は頭が少しずつ、正面に向き直っていることに対してだ。

「な、何、これ。勝手に身体が動い――」

自分の意志と一致しない身体の動きに、狼狽《ろうばい》しながら抗《あらが》おうとしても、力が入らない。もう一度、左胸を突き、痛みを利用してリセットしようと試みたが、すでにこちらの動きを読んだかのように、指先までぴくりとも反応しなかった。いや、腕だけじゃなかった。身体全体を動かすことができない。それなのに、顔が正面の位置に戻ったと思ったら、次は上体が宮藤豪太に覆いかぶさるように傾いていく。

「ど、どうして？ 動くのを止められない――」

「息を止めろ。血に囚われ始めている証《あかし》だ」

慌《あわ》てて口を閉じ、のどの奥に力を入れて息を止める。

「肺の中の息を全部、吐き出せ」

言われるがままに、口と鼻から息を吐き出した。

身体を縛《いまし》めていた感覚が急速に薄れていく。鼻の先から宮藤豪太の首元まであと二十センチというところで、上体の動きも止まった。

「それ以上吸うと、戻ってこれなくなる。立て。走ってバスに向かえ。助けが来るのを、そこで待て」

頭に響くQの声もまた、クリアさを取り戻す。地面を手で突き返し、とにかく宮藤豪太から身体を離した。しかし、まだ感覚が完全には戻っておらず、腕に力を入れた途端にバランスを崩した。

「あ」

その拍子に、それまで視界の外に置いていた、宮藤豪太の右肩下の血だまりを真正面からのぞきこんでしまった。

視界がふたたび大きく揺れることはなかった。

不思議と気持ちは穏やかなままで、むしろどうして今まで気づかなかったのだろう、というくらいやさしい気配が私を包みこんだ。

血が私を呼んでいた。

それが正しいことなんだと、言葉で告げずとも、匂いを通して私に訴えかけてくる。

「もしも――、ここで宮藤くんが死んだら、ヨッちゃんが悲しむ。ご両親も、蓮田くんも、みんなが悲しむんだよ」

息を止めたまま、Qに告げた。

「誘われるな。それはお前自身が考えていることじゃない。血に囚われて、狂いかけているだけだ」

「私は、狂ってなんかいない」

宮藤豪太を助ける方法は目の前にある。いや、私のなかにある。それなのに、唯一《ゆいいつ》のチャンスを放棄して、彼の命をむざむざ見捨てていいはずがなかった。

「私は、宮藤くんを死なせない」

額に貼りついた髪を掻《か》き上げ、両手で顔を拭った。

閉じていた唇を少しだけ開く。

それから、ゆっくりと息を吸いこんだ。

＊

「お前は大きなあやまちを犯そうとしている」

血の香りがふたたび肺の中に充満する。視界が急に暗くなり、正面にいるはずのQの像が雨に溶けてしまったかのように、おぼろげに崩れていくのを無言のまま見送った。

「一度でも人間の血を知ってしまったら、二度と血の渇きからは逃れられない。血の渇きを覚えた吸血鬼は、この世界で生きることが許されない。お前の親にも、二度と会えなくなるぞ」

「パパとママにも？」

その瞬間、強いまどろみの沼から一瞬だけ浮かび上がったかのように、意識が晴れ間を取り戻した。

「友人たちにもだ。この国にも、いられなくなる。お前の存在がなかったことになる場合もあり得る」

「い、嫌だッ。そんなの」

私がパパとママを失うことも、二人が私を失うことも、どちらも認められる話ではなかった。そんなのダメだ。絶対にダメに決まってる。

慌てて、息を止めようとした。

でも、遅かった。

血の匂いを取りこみすぎて、身体を動かせない。肺すら言うことを聞いてくれず、さらなる血の匂いを求め、勝手に息を吸いこむ。

上の歯茎が猛烈にうずきだした。

早くここから解き放て！　その下に隠れているものが訴えかける声が、鼓動とシンクロしながら迫ってくる。

「外では、絶対に出しちゃダメ」

小さい頃から何度もママに注意されてきた。だから、家の中でもそれを出したことがなかった。

でも、身体が燃えるように熱い。額に浮き上がった血管がどくどくと脈打ち、叫びだしたくなる衝動が全身を駆け巡る。耐えきれず、私は叫んだ。自分のものとは思えないくらい、禍々《まがまが》しい声で。

もはや、歯茎のうずきを抑えることができなかった。

生まれてはじめて、私はそれを解放した。

歯茎をつき破り、硬い何かが飛び出してくる鋭い痛み。そのあとに続く上唇が持ち上がる感触。はじめてのはずなのに、すべてを知っている自分がいた。

口の中に広がった自分の血を、唾《つば》とともに吐き捨てた。

「やめろ、弓子。狂うな。自分を保て。意識を呼び覚ませ。戻ってくるんだ」

その声はまるで自転車で登校する途中にすれ違った、県道を走る車から一瞬だけ聞こえる車内の音楽のように、あっという間に遠ざかっていく。

「俺を見ろ。まだ、戻ることはできる。肺の中の息を吐き出せ」

「ごめんなさい」

とQに謝った。パパとママに謝った。

「Q――。もう、あなたのことが見えない」

視界は完全にかすみ、意識を保つことさえ難しくなっている。

不意に視界が反転したかのように、赤一色に染まった景色が見えた。

一瞬の間をおいて、そこは地獄だとわかった。五歳の頃、はじめて地獄絵図を見たときの鮮やかさそのままに、針山がそびえたち、血の池が沸騰《ふっとう》し、紅蓮《ぐれん》の炎がそこかしこで燃え盛っている。

地獄に落ちようとしているのは私だ。

いや、とっくに落ちてしまった。

なぜなら、ただ「欲しい」とだけ感じるからだ。

何を？

人間の血を。

気がついたときには、宮藤豪太の両肩を手で押さえつけていた。ゆっくりと身体が前へと傾いていく。雨に濡れた宮藤豪太の首筋が、目の前に近づいてくる。

「ダメだ、弓子。お前はこっちに来てはいけな――」

途中から、Qの声は完全に聞こえなくなった。それでも、Qが悲鳴を上げていることをなぜか理解できた。

もう、我慢できなかった。

雨に濡れた宮藤豪太の首筋の皮膚に、鼻の頭が触れる。

上の歯茎から突き出した長い二本の牙《きば》を、やわらかな肉にあて、その弾力を、その下に流れる血潮の存在を確かめた。

私は大きく口を開けた。

稲妻が空を走り、光を反射させたつややかな首筋に、躊躇《ちゅうちょ》なく牙を突き刺した。

これまで経験したことのない、血管がいっせいに凍りつくような冷たい感触が全身を駆け巡る。それでいて身体はいっそうの熱を帯びて、今にも発火しそうだ。

互いに相反する感覚が混ざり合ったのちに訪れたのは、甘い、とてつもなく甘美なまどろみの波だった。

どこかから、声が聞こえる。

Qではない、知らない国の言葉。きっと今は使われていない、古《いにしえ》の言葉だ。

男のものも、女のものも、老人のものも、子どものものも、いくつもの声が交差しながら私を導く。

こうするべきだと、触れると同時に時間を遡《さかのぼ》り、過去も含めすべてを理解できる不思議な感覚。

私はとても安心した気持ちになって、声の後押しを受け、さらに奥深くへと、牙を宮藤豪太の首筋へ押しこんだ。

第3章

てがかり

制服に着替え、カバンの中の教科書やノートを確認してから一階に降りると、パパはマグカップを傾けながら新聞を読み、ママはベーコンと卵を同時にフライパンで焼き、いつもと変わらぬ朝の風景がそこに展開されていた。

二人は県道沿いに新しくオープンしたパン屋の変な店名について盛り上がっていたが、私がトーストを齧《かじ》った拍子に、焦《こ》げた粉をうっかり吸って咳《せ》きこむと、

「どうした？」

とすぐさまパパが心配そうな声をかけてきた。

何でもない、大丈夫、とうなずいて、同じく動きを止めているママに「のどにつかえただけッス」と胸を手で叩《たた》いて示すと、ママは安心したようにフライパンのベーコンと卵焼きを皿にスライドさせた。

朝食を食べ終え、私がリビングでストレッチを始めると、

「今日から部活を再開するつもりなのかな？」

とパパが探るような声で訊《たず》ねてきた。

「まさか」

私は前屈の姿勢をキープしながら、

「本当はバリバリやれるけど、さすがにマズいっしょ」

と上下逆さになった頭を左右に振る。

「肋骨《ろっこつ》の調子は？」

「どうだろう、寝返りを打っても平気だし、もう治ったんじゃないかな」

無理しないでね、とママが眉《まゆ》を八の字にしながら訴え、今日は車で送ろうか？　とパパが提案してくれたが、「大丈夫、自転車で行く」と今度はアキレス腱《けん》をぎゅうと伸ばした。

「担任の先生からは、しばらくの間は午前中だけの登校でもいいと連絡受けてるけど――」

やんわりと食い下がってくるパパに、

「午後も出ます」

と笑顔で返す。

「でも、復帰初日から、いきなり元のペースに戻さなくてもいいと思うんだ。何しろ、あんなことがあったんだ。ひどい記憶の混濁も起きていたんだから――」

「心配したくなる気持ちはわかるけど、ほんと平気なんだって。だって、どこも問題ないんだよ？　バスケ部のみんなも心配してくれてるだろうから、少しだけ部活にも顔を出したい。だから、全部の授業に出る」

まだ言い足りなそうな様子ながらも、パパは自分を納得させるかのようにウンとうなずいて会社に出かける準備を始め、私は二階の部屋へ戻った。

鏡の前に立ち、頬のあたりに手を当てる。

ほんの少し、痩《や》せたかもしれない。

机の上に置いたカバンに手を伸ばそうとして、卓上カレンダーが十月のままであることに気がついた。

何日ぶりの登校になるのだろう、と手に取って数えてみたところ、定期テストの最終日以来、十一日ぶりだと判明した。

本当は病院から帰宅した翌日には復帰できた。でも、それはさすがに回復スピードが早すぎる、とパパとママが言うので、先週いっぱい学校を休むことにした。病院から帰ってきた時点ですでに肋骨の痛みは引き、今は拳《こぶし》をぐりぐりと押しつけてもほとんど違和感がない。レントゲンを撮るまでもなく、治ったということだろう。

「ねえ、Q」

と私は呼びかける。

「どんな感じで、教室に入ればいいんだろ。学校にもテレビが来てたって、ママが教えてくれたし、困ったよね。ちょっとは弱々しい雰囲気出したほうがいいのかな？」

とうに十一月に入っているのでカレンダーをめくろうとして、ふと、十月二十七日のマスの書きこみに目が止まった。

「17th Birthday」

まったく、とんでもない誕生日だった。

何せ、昏睡《こんすい》状態のまま、その日を迎えたのだから。

定期テストの最終日は十月二十五日。北ノ浜に向かったのはその翌日。崖《がけ》の下で救急隊に意識を失っているところを助け出された私は、それから三日三晩眠り続け、火曜の朝に突然、目覚めた。

自分でも覚えていないが、病室に駆けつけたパパへの第一声は「おなかがすいた」だったらしい。それから、レントゲンと脳波の検査を済ませ、警察の人に事故の状況説明をして、その翌日、あっさりと退院の運びとなったのは、肋骨に一カ所ひびが入っているほかには異常は見つからず、私自身すっかり元気だったからである。

退院して学校を休んでいる間に、バス会社の人が見舞いに来たが、パパとママが対応した。私はというと一日じゅう部屋でゴロゴロしながら、マンガを読んで過ごした。ネットニュースをのぞいたら、驚くぐらい事故のことが大きく扱われていたが、詳しくはチェックしなかった。台風の大雨で地盤が緩み、落石が起きたこと。幅三メートルもある巨大な岩がバスを直撃したこと。バスは二十メートル崖下に転落したこと。バスの運転手は肋骨を二本骨折するも、命に別状はなかったこと――、あたりを確認したら、ニュースから拾い上げるべき内容は残っていなかった。

カレンダーを十一月に変えてから、カバンを抱え、一階に下りた。玄関から外に出ると、ちょうどパパの車が出発するところで、「行ってらっしゃい」と手を振ると、

「気分が悪くなったら、すぐに先生に言うんだよ。今も少しずつ、身体《からだ》が変わってきているんだから」

とパパはまだ少し不安そうな視線を寄越してから、車を発進させた。

ごとごとと揺れて坂道を降りていく車を見送りながら、

「パパは心配性だね」

と笑うと、「ほんと」とママはうなずき、

「でもね、パパは弓子《ゆみこ》の眠っている間、会社を休んでずっと病院に詰めていたくらいだから。それだけ、心配なのよ」

と私の知らなかったことをさらりと教えてくれた。

「え、そうだったの？　だから、私が目覚めたときも、やたら登場が早かったんだ」

「今日も起きるなり、何かあったときのために、会社は休んで待機しておいたほうがいいかな、とか言い出すから、やめてちょうだい、って説得するのたいへんだった」

ねえ、ママ、と私は少し声のトーンを下げる。

「体調の変化って、そんなはっきりと出るもの？」

そうねえ、とママは腕を組む。

「ママは半年ぐらいかかったけど、それでも気づかないうちに変わってしまったって感じ？　ただ、弓子の場合は特別だから、どうなのかしら。私たちとは違うのかも——。とにかく、普段から健康でいたら大丈夫。だから、くれぐれも無理はしないでね」

オウケーと私は自転車のカゴにカバンを入れ、よっこらせとサドルにまたがる。

「今夜は弓子の好物の栗《くり》ごはんにしようかな。タコのマリネも。学校、楽しんできてください」

ママの声を背中に受け、「いいねー、栗ごはん。ありがとう、行ってきます」と私はペダルを踏みこんだ。

加速しながら坂道の途中で振り返ったら、私の姿が見えなくなるまでママは家の前で見送ってくれていた。

斜面に沿ってぐるりとカーブする坂道を終えたら、収穫の済んだ田んぼの真ん中を突っ切る道に出る。

「そう言えば、十七歳になって、はじめての学校だね」

地面を流れる自分の影に向かってつぶやいてみるが、返事はない。

病院で目覚めてから、何度も話しかけているが、Qはまだ一度も声を聞かせてくれない。

その理由を、私は知っている。

なぜなら、彼はもう私の影の中にはいないから。

＊

いつもの県道の合流ポイントに自転車を停め、ヨッちゃんを待つ間、これまでに経験したことのない種類の緊張を感じた。

退院してから、ヨッちゃんとはＬＩＮＥで連絡を取り合っているので、お互いの状況はわかっている。それでも、北ノ浜へのダブルデート以来、はじめて実際に顔を合わせるわけで、何よりも難しいのは、「彼女に真実を伝えていない」という罪悪感にも似たこの感情の行き場がないことだ。たとえ親友であっても、絶対に教えることができない秘密。バスが落下する途中に何が起きたのか。ヨッちゃんは今も何も知らない。これからも知ることはない。

トラックがうなりを上げて通り過ぎていく県道の先から、一台の自転車がやってくるのを視認した。

しかし、何かが妙である。

「ヨッちゃん……?」

違和感の理由に気づいた途端、開口一番に何を言おうか、あれやこれやと考えていたプランが雲散霧消した。ただ、見慣れたクリーム色のフレームの自転車が近づいてくるのを、ポカンと口を開けて出迎えることしかできなかった。

何だ、あれは。

大仏が向かってくる。

自転車はヨッちゃんのものだ。制服もウチの高校のものだ。スカートからのぞく、ふくらはぎの肉づきもヨッちゃんだ。だが、なぜか頭が大仏だった。

まるまる頭部が緑色の大仏と化したセーラー服の高校生が、ちりんちりんと自転車のベルを鳴らしながら接近してくる。

私の前できゅっと停車すると、

「ニーハオ」

と大仏の頭がしゃべった。

「思ったより、息苦しいわ、これ」

大仏の内側から漏れる声は、間違いなくヨッちゃんのものである。

「ヨッちゃん？」

ちょっと待って、と大仏は告げ、ぶつぶつの突起が覆《おお》う自身の頭頂部に右手を持っていき、うなりながら引っ張り上げた。

ゴム製のマスクがいびつに伸びたのち、「ふう」とその下から現れた素顔に、

「ど、どうしたの……？　何で、そんなもの」

と動揺を隠せぬ声をぶつけると、

「待って、私から先に言わせて」

とヨッちゃんは素早く手を挙げ、私の言葉を遮った。

「ごめんなさい」

へなへなになったゴム製の大仏マスクを胸にあて、ヨッちゃんは深々と頭を下げた。

「え?」

「会って、ちゃんと伝えたかったの。私が北ノ浜にダブルデートになんか誘ったから、弓子をこんな目に遭わせてしまった。もう少しで私、親友を永遠に失ってしまうところだった。弓子と二度と会えないなんて――、つらすぎて、耐えられないよ」

まさかヨッちゃんに先を越され謝られるなんて、一ミリも予想していなかったため、私が完全に言葉を失ってしまった隙《すき》に、彼女は目にたっぷり涙を溜《た》め、「弓子!」と抱きついてきた。

だが、お互いの自転車の前輪やハンドルがガタガタとぶつかり合い、ちゃんとした抱擁ができないうちに、

「あ、大事なこと忘れていた」

とヨッちゃんはすっと離れ、自転車カゴから紙袋を持ち上げた。

「弓子、誕生日おめでとう。これ、プレゼント」

目尻《めじり》を指で拭《ぬぐ》ってから、はい、と紙袋を差し出した。

朝っぱらからの不意打ち二連発に、今度は私の目が潤《うる》みだす。

「ありがとう、ヨッちゃん――」

開けてもいい？と訊ねると、もちろんとヨッちゃんはうなずく。さほど厚みはないが、かすかに弾力のある中身の感触に、何だろう、とどぎまぎしながら、かわいらしいシールの封をはがし、中をのぞいた。

「ん？」

紙袋から引き揚げられたのは、折り畳まれたゴム製の何かで、表面には黒や、水色や、赤がカラフルに散らばっている。

正体がわからぬままそれを広げたとき、

「え」

と腹の底から思わず声が漏れた。

「何……、これ」

蒼白《あおじろ》い肌に広い額、撫《な》でつけられた黒い髪、大きな鷲鼻《わしばな》、口の両端からは鋭い牙《きば》がむき出しになって、唇から血が滴《したた》っている――、クラシックな吸血鬼の顔をモデルにしたと思《おぼ》しきゴム製のマスクだった。

「な、何でこれを私に？」

揺れる声を必死で抑えながら訊ねた。

「だって――、弓子は吸血鬼でしょ」

あっけらかんと真実を突かれ、ギョッとしてヨッちゃんの顔に視線を戻した。

そこには大仏マスクが復活していた。

「弓子のことは何でもわかっているから、私」

大仏は張りついたアルカイックスマイルでうなずくと、いかにも当然というように
ほっほっほと笑い声をあげた。

＊

そっか。

ヨッちゃんはとうに気づいていたんだ。

私が吸血鬼だということに。

「本当はね、女の吸血鬼のやつが欲しかったんだ。でも、そっちはなくてさ」

「いつから……、気づいていたの？」

背筋が凍りつく感覚に襲われながら、震え始めた指先をマスクの下に隠した。

「だって、親友だよ？　そんなの当然じゃん」

きっとこの吸血鬼マスクと同じくらい蒼褪《あおざ》めた顔をしているだろう私を、セーラー

服大仏はすべてお見通しだと言わんばかりに、穏やかに見つめている。

「で、でも、吸血鬼の話なんて、今まで一度も――」

ダメだ。途中からのどが震えて、最後まで続けることができなかった。

「要は和か洋か、どっちを選ぶか？　って話でしょ。それなら、私が和、弓子が洋になることは論をまたないと思うんだ。私が和というよりも、圧倒的に弓子には洋のイメージのほうが似合うから、そっちのほうを渡した」

ん？　何だか妙な違和感を嗅《か》ぎ取り、私は眉間に深いしわを寄せた。

「ヨッちゃん、それ、何の話？」

「そりゃ、マリリン・モンローのマスクが二つあったら、私もおそろいのものにしたよ。でも、仮装コーナーの棚に残っていたのは、この二つだったから仕方なかったの。なら、弓子は吸血鬼だよねって話」

ああ、懐《なつ》かしい、このヨッちゃんがらみの混乱の感覚――、と二の腕の震えが急速に収まっていくのを感じていると、

「あれ、大仏のほうがよかった？」

と大仏は悟りきった顔とは不釣り合いな不安そうな声を上げた。交換しようか？　ともう一度マスクを脱ごうとするヨッちゃんを制止し、

「ちょっと待って。その前に、何でマスクが必要なのかを教えてほしい」

と落ち着きを取り戻した私は、仕切り直しの意味もこめて、ちりんちりんとハンドルのベルを鳴らした。

ああ、と細かいパンチパーマをまぶしたような大仏の頭が少し揺れたのち、

「もちろん、誕生日プレゼントってのは冗談だよ。これも弓子へのプレゼントではあるけれど、あくまで変装用だから」

と理由になっていない理由を告げた。

「変装用？」

「うん、まだいるかもしれないからさ」

「いるって、誰が？」

「カメラマンっていうの？　記者っていうの？　何だか、うさんくさい人たちが先週、校門の前で張っていたんだよ。ひょっとしたら、今日もいるかも。もうこれ以上、弓子には迷惑かけられないから。『週明けに登校します』って弓子のＬＩＮＥを見て、昨日、イオンに行って買ってきたわけ」

大仏は改めて、私の手元の吸血鬼マスクを指差し、

「これをかぶって二人で自転車で通用ゲートを突っ切ったら、誰かわかんないでし

よ?」

とまさしく仏頂面《ぶっちょうづら》でもってその効用を説いた。

「なるほど」

ようやく、私は合点した。

吸血鬼がこの人間社会で生きるに際し、もっとも気をつけるべきことは何か?

言うまでもなく、無用に目立たないことだ。

ただでさえ、バス転落事故の乗客だった高校生が、昏睡状態から無事回復したというニュースはテレビやネットで大きく扱われ、世間の注目を集めている。それは吸血鬼的立場から見て、非常に危険な状態にあるということだ。

パパも私のことが書かれた新聞記事を広げ、

「いかにも記事では重傷だったように書いてるけど、当人はもうピンピンしているなんて、記者さんには絶対に内緒の話だし、お見舞いに来たバス会社の人にも教えられなかったよ」

と困り顔で首を横に振っていた。パパが見せてくれた「高校生四人組、奇跡の生還!」という派手な記事の見出しは、そらおそろしいような、くすぐったいような、まるで自分のことではないような、焦点が定まらない感触を呼び起こした。

手元の吸血鬼マスクの両サイドに突き出した、先端がやけに尖《とが》った耳のへりに触れ、その部分を何度も折り曲げる。ふと——、もしもこの場にQがいたら何て言うかな、と想像した。きっと、いつものローテンションかつ皮肉っぽい語り口でもって、

「本物の吸血鬼が、わざわざ吸血鬼マスクをかぶるなどと想像をする人間はいないだろうな」

なんて言葉を頭の中に響かせてくるのではないか。

「わかったよ、ヨッちゃん」

だが、いざかぶろうとしても、マスクの内側に静電気が発生し、いちいち髪が貼《は》りついて思いのほか難しい。やっとのことで装着を完了し、顔を上げると、「うははは」と目の前でパンチパーマ気味の大仏が腹に手を当てて爆笑していた。

「朝と吸血鬼って似合わないねー。しかも、セーラー服って、変態紳士ぶりがヤバい」

あまりに笑うので、「ちょっと!」と強めにたしなめると、

「ゴメン、ゴメン。よし、行こう」

と依然、ニヒヒヒと笑い声を漏らしつつ、ヨッちゃんはペダルを勢いよく踏みこんだ。

大仏と吸血鬼は自転車を並べ、学校を目指した。

途中、すれ違うランニング中の人や、追い越す生徒たちが明らかにざわついているのをゴムマスク越しに何となく感じながら（くりぬいた目玉の部分から外を見るので、かなり視野が狭くなるのだ）、県道を走り抜けた。いつものように朝の風を感じることはできなかったけど、心はとても爽《さわ》やかだった。ヨッちゃんのおかげだ。魔法のようなやり方で、ぎこちなかった私の気持ちを、以前のやわらかな姿に、いとも簡単に戻してくれた。

「ありがとう、ヨッちゃん」

想像以上に息がしづらい、何だか湿った感触が常に唇のまわりにまとわりつくマスクの内側で、こっそり感謝の気持ちをつぶやいた。

果たして、取材の人たちが待ち構えていたのかどうか、それもよくわからぬまま、校門の前を通り過ぎ、脇《わき》の通用ゲートから学校に入った。

自転車置き場で自転車を停めてから、マスクを取った。ふう、と額に貼りついた前髪を息を吹きかけ飛ばしていると、

「宮藤《くどう》くんとね——」

という声が聞こえてきて顔を向けた。

大仏マスクを取ったヨッちゃんがしばらくもじもじとしてから、

「ちゃんと、付き合うことになりました」

とぺこりと頭を下げた。

「とても、いいと思います」

私は目を細め、頰を赤らめている親友にうなずいて見せてから、

「宮藤くん、もう部活でがんばってるの？」

とごく自然に質問を投げかけた。

「うん、火曜は念のためにってことで蓮田《はすた》くんといっしょに休んだけど、弓子の目が覚めたって聞いて、水曜からは張り切って練習してた」

「今日の男子バレーボール部は？」

「体育館だよ。ウチといっしょ」

ちょっとだけ顔を出すね、と私はカゴからカバンを持ち上げ、吸血鬼マスクをしまいこむ。

パパの心配を押し切って、午後まで全部授業に出ると宣言した目的――、それは宮藤豪太《ごうた》にある。

いくらパパから、その理由を理詰めで聞かされても、やはりこの目で確かめたかっ

たのだ。

なぜ、宮藤豪太は吸血鬼になっていないのか？

＊

昏睡から目覚めたとき、すぐさま駆けつけたパパに、まだ寝ぼけ状態で放った第一声が「おなかがすいた」だった私であるが、次第に意識がクリアになり、記憶が蘇《よみがえ》るにつれ、次に襲ってきたのはパニックの感情だった。

気がついたときには、おそらく遅れて病院に到着したのであろうママに抱きしめられ、私は号泣していた。「ごめんなさい」を連呼し、ママが何度も「大丈夫」と背中をさすってくれたのをうろ覚えながら記憶している。

落ち着くまでに二時間近くはかかったのではないだろうか。

おかゆの食事を出され、まずはそれをゆっくりと食べ終えてから、パパとママに真実を話した。

隠そうとは思わなかった。

何しろ人間の血の味を覚えてしまったのだ。早く対応しないととんでもないことが起こる。私ひとりの問題で済む話ではないことは明らかだった。

たいへんなことをしてしまった、と泣きじゃくりながら告白する間、ママは私の手を強く握り、パパは少し離れた場所に立ち、黙って聞いていた。

私がすべてを話し終えても、二人はなかなか言葉を発してくれなかった。まるで互いにテレパシーで通じ合っているかのように目線を交わしていた。怒髪天を衝《つ》く勢いで怒られると思いこんでいただけに、二人のリアクションの薄さというべきか、その遅さが何とも不可解であり、不気味だった。

「おほん」

ようやくパパが意を決したように咳払いをして、

「儀式のことなんだけど……」

と個室の病室には私たち家族のほかに誰もいないのに、まるでそのこと自体を口にするのを憚《はばか》るように低い声を発した。

「儀式？」

そんなの今はどうでもいい話だろう。血の渇きを覚えてしまった私は、儀式を受ける資格がないどころか、このままパパとママといっしょにいることさえ、許されないかもしれないのに――。

「実は、もう済んでいるんだ」

え？　思わずママから渡されたタオルで涙を拭《ふ》く動きを止めた。

「どういう……こと？」

「弓子は宮藤くんの血を吸っていない、ということだよ」

「で、でも、私、本当に倒れている宮藤くんの——」

「うん。だから、弓子が今話してくれたことは夢というか、記憶の混乱というか——、そんな事実はどこにもない。大丈夫だよ、安心しなさい。弓子は絶対に人間の血を吸っていない」

「どうして……、そう言い切れるの」

「血の渇きを覚えた吸血鬼は、儀式を終えることができない。弓子は問題なく儀式を終えた。つまり、血の渇きを覚えていないってことだ。そもそも今、渇きのようなものを感じるかい？」

パパの問いかけには答えようがなかった。だって、血の渇きがどんなものか、わからないからだ。

「それは感じていない、ってことだよ」

とパパは穏やかにうなずいて見せた。

「もしも、弓子が本当に人間の血を身体の中に取りこんだなら、すでに三日近くが経過したことになる。パパも正確な知識を持っているわけじゃないけど、血の渇きを覚えた吸血鬼は三日間、血を断つだけでも、かなりの禁断症状が出るらしい。今こうして、大人しくベッドで寝ていることなんてできないだろうし、自覚症状がないというのもあり得ない」

え、でも——、と何とかして最悪の状況に陥ったことを両親に認めさせようとしている自分の立ち位置がとても滑稽《こっけい》だったが、私には明確な記憶があるのだ。牙の先を宮藤豪太の首筋に当てたとき、彼の肌が伝えてきた反発の感触も、彼の血を口に含むと同時に全身を駆け巡ったおそろしいくらいに甘美な感覚も、すべてはっきりと覚えている。パパとママには話すことができなかった、あの背徳的で、かつ絶対的な陶酔の感覚。間違いなく、私は人間の血の味を知っている。

タオルで口元を隠し、舌を歯茎に持っていった。牙が突き破ったときにできた傷痕《きずあと》を舌の先で探ったが、それらしきものに触れることはできなかった。

「パパとママね、宮藤くんに会ったの」

「え？」

ママの言葉に、タオル越しに声が漏れる。

「日曜日、宮藤くんたちが退院する前に、弓子の様子を見に来てくれたときにね――」

この会話をパパとママと交わしたのは、私が目覚めた火曜日のことだ。

そのときはじめて、事故の翌日に宮藤豪太と蓮田、さらにはヨッちゃんが退院していたことを知った。救助されたときは三人とも意識を失った状態だったが、ほとんど外傷もなく、検査結果にも異状がないことが確認されたため、帰宅を許されたのだ。

「外傷がなかった？　宮藤くんも？」

そんなはずがない。あれだけの血が流れていたのだ。どこかに大きな傷があったはずで、地面に落下した衝撃で複数箇所を骨折していてもおかしくない。

「宮藤くんと吉岡《よしおか》さんと、もうひとり大きな男の子と三人で病室の前まで来てくれて。でも、弓子はまだ眠っていて面会はできない、とママが伝えたら、吉岡さん、泣いちゃって。宮藤くんが、ずっと背中をさすってあげていた」

ヨッちゃんのやさしさに胸が締めつけられる。でも、そのことよりも宮藤豪太への疑問が先走り、口から飛び出してきた。

「宮藤くん、ギプスとか包帯とかもしてなかったの？」

「先生や看護師さんたちがびっくりするくらい、三人とも怪我《けが》がなかったの。もちろん、宮藤くんも普通に歩いていたよ」

ありえるはずのない話だった。私は落下する彼をつかめなかった。だから、瀕死《ひんし》の状態に陥った。それなのに、翌日に退院？　信じられないという顔で二人を交互に見比べる娘に、パパは慎重な口ぶりで語りかけた。

「もしもだよ――。もしも、弓子が話したように、宮藤くんの血を吸って、彼をわれわれの仲間に引きこんだとしよう。そのときは、宮藤くんは一度、仮死状態になる。最低でも数日間は、その状態が続き、吸血鬼に生まれ変わるための準備が身体の内側で進められるはず。つまり、仮死状態から目覚めるのは、早くても今日、明日あたりってことだよ」

私に考える時間を与えようとしたのか、いったんパパは言葉を区切った。だが、考えることなんてなかった。

「仮死状態にならず、宮藤豪太は元気に退院した」

それが事実だった。

ならば、私が見たものは何だったのか。

土砂降りの雨の中で、血の匂《にお》いに噎《む》せながら宮藤豪太の首筋に嚙《か》みついたときの、この確かな身体の記憶は何なのだ。

＊

Qのことを思い出したのは、病室のシャワールームでだった。

意識が戻ってからというもの、Qの存在を不思議なくらい忘れていた。それが、シャワーの栓をひねった途端、家でお風呂《ふろ》に入るたびに繰り返されてきた、

「Qがのぞいていたら嫌だな。何で、あんなのがくっついてきたんだろ」

というルーティーンになっているクレームマインドが反射的に蘇ったのだ。

「Q？」

気がついたときには呼びかけていた。

「さっきからずっと黙ってるけど。何で？」

返事がないのは、入浴中には現れないというルールを守っているからかと思い、シャワールームを出てから、「ねえ、Q。もう出てきてもいいよ」と髪をタオルで拭きながら、足元に向かって話しかけていると、

「弓子」

と洗面台で洋梨《ようなし》を剝《む》いていたママがどこかたしなめるような調子で名前を呼んだ。

「あなたのQのことだけど――」

「違うの。さっきの話を蒸し返すわけじゃなくて、ああ――、何で思い出さなかったんだろ。バスが崖の下に落ちてから、ずっとQがこのへんに浮かんで、私の行動を全部見ていたんだよ。『やめろ、弓子』って何度も私の名前を呼んで、宮藤くんの血に惹《ひ》かれるのを止めようとしてくれた。わかってる。私が宮藤くんの血を吸ってないのなら、もちろん、そっちのほうがいいに決まっているし、心の底からホッとしているけど、何というか、変なんだよ。宮藤くんは間違いなく大怪我を負っていたし、私も宮藤くんから流れた血の匂いを嗅いで――。そのことをQに確かめたいと思ったの。夢なら夢と言ってくれるだろうし。でも、さっきから全然、姿を現さないし、声も聞こえないんだよね」

皮を剝き、カットした洋梨を皿に盛ってから、ママはベッド脇のイスに腰掛けた。

「それは、ようなしだからよ」

「ようなし？」

ママは切り分けた洋梨をひとつ、フォークで突き刺し、自分の口に運んだ。

「ううん、ようなしって言い方は、ちょっとひどかったかも。もういない、って意味」

「いないって、何が？」

「あなたのQ。あ、この洋梨、アタリ。とても甘い」

そこでようやく、私が「脱・吸血鬼化」の儀式を終えたことで、監視という本来の役目を完了したQが立ち去った事実を知らされたのである。

ぽかんとした気持ちと、別にそれは驚くことではなく、儀式が終わったら去るという予告どおりの行動だと理解する気持ちが交差した。でも――、「ぽかん」のほうがずっと強かった。

タオルで頭を乾かす作業に戻った私の沈黙をどう捉《とら》えたのか、

「よかったじゃない」

とママが明るい声を発する。

「よかった？」

「だって、あなた、とてもQのこと嫌っていたから。言い合う声が二階から聞こえてきても、年頃の女の子が常に監視されていい気分のはずがないし、どう間に入ったらいいか、最後までわからなくて。役目を果たしていなくなってくれて、正直なところホッとした。弓子もそうでしょ？」

途中から、わざとタオルを耳のまわりに持っていって、ママの声が聞こえないようにした。

「別に。嫌ってなんかいなかったよ」

　ぼそりとつぶやいた声はママの耳まで届かなかったようで、「え？」と訊《き》き返すママに「何でもない」と首を横に振って、私はベッドに腰を下ろした。

　皿を受け取り、洋梨のスライスをひとついただいた。確かに甘い。あっという間に食べ終え、すぐさま二個目にフォークを突き刺した。

「ねえ、ちょっと訊いていい？　私、ずっと眠っていたわけでしょ。その間に儀式が済んじゃったって、どういうこと？」

　それね、とママはいったん言葉を区切り、病室の外を歩く足音がないか、一度確かめてから、すっと声を低くした。

「パパとママも知らないうちに、儀式が済んでいたの」

　フォークを口に持っていく動きを思わず止めた。そんなことあり得るのか、と驚く私に、ママは静かにうなずいて、

「決まりどおり、あなたの誕生日のうちに、儀式は終わっていたの」

　と製薬会社のロゴが入った、壁掛けのカレンダーに視線を向けた。

「二日遅れだけど――、十七歳の誕生日おめでとう」

ポンと私の膝《ひざ》を叩《たた》いて、ママが笑顔を見せる。

「ありがとう、とんでもない誕生日になっちゃったけど」

私が二個目、三個目の洋梨を食べるのを黙って見つめていたママは、急に「ふうー」と長い息を吐き出すと、

「誕生日のことも、儀式のことも、まったく思い出す余裕なんてなかったなあ——。それだって、あなたが全然起きてくれなくて、パパとママは生きた心地がしなくて、それどころじゃなかったから。あなたが目覚めたとき、これは神様から弓子への誕生日プレゼントだね、ってパパが言ってた。ママも同感」

と声を出さずに笑った。

「儀式って……、何をしたの？」

「それは今日はまだ、知らなくていいこと」

「でも……、そんなことできるの？　私はずっとこの部屋で眠っていたわけでしょ？　看護師さんやお医者さんも出入りしていただろうに、誰かがここに忍びこんで儀式を済ませたってこと？」

答えられないのか、答えを知らないのか、ママが困ったときの「ほ」の顔をしているのを眺めながら、最後の洋梨を口に運んだ。

「ひょっとして、Qが去る前に、全部やったのかな。Qなら、みんなから姿が見えないわけだし」

「Qはただの監視役だから、儀式自体とは関係ないわね」

「実はパパとママがやったとか」

「私たちのような『へぼ』の吸血鬼には、そんな大役は無理です」

「じゃあ、誰が儀式を執り行ったの？　ママは誰から、儀式を済ませたことを聞いたの？」

ママは依然、「ほ」の口の形を保ちながら立ち上がると、私の膝から皿を取り上げ、

「そうだ、シャワーを終えたら教えてください、って看護師さんに言われていたんだ。伝えてくるね」

といそいそと病室から出て行ってしまった。

ひとり残されたベッドの上で、あぐらをかいた姿勢で髪を梳《と》かしながら、Qの言葉を思い返した。

儀式が終われば、その内容に関して記憶を消す——。

そう、Qは言っていた。

かつて自分たちが体験したはずの儀式について、パパとママの思い出が極端に薄く

見えるのは、それぞれのQによる後始末の結果ということらしい。

なら、私も？　と思いかけたところで、「でも」という気持ちが押し留めた。

私が儀式のことを何も覚えていないのは、昏睡中だったから当然として、こうしてQの記憶をはっきりと保っているのはどういうことなのか。これから、手のひらに貯《た》めた水がこぼれるように記憶が消えていくのか。それとも、今の時点ですでにQのことを忘れ始めているのか。

忘れてしまったものを、本人が検証することは不可能だ。それでも、この感情が心に残っている時点で、私はQのことを何も忘れていないと断言できた。

Qはもう、私の足元にはいない。

そのことが自分でも不思議なくらい、たまらなくさびしかった。

＊

十一日ぶりの学校は、ちょっとしたフィーバー状態だった。

クラスの仲のいい子はもちろん、これまでまったく話したことのない人たちまで、男女問わず、「大丈夫だった？」と声をかけてくれる。休み時間は他クラスからの見物の男子たちが前後のドアからのぞき見しては、「おー」だの「すげー」だの声を上げ、廊下を通った教師の叱責《しっせき》を受けて追い払われていた。

放課後には職員室に呼ばれ、担任の教師から、

「調子は万全なのか？　無理はしないように」

と本気の心配顔で念を押された。

少しは具合が悪そうな表情をしたり、弱り気味のコメントを発したほうがいいのかな、と思いつつ、その塩梅《あんばい》が難しく結局黙って突っ立つしかない私に、

「学校のまわりで記者みたいな奴《やつ》から話しかけられても、無視するんだぞ。何かあったら、すぐに先生を呼ぶように」

と告げてから、「これ、嵐野《あらしの》のテスト」と担任は封筒を差し出した。

「学校に戻ってきたばかりで何だが、英語と数学と日本史、もうちょっと、がんばろうか」

ちらりと中身をのぞき、一気に肩を落とす私を見て、担任はひとつ咳《せき》払いしてから、

「そうだ、事故のことだが」と急に話題を変えてきた。

「宮藤と蓮田と吉岡の三人は、バスに何かが衝突したところから何も覚えていないと言っているんだが、嵐野も……、そうか。お前も記憶がないのか。まったく、あの三人、

とんでもない事故に遭ったのに、よくもまあ、何の怪我もなく、すぐに学校に来れたもんだ。三人とも普通に部活をやってるらしいじゃないか。正真正銘の奇跡ってやつだな。いや、実はあいつら、隠れた超能力でもあるんじゃないか、って先生たちの間でも噂《うわさ》になっていて――、というのは冗談だが、とにかく、全員が無事に学校に帰ってきてくれて、よかった、よかった。ひょっとして、嵐野も今日から部活に出るんじゃないだろうな？ そうか――、さすがに嵐野は、しばらく休んだほうがいい」

どこも悪いところなんかなくて、その気になったら昇降口まで逆立ちで行ける――と言いたかったが、黙って一礼してドアに向かった。途中、他の教師たちから口々に「あたたかい言葉」をかけられ、まるで全員をだましているかのようなばつの悪さを感じつつ、職員室をあとにした。

廊下ですれ違う生徒たちからの「あの子だ」という素早い視線を感じながら、昇降口経由で体育館に向かった。

担任の言うとおり、ヨッちゃん、蓮田、宮藤豪太の三人がすでに部活動に復帰していることに関しては、私も担任と同じ、「何で？」の気持ちを共有している。

あれは落石の直撃を食らったバスが、崖《がけ》に突っこんだタイミングだったのだろうか。ヨッちゃんの身体《からだ》が座席から浮き上がり、勢いよく天井に衝突したシーン。さらには蓮田もかなりの強さで天井に頭を打ちつけてから、落っこちてきた。大怪我にはならなくても、二人ともかなりのダメージを受けたに違いない。それなのに、二人とも驚くくらいに無傷だった。自分が目撃した光景と、退院するなり部活動を再開した、という現実がまったく釣り合わない。

何よりも、宮藤豪太である。

バス後方から垂直方向に落下してくる彼をつかむことができず、その身体がバスの外に消えるのを見送るしかなかったときの絶望の感情は、病院でも、家に帰ってからも、何度もフラッシュバックした。

だが、その感情は錯覚であり、すべては「夢」なのだという。

これは私が病院の看護師さんから聞いた話だが、運転手と私たち乗客四人は全員、バス内で倒れているところを救出された。

もしも、私の記憶が本物なら、血だまりの中に倒れていた宮藤豪太と、首筋に嚙みついたところで意識を失った私をバスまで運んだのは誰？　という謎《なぞ》が発生してしまう。

通路の先の体育館から、ボールがバウンドする残響が聞こえてきた。懐かしいキュッキュッというシューズが鳴る音と、部員たちの元気ハツラツなかけ声に、「帰ってきた」という気持ちがこみ上げ、走り出したくなる。

されど、あえて体育館入口ではなく、建物の側面に回り、通用口からそっと中をのぞいた。

女子バスケット部と男子バレーボール部が、体育館の真ん中に仕切りのネットを引いて、それぞれハーフで練習をしている。

バスケ部の仲間たちに見つかると、否応《いやおう》なしにそちらに連れていかれるので、彼女たちに見つからぬよう扉の陰に隠れながら、バレーボール部の様子をうかがった。

宮藤豪太を見つけるのは簡単だった。聞き慣れたあの、

「ないっすー」

がときどき体育館に響き渡っている。その声のぬしを見つけさえすればよかった。

男子バレーボール部は、攻撃側と守備側に分かれ、攻撃側の四人が交替でひとりずつアタックを打ち、それをネットの向こうで横一列に並んだ三人が受ける、という練習をしていた。

その守備側三人の真ん中に宮藤豪太がいた。

「あ、蓮田」

まさにセッターが上げたトスのボールに、蓮田が軽快なステップを踏んでジャンプ

するところだった。

ズダーン。

さすが蓮田。その長身を生かしたダイナミックなアタックは迫力満点で、高い打点からかなりのスピードで打ち下ろされたボールは、守備側三人の間を抜けて大きくバウンドした。見るからに体調は問題なさそうだ。

次々と打ちこまれるアタックを拾うのが守備側のタスクであるわけだが、しばらく宮藤豪太の動きを眺め、すぐに気がついた。

まったく、上手《うま》くなっていない。

蓮田のアタックだけではなく、他の男子のアタックに対しても、足の踏み出しが一歩遅く、見ていてもどかしくなるくらい、ボールを拾うことができていない。

放課後まで居残って、この目で確かめたかったのはこれだった。

もしも、バスが崖下に落ちてからの私の記憶が本物だったならば、仮死状態の期間のことはひとまずおいて、宮藤豪太は吸血鬼化していなくてはならない。

当然、身体能力にも劇的な向上が見られるはずだ。

だが、どれだけ観察を続けても、キャプテンの動きからは、バス事故の後遺症がうかがえないと同時に、バレー選手としての能力的な変化も見出《みいだ》せなかった。

つまり、宮藤豪太は今も変わらず、正真正銘の人間ということだ。

＊

部活が終わったあと、私は体育館に残り、男子バレーボール部の面々が、畳んだネットと支柱を倉庫に戻すのを眺めていた。

すでに女子バスケ部は撤収済みで、ヨッちゃんとは着替えが終わったら合流する約束をしている。

体育館は倉庫と直接つながっていて、台車のようなボールかごを持ってきた一年生に、「おつかれ」と声をかけた宮藤豪太が倉庫の扉を閉めようとすると、

「ちょっと、待ったァ」

と蓮田が倉庫から勢いよく飛び出してきた。

「二人とも、元気そうだね」

ともにユニフォーム姿の宮藤豪太と蓮田はこちらに顔を向け、どちらが先に口を開くか譲り合うような空気のあと、

「嵐野さんも、元気そうでよかった」

とやはりと言うべきかキャプテンが先に、軽く右手を持ち上げた。

「怪我は大丈夫？　肋骨《ろっこつ》にひびが入ってるって、吉岡さんから聞いた」

「問題ないです。もう、治っちゃった感じ」

私の言葉を冗談だと捉えた二人が、「頼もしー」と笑う。

「いきなり、女子バスケ部からキャーって大歓声が聞こえて何かと思ったら、嵐野さんが登場して。気になって仕方がなかったけど、途中で練習を抜けることもできなくてさ」

と宮藤豪太が頭の後ろあたりを掻《か》く横で、

「俺も今日、嵐野さんが登校してるって話を聞いて、C組まで見に行ったけど、すごい人だかりで、こりゃ話すのは無理だとあきらめていたから、会えてよかった。実は隠れ嵐野さんファンってめちゃくちゃ多くて――、ってそんな話はいいか。とにかく、嵐野さんが目覚めたと聞いた日はうれしくて、豪太とお祝いに、二人でよく行く中華料理屋で餃子《ギョーザ》を十人前食べて、次の日から部活動に復帰した」

と蓮田が腹をさする仕草を見せる。

「ママから聞いた。病室まで、みんなで来てくれたって。ありがとう」

「あのときは本気で心配したけど、こうして四人とも無事に戻ってこれて、本当によかったよ」

と宮藤豪太が改めて、男子チームには怪我らしき怪我がなかったことを報告する間、私の視線はただ一点、キャプテンの首筋に集中していた。

言うまでもなく、自分が噛んだ痕が、万にひとつでも残っていやしないか、という執念深い疑いゆえである。

どこを噛んだ「つもり」だったっけ？　とそのポイントを探すが、ちょうどユニフォームの襟に隠れたあたりで、はっきり視認ができない。

「あ、コウモリ」

体育館の天井を指差してみると、素直な男二人は同じタイミングで「え？」と顔を上げた。

首が伸びたことで、確認したかった部分が露《あら》わになった。

当然――、と言うべきか、宮藤豪太の首筋に噛まれた痕は見当たらなかった。

「コウモリなんかいる？」

まだ天井を見上げているキャプテンに、「ゴメン、見間違いだった」とエヘへと笑ってごまかすと、

「ああ、そうだ、見間違いと言えば――」

と蓮田が急に人差し指を突き立て、宮藤豪太に向けた。

「ほら、豪太が言っていた夢」

夢？　という顔を返す宮藤豪太に、

「あれだよ、嵐野さんに助けてもらえそうで、ダメだったやつ」

と蓮田が人差し指をさらに突き出すと、「ああ」とキャプテンが声を上げた。

「豪太がさ、変な夢を見た、って病院にいたときからうるさいんだよ。何だっけ？

バスからひとりで先に落ちちゃったんだよな？」

そうなんだよ、と宮藤豪太が困ったような笑みを浮かべ、あとを引き継ぐ。

「バスが傾いても、何とか空中で棒にしがみついていたんだけど、手が離れてしまうんだ。そのまま、垂直に傾いているバスの中をストンと落ちちゃって。でも、途中に嵐野さんがいて、助けようと手を差し出してくれるんだけど――、ミリ届かなくて、俺だけバスの外に落ちちゃう。そんな超怖い夢」

「でも、そのあとはどうなったんだ？　バスから外に落ちたら、普通死ぬだろ」

「そこから先は記憶がないんだよ。嵐野さんが必死で手を伸ばしているところを、すげークリアに、夢とは思えないリアルさで覚えていて」

「俺たち全員、バスの中で倒れているところを救助してもらったんだぜ。ひとりだけバスの外に放り出されて、どうやって戻ってきたんだよ」

「そこだよなあ。つじつまが合わないから結局、夢ってことになるわけだけど、どちらにしろ、どうして俺たち、あんな高い崖の上から落ちて無事だったんだろ……？　シートベルトを締めていた運転手さんが骨折で、何もつけずに座っていた俺たちが無傷なのはミラクルすぎだって。バスも無茶苦茶に壊れていたって聞いたし――。あ、ゴメン」

全員が無傷だったわけではないことに気づいた宮藤豪太が慌《あわ》てて手を合わせて頭を下げるが、私は呆然《ぼうぜん》としたまま返事ができない。

「嵐野さん、大丈夫？　顔色悪いようだけど」

普段から蒼白《あおじろ》肌の私が、顔色が悪いと指摘されるのはよほどのことである。心配そうにのぞきこんでくる宮藤豪太に、ひとまず「大丈夫です」と無理に笑みを作ったところへ、

「あ、吉岡さんの登場だ、豪太」

と蓮田が声を上げた。

その視線の先を追うと、体育館の入口から制服に着替えたヨッちゃんが手を振っていた。

私も手を振り返したのち、三人連れだって入口へと向かう途中、「宮藤くん」と隣を歩くキャプテンにそっと声をかけた。

「さっきの夢のことだけど……」

「ああ、あんな変な話は忘れてよ。事故の話をするのはまだ早かったよね、ゴメン」

「私ってどんな感じだった？」

「どんな感じって？」

「だから……、その夢の中で、宮藤くんに手を伸ばしている私がたとえば、何かを持っていたとか、抱えていたとか。何か、覚えていない？」

ううん、どうだったかなあ、と宮藤豪太は首をひねり、腕を組んで考えこんでいたが、

「黄色だった……かな？」

と頼りなげな声が返ってきた。

「黄色？」

「うん……、何となく、そういうイメージが残っている。嵐野さんの横をすり抜けたのは一瞬だったから。え、でも、何で？　夢の話だよ？」

入口脇で待機しているヨッちゃんから「待たせたぜ、弓子」という声が届き、宮藤

豪太は話を切り上げ、気恥ずかしそうに「お」と手を挙げた。ヨッちゃんも「お」と手を挙げて応《こた》え、ダブルデートのときに比べ、ずいぶん打ち解けた感のある二人の会話を、心は千々に乱れつつも、とてもうれしい気持ちで見守った。

おつかれさまー、と声をかけ合い、宮藤豪太と蓮田はすでに暗い空をバックに、小さな窓明かりがぽつりぽつりと漏れる部室へ、私たちは自転車置き場へと別れた。

依然、胸の鼓動は高鳴ったままで、とにかく頭の中を整理しようと足元を見つめていると、

「ヒャッホー、やっと宮藤くんとLINEができる」

とヨッちゃんがくるりとつま先立ちで一回転し、高々と拳《こぶし》を突き上げた。

「宮藤くんのスマホが壊れちゃってさ。修理に出したやつを今日、これから取りに行くんだって。宮藤くんのスマホ、なぜか崖下の、バスからかなり離れた茂みで見つかったんだよね。たぶん、バスが崖から落ちる途中に、彼のスマホだけ、割れた窓から落ちちゃったんじゃないかな――」

あれ、弓子？　とヨッちゃんが振り返る。

しばらく、その場に立ちすくんだまま動けなかった。

倒れている宮藤豪太。その右肩の下に広がる血だまり。真っ青を通り過ぎ、白に変

わったその顔色。あたりに立ちこめる血の匂いと、耳を圧する雨の音。あの日の情景が視覚だけではなく、嗅覚《きゅうかく》、聴覚まで添えて、夢とは思えぬ生々しさで呼び覚まされる。

そこに、どうしても想像を加えてしまった。

宮藤豪太の身体から少し離れた場所。草むらに埋もれ、激しい風雨にうち叩かれる、ひび割れたスマホの画面を――。

*

翌日は、学校を休んだ。

パパとママに、復帰早々いきなりのフルタイム参加はさすがに厳しかったみたい、と伝えると、こちらから切り出す前に、「明日は休みなさい」という話になり、大人しくそれに従った。

ゆっくりと昼前まで寝たあと、遅い朝ごはんを食べた。

最近、庭で始めたハーブ栽培の手入れをしているママに、

「こんなに天気がいいなら、散歩に出かけたほうが気分もリフレッシュできそう」

と伝えてみると、「気をつけてね」と簡単にOKが出たので、さっそく自転車に乗って出発した。

ママには県道沿いの本屋経由で市民公園を回って帰ってくると伝えたが、私は県道に出るなり、本屋とは反対の方向に自転車を走らせた。

昨日、学校から帰宅後、考えに考え抜き、たどりついた結論がある。

宮藤豪太の首筋に嚙みついたこと。

やっぱり、あれは夢じゃない。

宮藤豪太は吸血鬼化していない。それは間違いない事実だ。でも、もしも宮藤豪太がバスの外に落ちていないとするならば、崖に突っこみ、落下するバス内にて、私がヨッちゃんと蓮田を抱えながら、手を伸ばした記憶、それらすべてがデタラメということになる――。

釈然としないながらも、そう結論づけるほかない、と自分に思いこませようとしていた矢先に、爆弾の如《ごと》く放りこまれたのが、体育館で語られた宮藤豪太の「夢」の話だった。

その内容は、宮藤豪太を助けられなかった、あの絶望の記憶そのものだった。

さらに、彼は私の印象をこう語った。

「黄色だった……かな？」

あのとき、私はヨッちゃんを右足で絡《から》めて固定し、右手を宮藤豪太に伸ばした。宮藤豪太からの視点で見るならば、一瞬で通り過ぎた私の身体に、ネオンイエローのヨッちゃんのスウェットが重なったのではないか。それゆえ、黄色が記憶に残っていたのではないか。

もしもだ。

もしも、崖から落下するバス内の記憶が夢でないのなら、宮藤豪太はバスから外に放り出されたことになる。おそらく、壊れたスマホが落ちていた場所の近くに彼の身体は落下し、その姿を間近で見下ろした私の記憶もすべて、真実ということになってしまう――。

だが、ここでどうにもならない矛盾が生じる。

私の記憶は、宮藤豪太に吸血鬼としての新たな未来を与えたところで終わっているが、その未来はどこにも存在しない。

記憶と現実が、常にどこかで一致しない。堂々巡りを繰り返すだけの、この状況を打開する方法は、ひとつしかなかった。

Qに直接、訊《たず》ねるのだ。

彼はすべてを見ていた。

彼の答えを聞けたなら、私も納得できるはずだ。

県道沿いに自転車を漕《こ》ぎ続ける私の横手に、小高い丘陵が見えてきた。

丘陵の上の四角い大きな建物が、散歩に偽装したこの外出の目的地だ。

市民病院。

事故のあと、私が入院していた場所である。

パパとママにも告げず、胸にしまいこんでいることがある。

それは「偶然、自分は市民病院に運びこまれたのだろうか？」という疑問だ。

私は吸血鬼だ。

人間と身体の外見は同じでも、中身は大きく異なる。たとえば、頭部のレントゲンかＣＴスキャンを撮られたら、永久歯の奥に人間には存在しない、おかしな歯が二本、生えていることも簡単に発見されてしまう。血液検査やＤＮＡ検査もＮＧだろう。

普段、あれほど吸血鬼であると悟られぬよう、細心の注意を払って暮らしているパパとママが、これら病院内に潜む危険性を把握していないとは到底考えられなかった。

しかし、病室での二人から、警戒感らしきものはいっさいうかがえなかった。ＣＴスキャンの検査の結果、脳に異状は見当たらなかったという話も、看護師さんたちがいる前で、パパが平気な様子で教えてくれた。

もちろん、吸血鬼だって病院を利用する。

ただし、その場合は医師の資格を持った吸血鬼に診察してもらう。パパとママがお世話になっているかかりつけ医に診てもらうため、私も何度か隣の県まで通ったことがある。

だが、今回はこの通常のやり方を踏めなかった。

スマホは圏外で、誰にも連絡できぬまま意識を失った。パパとママも、警察からの連絡があってはじめて娘が事故に遭ったことを知り、そのとき搬送先の病院を教えられ、慌てて駆けつけたと言っていた。

これらの状況から、私はひとつの結論を導いた。

病院に吸血鬼がいた。

だから、パパとママも安心して娘の入院を許した。

その吸血鬼ならば、Qがどこへ去ったのかも知っているはずだ。

幼い頃から強く言いつけられていた親との約束を、これから破ることになるかもしれなかった。

「見知らぬ吸血鬼には、絶対に話しかけてはいけない」

覚悟を決めて、私は市民病院へと続くスロープを立ち漕ぎ姿勢に変えて登り始めた。

＊

病院内のコンビニで買物を済ませてから、「こもれび広場」に向かった。

入院病棟の入口にはグランドピアノが一台置かれ、そのまわりにサイコロのような形のイスが二十くらい並べられている。入院着のおばあさんがひとり座っているほかに休憩中の人はいない。

おばあさんから少し離れた場所に腰を下ろし、頭上を仰いだ。この「こもれび広場」の上部は吹き抜け構造になっていて、四階の高さまでぽっかりと空間が続いている。吹き抜けに面した各フロアの通路を、白衣の医師や看護師がせわしなく歩いているのが見えた。

コンビニの袋から、買ったばかりのマスクを取り出す。周囲を確かめ、吹き抜けの上階にも素早く視線を走らせるが、私の存在に注意を払っている人間は誰もいない。マスクを口元に装着してから、深呼吸して集中を高めた。座ったままの体勢で背中を丸め、一気に力を解き放つ。

髪が根元からざわつく感覚ののち、こめかみの血管が浮かび上がる。眉間《みけん》からも血管がどくんと波打ち、「目覚め」が身体じゅうへと伝わっていくのを感じた。

「がぎぎ」

歯と歯がぶつかり合う、軋《きし》みにも似た響きとともに、鋭い痛みが鼻からあご全体にかけて放たれた。思わずマスク越しに口元を押さえたとき、唇の下から二本の牙《きば》が飛び出すのを手のひらに感じた。

上唇をめくるように持ち上げる硬い二本の牙のボリュームと、顔をしかめてしまうほどの歯茎の痛み――。

もしも、バスが落下してからの記憶がすべてまぼろしならば、これが私にとって生まれてはじめての「牙出し」になる。

でも、そうじゃない。身体が覚えている。つい最近に経験したばかりの痛みだと、歯茎がはっきりと主張していた。

突き破った歯茎から流れる血の味が口の中に広がり、対策用にコンビニで買っておいたコーラの蓋《ふた》を開ける。牙があると、ペットボトルはおそろしく飲みにくかった。マスクの下に飲み口を潜ませ、ちびちびと口に運びながら変化を待った。

これは、私の賭《か》けだった。

たとえ、病院に予想どおり吸血鬼がいたとしても、すれ違っただけで相手を認識できるか？　と訊かれたならば、答えはＮＯだ。そもそも、判別の「コツ」すらわからない。そんな私が病院で働く大勢のなかから、性別、年齢ともに不明の相手を見つけるなんて、不可能というものである。

そこで、作戦を練った。

ママ曰《いわ》く、「牙を出している最中の吸血鬼は仲間に見つかりやすい」らしい。外での「牙出し」に関しては、小学校に入る前から、すでに強い調子で禁止を言い渡されていたが、この特徴を活《い》かし、唯一《ゆいいつ》、例外的な使い方を許されていた。

もしも、パパとママが近くにいて助けてほしい緊急事態が発生したときは、牙を出して自分の存在を教えなさい。パパとママなら、その気配を感じ取ることができるはずだから。もちろん人間には牙を見せないように——、という危機対策の観点からの「牙出し」許可だった。

さいわいと言うべきか、これまで「牙出し」が必要な場面に遭遇した経験はない。ゆえに、どれほど有効性がある手段なのか定かではないが、もしも病院内に仲間がいるのなら、このアピールに気づいてくれるのではないか？

そう、私は仕掛けたのだ。

自分自身を囮《おとり》に、向こうからアプローチしてくるのを待つ――、通称「ヘラブナ」作戦。ヘラブナは深みにいるから釣るのが難しい、とはパパの釣り蘊蓄《うんちく》の受け売りであるが、この吹き抜けスペースを釣り堀に、己を底釣りを待つヘラブナに見立てたわけである。

十五分が経過した。

いかにも待ち合わせの相手が来なくて退屈だなあ、といったテイで吹き抜けを仰ぐ。どのフロアもホールを見下ろせる通路部分はガラスで覆《おお》われている。ガラス越しにのぞきこんでいる顔は見当たらない。

三十分が経過した。

離れたイスに座っていたおばあさんもいつの間にか立ち去り、「こもれび広場」にいるのは私ひとりになってしまった。

依然、何の変化も感じ取れない。

その代わり、マスクで牙を隠しながらの、ペットボトルの飲み方がうまくなった。つい飲みすぎて「う」と小さなげっぷをしてしまったとき、不意に視線を感じた。

反射的に身体をねじり顔を向けるのと、三階のガラスの向こうに見えていた顔がすっと見えなくなるのが同時だった。

考えるよりも先に身体が動いた。

イスから立ち上がり、グランドピアノの向こうに見える階段に走る。そこから三階まで、一気に一段飛ばしで駆け上った。

三階に到着し、吹き抜けに面した通路に出ると、おじいさんがひとりこちらに向かって歩いてくるのが見えた。

入院着を纏《まと》い、移動用の点滴スタンドに手をかけ、ゆるゆると移動している。

このおじいさんじゃない。

私が見た顔はもっと若かった。それに髪があった。おじいさんはつるつる頭だから、違いは一目瞭然《いちもくりょうぜん》である。

通路の入口からガラス越しに階下をのぞくと、自分が座っていたサイコロ形のイスが見える。

妙だなと思った。

吹き抜けに面した通路は、腰の位置まで目隠しで覆われている。もしも、一階から今の私の姿を捉えたなら、胸から上の範囲が見えるはずだ。

されど、私が一瞬だけ視認した顔は、この目隠し部分にアゴが少し遮られるほどで、その下の身体はまったく見えなかった。

短髪だったので、おそらく男性だろう。かなり背の低い人物か、それとも子どもだったのか。この病院には小児科病棟もあるから可能性はある。

立ち止まったままの私の横を、点滴スタンドのおじいさんがようやく通過する。ガラスに身体を寄せ、道を譲りながら、思いきって話しかけてみた。

「あの、すみません。子どもが――、いませんでしたか?」

「子ども?」

はい、このくらいの、と私は自分の胸あたりの高さを手で示す。

いやあ、とおじいさんは首をひねるので、

「子どもじゃなくてもいいんです。さっき、あのへんに誰か立っていませんでしたか?」

と男がいた場所を指さすと、おじいさんは振り返り、「あー」と声を上げた。

「そういや、誰か、いたねえ。子どもじゃあ、なかったかな」

「大人の男の人ですか?」

「男だね、先生だったかな」

「先生?」

「いや、先生じゃなかったな」

何だか頼りないおじいさんに「その人、どこに行ったかわかりますか?」と問い返す。

「入ったよ」

「入った? どこに」

ほれ、そこよ、とおじいさんは通路に面した扉を指差した。

扉の上には表札代わりのプレートが突き出している。

「CT検査室」

ありがとうございました、とうわずった声で頭を下げ、おじいさんとすれ違うかたちで通路を進んだ。

昏睡《こんすい》から目覚めた日に、パパがCT検査に異状はなかった、と教えてくれた。もちろん記憶はないが、CT検査をしたのなら、私はすでにこの場所を訪れている。

*

いかにも頑丈そうな金属扉の前で足を止めた。

通路を確認するが、遠ざかるおじいさんのほかに人影は見当たらない。

勝手に入ったらマズいよな、という躊躇《ためら》いと、確かめずにはいられないという焦《あせ》りがせめぎ合う。

マスク越しに唇から突き出したままの牙に触れた。扉の向こうに意識を集中させてみても、何の気配も感じ取れない。

ドアノブに手を置く。

もしも、鍵《かぎ》がかかっていたらあきらめるつもりで回してみると、ずしりとくる重量感とともにあっさりとドアが開いた。

素早く部屋の中に滑りこむ。

広い空間の中央に置かれた、ベッドと大きなドーナツを合体させたようなマシンが私を迎えた。

部屋の奥にはガラス窓が設置され、操作室が見えるが、そこに人がいるかどうかはわからず、

「失礼……します」

と小声で告げながらマシンの前に向かおうとしたときだった。

いきなり隣でカーテンが開く音がした。

そこは着替え用のスペースだったようで、ギョッとして顔を向けると、男がひとり

立っていた。

「誰だ、お前」

男と目が合った瞬間、なぜか身体が動かなくなった。

「どこのどいつが送りこんできたのか知らんが、仕事場まで来るのはルール違反だろ」

男はおそろしく平坦《へいたん》な声で告げると、右手を持ち上げた。男の身長はとても低かった。ちょうど私の胸の前に男の顔があって、持ち上げた右手が目の前に迫る。そこには細い注射器が握られていた。

「ルールを守らん奴に、俺は冷たいぞ。何度も言っているが、あれはルールがなかった時代の不幸な出来事だ」

注射針をすっと私の首筋に当て、

「言い残すこと、あるか？」

とほとんど唇を動かさないしゃべり方で男は見上げた。

この人、本気で私を殺すつもりだ。

私は目を見開いて、声を出そうとしたが、のどに力を入れることができない。逃げたくても、手も足も一ミリすら動いてくれなかった。

「ないか」

ダメダメダメ。

まぶたを閉じることすらできず、ただ硬直するだけの私の首に針の先端が触れるのを感じたとき、「ん？」と男が鼻じわを寄せた。

不意に男は横を向くと、何かに耳を澄ますように首を傾けた。

「お前――、俺と会ったこと、あるのか？」

こちらに顔を戻し、私を下からじろじろと眺めていたが、すっと右手を引っこめたと思った次の瞬間、左手が私の口元のマスクを引き剝《は》がしていた。

「何だよ」

急に力の抜けた声とともに、男は注射針を持つ手を下ろした。

「先週、退院した奴じゃないか。おいおい、何のつもりだ。俺を殺しにきたわけじゃないだろ？」

舌打ちして、注射器の先端にキャップをつけた。

「早く、それ、しまえ」

男はじろりと睨《にら》みつけ、私の牙を示しているのだろう、自分の上唇のあたりを手で叩《たた》いて見せた。

「二度と俺の前でまぎらわしいことをするな。わかっているのか？　もう少しでお前、お陀仏《だぶつ》になるところだったんだぞ。親から教えられていないのか？　人間のいるところで牙は出すな。吸血鬼のいるところでは、なおさら出すな、って。ったく――、これだから最近の若い奴らは」

苛立《いらだ》った様子を隠さず、男はポケットに注射器をしまいこんだ。

「オイ、引っこめろと言ってるだろ。耳のあたりがずっと、こう、鬱陶《うっとう》しいんだよ」

さらに声のトーンが上がるが、相変わらず身体を動かすことができない。

「あ？」

男が横に顔を向けた。

ああ、そうか、とつぶやいて、男は私の額に無遠慮にごつんと拳をあてた。後ろによろめくと同時に、突然、身体の自由が戻った。

「あ、あの、私――」

「牙だ、そっちが先だ」

耳の横に手を持っていき、「ここが、わあわあ、うるさいんだ」と男は耳元で指を細かく動かした。

私は慌てて牙を引っこめ、上あご周辺がじんじんと痛むのを感じながら、床に落ち

つか？」

「やっと静かになった。こんな昼間から何考えてやがる。お前、CTは撮ったよな？脳にはどこも異状はなかったはずだぞ。異状はなくても頭自体が悪くなった、ってやたマスクを拾った。

ああん？ と険のある声を隠そうともせず、男は唇をひん曲げた。

何か言葉を発しなくてはと思うが、相手の雰囲気に呑《の》まれ声が出ない。さらには緊張が解けても、息が上がったままで、のどもカラカラに渇いている。

「すみ、ません」

ペットボトルの蓋を開け、少しだけ残っていたコーラを口に含んだ。すっかり炭酸が抜けていても、まったく気にならない。

ごくりと飲みこんだついでを装《よそお》って、男の全身に素早く視線を走らせた。

この病院のスタッフと同じ、上下ともに紺色の仕事着を纏っていた。胸元には名札が見える。「佐久」という名前の上に「ＳＡＫＵ」とアルファベットで表記されていた。

身長は百五十センチあるかないか、といったところか。小柄な体格ゆえ、この男なら少し腰を屈《かが》めただけで、私が一階から三階通路を見上げたときに捉えた、顔だけが目隠し部分からのぞく体勢になるはずだ。

年齢はどのくらいだろう。

二十五歳あたりから上は全部同じように見えてしまう私だが、パパより若いことはわかる。ということは三十代半ばから後半くらい？　いや、もう少しいってるかも。だって、この人、顔のどこかにしわを寄せると、あちこちから急にしわが現れて、また印象が変わってしまうから、と思ったとき、

「そうか」

と急に男が声を上げた。

「そうなるのか、クソッ」

なぜか、男は先ほどと同じように横を向いて、まさに顔じゅうのしわを使って渋い表情を作った。

「お前のそれに引っかかるのは二度目かよ。間抜けなのはお前よりも、俺のほうってことか？」

「二度目？」

「お前の牙だよ」

何を言っているのかわからず、ただ突っ立っていることしかできない私に向かって、

ぐいとその細い指を突き出した。

「バスが落っこちた崖《がけ》の下で、それを出していただろ。だから、俺が気づいたんだ。わかるか？　俺だよ。俺が崖下で倒れているお前を見つけて助けた。だから、お前は今、そのボンクラ面《づら》をさらして、そこに突っ立っていられるわけだ」

＊

男は名札に記されているとおり「佐久《さく》」と名乗った。放射線技師をしているとぶっきらぼうに告げると、私の背中側に回り、いきなり扉に鍵をかけた。

ギョッとして身体を硬直させる私に、

「馬鹿《ばか》、誰かが勝手に入ってこないようにしただけだ」

と佐久は三歩離れ、腕を組んだ。

「で、何の用だ」

「あ、あの、その前に、確認したいことが」

「確認？」

「あなたも――、仲間なんですか？」

あん？　と男は目を剝《む》いて、

「それ、本気で言ってんのか」

とこちらを睨み上げた。

「俺はここから一階にいるお前の存在に気づいた。お前がマスクの下で牙を出している気配を感じ取ったからだ。それで十分だろ」

でも、私が吸血鬼と察したことと、あなたが吸血鬼であることは別の話かも――？

とはとても面と向かって言えない相手からの圧である。

「何だ、まだ文句あんのか」

「い、いいえ、文句だなんて――」

「俺は牙は出さないぞ。あれは血が出るし、痛いからな。それに、ここは検査する場所だ。血は衛生上よろしくない」

返すべき言葉が見つからず戸惑っている私を見上げ、佐久はこれ見よがしに舌打ちしたかと思うと、トンとその場でジャンプした。

いきなり、その小柄な身体は驚くほどの跳躍を見せた。

一瞬で天井まで達すると、頭が天井にぶつかるすれすれで手で押し返し、同じ場所に音もなく着地した。

CT検査用の大きな機材が入る部屋ゆえに、天井まで三メートル近い高さがある。軽々ダンクシュートが決められるジャンプ力ということだ。どれほど身体能力が優れていても、身長百五十センチそこらで助走なしでダンクを決められる人間はいない。

「これでいいか?」

無言で、ただうなずくことしかできなかった。

「用があるなら、さっさと済ませろ。次の検査があるんだ。だいたい、何で牙を出していた? もしも、俺が作業中だったら、とんだ迷惑だったぞ。気が散って、まともに検査ができないからな。わかってるのか、ここは病院だ。これの中は空っぽか?」

私の頭を遠慮なく指で突き押してから、佐久は乱れた襟元を直した。

「俺はここで大人しくしていたんだ。それなのに巻きこみやがって」

佐久は腕を組み、「ここ」というのは病院のことなのか、自分の足元を指差して見せた。

「おかげで、これまで避けてきた連中とも会う羽目になっちまった。どうせ連中が戻ってペラペラしゃべるだろう、とあきらめてはいたが、まだ一、二カ月は余裕があると思っていた。だから、いきなり牙の気配を感じたときは、さすがに俺もヒヤッとしたぞ」

まったく事情がつかめていない私の表情を見て取ったらしく、佐久は忌々《いまいま》しそうに口元を歪《ゆが》めた。

「全部、お前のせいだと言ってんだ。俺を殺したがってるやつらに、ここの情報が伝わるだろ?」

「殺したがってるって……、あなたを? 何で?」

佐久はフンッと鼻を鳴らし、

「俺がやつらの仲間を殺したからだ。三人まとめてな」

と唇をほとんど動かさずにつぶやいた。彼の癖なのか、物騒な話をするときは口元が腹話術のように薄く開いたまま声だけが聞こえてくる。

「な、仲間って、吸血鬼の——?」

「そうだ。オランダ人のやつらだ。それ以来、執念深いったら、ありゃしない」

「オランダ?」

「俺の話はいいんだ。お前だよ。何のつもりであんなところに座って、馬鹿みたいに牙を出していた」

腕を組んで舐《な》めるようにこちらの様子を見上げる佐久の目には、まだ強い警戒の色がうかがえる。

「あ、あなたに会いたかったんです。教えてほしいことがあって。でも、本当に病院にいるかどうかわからなくて、ヘラブナ作戦を――」

「ヘラブナ？」

「ええと、ヘラブナというのは」

「自分をエサにして、底釣りされるのを狙《ねら》ったのか？　で、俺がまんまとお前を釣り上げたわけだ」

見事に先回りされ、「そ、そうです」とたじろぎながらうなずく。

「お前、よくヘラブナなんて知っていたな。儀式をしたばかりだろ？　十七歳ってことだよな？」

「パパが釣り好きで……」

ああ、と男は腕を組んだまま声を上げた。

「あの真面目《まじめ》そうな親父《おやじ》さんか。釣り好きだったのか。なら、もう少し話してもよかったな……。ん？　親父さんから、俺のことは聞いていないのか？　ヘラブナの真似《まね》なんかしなくても、直接、訪ねてきたらいい話だろ。ひょっとして、お前――、俺の存在を教えられていないのか？」

相手の声のトーンがかすかに低くなったのを感じ取ったが、正直に「はい」と答えるしかなかった。

ヘッと口元を歪め、佐久は「だよな」とうつむきながら両手を揉《も》む仕草をしたと思ったら、

「うるさい、黙れッ」

といきなり怒鳴り声を上げるから、手にした空のペットボトルを落としそうになった。

佐久は面を上げると、

「違う、お前に言ったんじゃない」

と面倒そうに手を左右に振った。

「まあ——、そうだろうな。俺のことなんか、教えるはずないよな」

唇の端を持ち上げ、佐久は自嘲《じちょう》の笑い声を漏らすと、

「その代わり、お前の親は仲間を捜すときは、牙を出して待っていたらいい、と教えたわけだ」

と自分の口元に右手を持っていき、牙代わりに指を二本、下に向けて見せた。

「いえ、そういうわけでは」

「じゃ、どういうわけだ」

口元は笑みのかたちを保っているが、まったく目の奥が笑っていない。その迫力に押しきられるように、両親公認の危機管理的「牙出し」アプローチについて説明した。

「おいおい、聞いたか」

話が終わるなり、腹から絞り出すようにつぶやいて、佐久は顔を横に向けた。

「これが今どきの考え方らしいぞ」

「え?」

ああ、こっちの話だ、と先ほどと同じように手を振って、

「これが、時代の変化ってやつなのか? まあ、実際にそこらの道端でお仲間に出くわすことなんて、ないだろうからな。だが、この際だから教えておいてやる。人間を襲うつもりがないとき、吸血鬼相手に牙を出すのは『今からお前の命を奪う』という宣戦布告の合図だ。俺が注射器でお前を出迎えた理由がわかっただろ? いいか、俺の前では二度とその牙を出すな、この馬鹿がッ」

と佐久は私のこめかみのあたりに指を伸ばし、遠慮なく三度目の小突きを喰らわした。

「教えてほしいことがあると言ったな？」

「は、はい」

「妙な話だな。俺の存在も知らないのに、どうして、ここに吸血鬼がいるとわかった？」

佐久は眉間にしわを寄せた。それに合わせて、隠れていたものがいっせいに姿を現すように、目元、口元に小さなしわが浮かび上がる。

「ええとそれは、勘というか――」

私はたどたどしくもこれまでの推測の過程を――、この病院で儀式が執り行われ、両親も安心しきっていた様子から、おそらく病院内に吸血鬼の仲間がいるのだろう、と思い至った流れを語った。

険しい表情を崩さず、私の話を聞き終えた佐久は「思ったより、馬鹿じゃないな、お前」とほめているのか、けなしているのかわからない言葉を寄越した。

「お前、学校は？」

「今日はサボりです。親にも内緒でここに来ました」

「いいのか？　このまま、俺と話しても。俺の存在を教えなかったのは、お前の親なりに考えがあってのことかもしれんぞ」

なぜ、パパとママが「見知らぬ吸血鬼には、絶対に話しかけてはいけない」と強く警告していたのか。今なら、その理由がよくわかる。佐久は私がこれまで会ってきた仲間とは明らかに違う。常に怒りを抑えこんでいるような、危なっかしい気配が全身に漲《みなぎ》っている。はっきり言って、得体が知れないし、気味が悪い。それに恐《こわ》い。何しろ、出合い頭に私を殺そうとしたのだ。

私の逡巡《しゅんじゅん》を見透かしたかのように、佐久はちらりと腕時計を確かめ、

「次の患者がそろそろ来る。話すなら手短に済ませろ」

と低い声で促した。

このまま、佐久と話し続けていいのかどうか、自分でもよくわからなかった。でも、このチャンスを逃すことはできない。

「Qのことです」

空のペットボトルを両手で握りしめ、思いきって用件を切り出した。

「十七歳の誕生日を迎えるまで、Qは監視役として私のそばにいました。でも、私が

昏睡状態から目覚めたら、もう、いなくて——。私、どうしてもQに訊《き》きたいことがあるんです。ここに来たら、私の儀式に関わった吸血鬼がいるはずで、きっとQの行方も知っていると思って。両親に余計な心配はかけたくないし、だから——」

「親に内緒で、ヘラブナ作戦を遂行したわけか」

「は、はい」

「お前は、そのQに会って何が訊きたいんだ」

「記憶を確かめたいです」

「記憶？」

「バスが落ちてからの記憶です。私が見て、経験したはずのものが、その——現実とは全然違っていて」

「どう違うんだ」

「私は血の渇きを知ったはずなのに、何もなかったことになっています」

それまで、口元にどこか薄い笑みを浮かべ話を聞いていた佐久の顔から、表情が消えた。

「Qは私に何度も警告しました。でも、私は血の誘惑に勝てなかった。大怪我《けが》をしている人間の友達を死なせないためには、仲間にするしかないと思って。だから、彼の首筋に牙を突き立て、確かにその血を吸いました。蘇生《そせい》のための力も吹きこんだ。そこで私の記憶は途切れていて――。それなのに目が覚めたら、全部がなかったことになっている。儀式もいつの間にか済んでしまったようだし、友達も人間のままで、吸血鬼になっていない」

自然と声に力が入るのに合わせ、手にした空のペットボトルがぱきりと音を立てた。

「私自身、血の渇きは何も感じません。ということは、間違っているのは私の記憶のほう――、と一度は納得しかけました。でも、そうじゃない。何か、私の知らないことが、あのバスが落ちた崖の下で起きたはずなんです。だから、もう一度、Qに会いたい。何があったのか、彼なら全部知っているから」

男はあごに手を添え、自分の足元に視線を落とし、黙って話を聞いていたが、

「その崖の下なら、俺も見たぞ」

とぼそりとつぶやいた。

「え？」

「もう忘れたのか、トリ頭め。俺がお前を助けたんだ。崖の下にも降りて、この目で事故の様子を確かめた。当然だろ？」

「崖の下まで……、どうやって？」

「どうやって？　そんなのひとっとびだろう。どしゃぶりの雨に濡《ぬ》れるのは嫌だったが」

軽くその場でジャンプして見せる佐久に、

「で、でも、どうして、あの場所にいたんですか？」

という当然の疑問が口を衝《つ》く。

「偶然だ。いや、悪運てやつだな。俺の人生はな、会いたくないやつにばかり出くわすよう、できているんだ。今回はお前だ。あの日は、釣りに行った。お前の親父さんと同じく、俺も釣りが大好物でな。人間を相手にするのはいい加減、飽き飽きだからな」

そういえば、パパも北ノ浜に出かけると聞いて「あそこはキスがよく釣れる」と言っていたような。

「あの日は台風の影響が残っていて、海が濁って釣りのほうは全然ダメだった。その帰りに車を走らせていたらだ――。いきなり道路に見たこともないくらいデカい岩が転がっていた。そこらじゅうにガラス片が散らばっていて、おまけに牙の気配まで感じられる。車から降りて、何が起きたのか、崖下をのぞいたら、バスの車体が少しだけ見えた。牙の気配を感じたってことは吸血鬼がいるはずだ。何のつもりで牙を出しているのかは知らんが、騒ぎになる前に片づけておこうと思った。だが、俺が崖を降りたときには、牙の気配は消えていた。その代わりバスの中に、お前たちガキんちょどもが倒れているのを見つけたんだ」

「じ、じゃあ、そのときにはもう、私や宮藤くんもバスの中に？」

「お前を含めて四人、ひっくり返ったバスの中で大人しく寝転んでいたぞ。あとひとり、運転手もいたな」

「見ただけで、私が吸血鬼だとわかったんですか？」

いや、わからん、と佐久はあっさりと首を横に振った。

「力がある奴《やつ》なら別だが、お前のようなへぼから感じるものなんか何もない」

ならば、どうやって、と私が訊《たず》ね返す前に、

「コイツが教えてくれた。唇をめくって確かめたら、歯茎に二つ、牙の痕《あと》があった。当たりってわけだ」

やはり、あの日、自分は牙を出していたのだ、という衝撃が訪れる。だが、それを受け止めきる前に、佐久の言葉が引っかかった。

「あの――、『コイツが』って誰のことですか？」

佐久は一瞬の間を置いてから、「ああ」とつぶやいた。

「Qだ」

とロの先をすぼめた。

「へ？」

「今もそこに浮いてるぞ。さっきから、いちいち口を挟んできて、鬱陶しいったらありゃしない」

吐き捨てるように告げ、忌々しそうに虚空《こくう》を睨み上げた。

「き、Qが——、Qがそこにいるんですか？」

「お前に興味があるんだろうな。普段はすっこんでるくせに、急に出てきて俺たちの話を聞いてやがる。お前の親が、俺のようなはぐれ者の話を娘にするはずがないとか、腹の立つことばかり言ってきやがって——。ああ、そうだ。お前が命拾いしたのは、コイツのおかげだからな。コイツが崖の下のバスにいた娘だと教えなきゃ、そのまま注射をお見舞いしていた。今ごろ、お前は三途《さんず》の川べりを歩いていただろうな」

佐久はいきなり手を伸ばし、何かをはたき落とすような動きで空中に弧を描いたが、

「どうやったって、コイツに当たらないんだよな」と舌打ちとともに引っこめた。

「ど、どうして、そこにQが？　私には見えないのに」

「そりゃ、そうだろう。俺のQだからな」

「あなたの？」

　思わず声が裏返ったとき、佐久が突然、私の腕をつかみ、ぐいと引いた。とんでもない力で身体《からだ》が持っていかれる。そのまま有無を言わさず、佐久は背後の更衣スペースに私を追いやり、素早くカーテンを引いた。

「おー、待ってた、待ってた。入ってちょうだい」

　ドアを開ける音と、これまでとはまったく調子の違う、佐久の明るい声が聞こえてくる。

「佐久さん、こちらの患者さんの検査、お願いしまーす」

　カーテンと壁の隙間《すきま》からのぞくと、女性の看護師と入院着の男性が部屋に入ってくるところだった。

　二人が入室すると同時に、佐久は素早くドアを閉めた。

「はい、俺の目を見てー」

　看護師と男性が、自分よりも背が低い佐久に視線を落とすと同時に、二人の身体の動きがぴたりと止まった。

「せっかく来てもらったのに、悪いんだけど、ちょっと今、立てこんでいるところでさ、十五分くらいずらしてもらえる？　ついでに、あとに続く検査の調整のほうもよろしくー」

佐久の言葉に、看護師のほうが「わかりましたぁ」とカルテを脇《わき》に戻し、どこか力のない声を返す。

「はい、おつかれさまでしたー」

と佐久がドアを開けると、検査に来たはずの二人はおとなしく退室していった。

ふう、と息をひとつ吐いて、「いいぞ、出てこい」と佐久が手で招くのを見て、私はカーテンを開いた。

「ここに勤めて、もうそろそろ三年だ。居心地も悪くないし、あと二年は粘れそうだった。でも、お前のせいで、また面倒な転職活動だ――、クソッ」

ぶつぶつとつぶやきながら、佐久はふたたびドアの鍵を閉めた。

今の訪問者との不自然なやり取りは何だったのか。何か催眠術のようなものを使って、追い返したように見える。私自身も佐久の目を見た途端、身体の動きをいきなり封じられた。だが、それよりも今は先に確かめるべきことがある。

「あ、あなたのQって、どういうことですか？　それは私のQじゃ――」

声に力が入りすぎて、語尾のあたりがみっともないくらい震えていた。

違う違う、と佐久は首を振り、斜め上方に視線を向けた。

「俺のQは、お前のとはまったく別だ。まあ、目的は同じだがな。俺も二十四時間監視つきの要注意吸血鬼ってわけさ」

「佐久さんを？　どうして？」

「どうしてだと思う？」

「もうすぐ十七歳に……、なるから？」

不正解だとわかっていても、私が知るQの出現ルールはこのひとつしかない。

ハンッ、と佐久が声を出さずに笑った。

「俺がお前より年下だと思うか？　十六歳で放射線技師？　そんなわけないだろ、馬鹿がッ」

予想どおりの言葉が返ってくる。

「もしも吸血鬼だと知らなければ、俺は何歳くらいの人間の男に見える？　正直に言ってみろ」

いきなり何のつもりなのか、佐久は真面目な顔で訊ねてきた。

「三十五歳、いや、四十歳……くらい？」

「およそ当たっているが、不正解だな。俺は三十七歳だ。ただし、カンエイ生まれ

ない。

「学校で習わなかったか？　寛永通宝のカンエイだ。銭形平次がビシッと悪党に当てていたやつだ。見たことないか？」

手首のスナップを利《き》かせ、何かを投げるポーズをして見せるが、何のことかわからない。

「もう、最近はテレビじゃやってないのか？　じゃあ、徳川家光なら知ってるだろ。徳川家康の孫だ。三代目の将軍だ」

「聞いたこと……、あります」

歴史系は大の苦手。今回のテストでも、日本史はひどい点数だった。

「アイツが将軍だったとき、九州のクソ田舎で生まれた」

しばしの沈黙ののち、

「誰が生まれたんですか？」

と私は訊ねた。

「俺だよ。寛永年間に生まれた。そろそろ四百歳になる」

耳を通過していった言葉の意味を咀嚼《そしやく》するために、十秒近い時間が必要だった。

「カンエイ……？」

だ」

「ま、まさか、佐久さんって――、エターナル？」

思わずひっくり返ってしまった声を浴びても、ああ、と佐久はつまらなそうにうなずき、

「ついでに教えてやる。俺は日本人の吸血鬼第一号だ」

とさらにとんでもない情報を披露した。

「俺のことをチビだと思っているかもしれないが、これでも寛永のころじゃ、日本人の平均身長ぐらいだった。伊達政宗も百六十センチなかったそうだからな。豊臣秀吉なんて百四十センチ台だ」

ぎろりと下から睨《ね》めつけてくる相手に、「ぜ、全然、そんなこと思ってないです」と慌《あわ》てて首を横に振る。

私は改めて、紺色の仕事着を纏《まと》う、小柄な吸血鬼の全身に視線を走らせた。

これまで話でしか聞いたことがない（といっても、情報源はパパとママの二人だけだが）、伝説の吸血鬼「不死《エターナル》」。

それは、私たちの先祖にあたる、「原・吸血鬼《オリジナル》」とも言うべき存在だ。

パパやママや私、丘山《おかやま》さんファミリーといった新しい世代の吸血鬼は、生まれたときからすでに太陽の恐怖を克服し、さらには儀式を通じて血の渇きを忘れ去ることが

できる。私たちの世代が不死を手放し、その代わりに、限りなく人間に近い存在になるという生存戦略を採ったのに対し、彼らは変化しない、いや、変化できなかった古い種族だ。

「え？ ということは……」

これまで長く生き永らえてきた代償として当然、私たちの禁忌《タブー》に触れているのではないのか？

「佐久さんは……、血の渇きを？」

「いちいち訊くな、馬鹿。『脱・吸血鬼化』なんていう、ふざけた儀式ができるずっと前から生きてるんだ。当たり前だろうがッ」

すみません、と謝るしかない私に、

「だから、ここで働いてんだ」

と佐久は急に声を低くして己の足元を指さした。

「ここは病院だ。人間の血があるだろ？ 保管してある輸血パックをもらうんだ」

まさか、そんなことを、と表情がこわばる私を見上げ、佐久はニヤリと笑うと、

「さっきの、見ただろ」と自分の目を指差した。

「人間は俺の言いなりだ。バレないように輸血パックを融通してもらってる。もちろ

ん、在庫に余裕があるときに限っているぞ。これでも、医療従事者だからな。患者優先だ。それくらいのたしなみは、俺にだってある」

目尻《めじり》に刻まれる笑いじわに呼応して、小さなしわが口元や頬にざわざわと浮かび上がる。これが、不死の吸血鬼に刻まれた四百年ぶんの年輪というやつなのか。

＊

まったく、ひどい話さ、と佐久は眉毛《まゆげ》を下げ、虚空の一点を睨み上げた。

「俺は誇り高き吸血鬼として、むかしながらの生き方を続けている。今や滅びんとする文化を守る生き証人。俺の存在こそが、吸血鬼のアイデンティティそのものなんだ。それなのに、連中が科したこの仕打ちは何だ？」

「Qは……、佐久さんの何を監視しているんですか？」

佐久の視線をたどっても、そこには何の姿も認められない。私がともに過ごしたQからは感じられた「見られている」という感覚も訪れない。

「俺が人間を襲わないよう、馬鹿みたいにつけまわしているのさ。だがな、俺は血の味を知ったばかりの青二才じゃない。血まみれの救急患者が運びこまれるのを見ても、自分をコントロールできる。まかり間違っても、人間に襲いかかるなんてことはしない。三カ月に一度、パックの血をいただくだけで、問題なくやっていけるんだ」

「三カ月も我慢できるんですか？」

Qから教えられた、血の渇きを我慢できる限界は十日だったはずだ。それゆえに、誕生日の十日前から監視役として彼が現れた。

「俺が何年、生きていると思っている。そうだな、その気になれば半年くらいは耐えられるかもな」

オイ、聞いてるか？　お前に言ってんだ、俺のことなんか放ってさっさと帰りやがれ、と佐久は宙に向かって唾《つば》を飛ばしたのち、

「だから、俺にはわかる」

と急に私の顔を見上げた。

「お前は血の渇きを得ていない。崖下のバスでお前を見ても、何も感じなかった。お前は知らないだろうが、人間の血を吸ったばかりの吸血鬼からは、はっきりと血の匂《にお》いがするんだ。血を吸ったという記憶は、お前の勘違いだ。さだめし、バスが落ちたときに頭でも打ったんだろうな」

「で、でも、私は牙《きば》を出していたんですよね？　それってやっぱり、宮藤くんの血を

吸ったから――」

「牙を出すと、吸血鬼の力は段違いに増すんだ。それを使って健気《けなげ》に人間どもを助けたんだろう、と俺はバスでお前を見たときに思ったが――。ん？　そっちの牙の使い方を、お前は知らなかったのか？」

私がうなずき返すと、「そりゃ、妙だな」といったんは佐久も首をかしげたが、

「咄嗟《とっさ》のことで、自分でも気づかないうちに牙を出していたんだろう」

とあっさりまとめてしまった。

「バスで気を失っていたお前は、見るからに無害そうだし、これは人間たちを呼んでも大丈夫だろうと判断して、いったん崖の上に戻ってから、警察と１１９に連絡したわけだ」

「じ、じゃあ、佐久さんがこの病院を手配して――」

「当たり前だろ。見も知らぬ病院に連れていかれて、お前が吸血鬼だとバレたら大騒動になる。念のため、俺も救急車に同乗したからな」

やはり、ここに運ばれたのは偶然ではなく、強い意図が働いていたのだ。

「あの……、助けていただいて、ありがとうございました」

今さらながら、ぎこちなく頭を下げたが、どう見ても世話好きには見えない佐久の

親身とも言える行動に、私が戸惑っているのを素早く察したのだろう。

「俺たちはな、絶滅危惧《きぐ》種なんだ。ただでさえ生きにくいのに、これ以上、騒ぎを起こしてどうする。守れる仲間の命は守る。そうすることで、まわりまわって俺が生きやすくなる。だが、まさか助けた翌日に儀式が予定されていたとは、思いもしなかったけどな」

二十分近く話しているのに、いい吸血鬼なのか、悪い吸血鬼なのか相手の印象がいまだ定まらない。それよりも、佐久の正体が予想外すぎて、肝心のQの話がまったく先に進んでいないことに気がついた。

「Qが――、彼がどこへ行ったか知りたいんです。どんな情報でもいいんです。佐久さんは何か知りませんか？」

「また、その話かよ。だから、お前の勘違いだって」

「それでも、Qと話したいんです」

「お前の儀式が済んだら、お役御免だ。帰ったんだろうよ」

「帰ったって……、どこへ？」

「連中のところさ」

先ほどから、話に登場する「連中」とは誰のことなのか。佐久自身は明らかにいい感情を抱いてはいなさそうである。

「すみません、『連中』って――」

と口を開きかけたとき、「何だ？」と佐久は横を向いた。どうやら、Qに話しかけられたようで、空中の一点に視線を向けている。途中で一度、ちらりと私の顔を確かめた。急にその表情が険しくなったように見えた。

「確かな話なんだろうな……。いつなんだ、それは……」

ぼそぼそとした佐久のひとりごとが徐々に聞き取りづらくなっていく。

「クソッ、俺がコイツに説明するのかよ」

それが最後のやりとりだった。

ゴホンと咳《せき》払いしてから、佐久はようやくこちらに向き直った。

「何か、わかったんですか？」

間髪をいれずに問いかけた私と、なぜか佐久は目を合わせようとしない。

「俺のQが、儀式のときに連中の話を聞いたらしい。よりによって、こんな場所で連中と鉢合わせすることになったうえに、儀式の最中、誰も病室に近づかないよう、俺が廊下を見張らされたんだ。その間、コイツが病室の連中の話を盗み聞きしていた。お前のQについてのやり取りがあったそうだ――」

佐久はいったん言葉を区切ると、ようやく私と視線を交わした。

「お前のQは、死刑になる」

は？　のかたちに口が開いたが、咄嗟に声が出なかった。

「コイツが言うには、お前のQは掟《おきて》を破った」

「掟って……」

「もちろん、俺たち吸血鬼の掟だ」

「Qは吸血鬼じゃありませんッ。そもそも、あんな格好で浮くことしかできないQが何の掟を破るって言うんですか」

「お前……、ひょっとして知らないのか？」

とどこか呆気《あっけ》に取られたような表情で、佐久はまじまじと私を見上げた。

「な、何をですか」

「Qは、俺やお前と同じ、吸血鬼だぞ」

「え？」

「かつて、人間の血の味を知り、血の渇きに狂い、それゆえに人間どもの怒りを買い、大勢の仲間たちが死ぬきっかけを作った。その大きなあやまちに対する罰として、連中の手で醜い姿に変えられた吸血鬼――、それがQだ」

声を発することができない私の前で、佐久は節の目立つ指を二本立てた。

「死刑の執行は二日後だ」

第4章　おもわく

おかえりー、というママの声に返事もせず、二階まで駆け上るとそのままベッドに倒れこんだ。

頭の中では依然、暴風雨が吹き荒れている。されど、落ち着いてそれらを整理する間もなく、緊張が途切れると同時に疲れがどっと押し寄せ、知らぬうちに眠ってしまった。

「弓子《ゆみこ》」

目を開けると、少し開いたドアから、ママが心配そうにのぞいていた。

「大丈夫？」

「うん……、大丈夫」

「晩ごはんできてるから、食べられそうなら、下りてきてね」

窓の外はすでに真っ暗である。

身体《からだ》を起こし、ベッドのへりに腰掛ける姿勢で顔をごしごしと手のひらでさすってから一階に下りると、すでにパパが帰宅していた。

「お先にいただいているよ」

食卓につき、テーブル中央の皿に盛られた鶏《とり》の唐揚げをもぐもぐと頬張っている。ママからどんなふうに説明されたのだろう。探るような声色とともに顔を向けるパパに、

「具合はどうだい？」

「気分転換に出かけたら、自転車で飛ばしすぎたのかな。逆に疲れちゃった」

と明るい声を装《よそお》い、「いただきます」と席についたが、実際のところ、まったく食欲は湧《わ》かない。

「まだ万全じゃない、ってことだから、明日も休んだほうがいいんじゃないかな？」

「うん、無理しないでおく」

とうなずいて春雨サラダをひと口だけ含んだところへ、ママが三人分の味噌汁《みそしる》を食卓に運んできた。

「やっぱり、事故のことが落ち着いてから、儀式をするべきだったんじゃないかしら」

「そうは言ってもねえ」

とパパは味噌汁を「熱《あつ》、熱」と言ってすすった。

「病院では冷静になんか考えられなかったけど、だんだん、おかしいな、って気がしてきたの。だって、勝手に儀式を済ませちゃうなんて無茶じゃない？　弓子は私たち

の娘なのに」

「向こうも世界中を飛び回っているだろうし、急な延期は難しいんだよ」

「それはわかるけど、昏睡《こんすい》状態の相手への対応は別でしょ？　他人が勝手に判断することじゃなくて、まずは私たちに相談があってしかるべきじゃない？」

滅多に見せることのない強い調子でママが言葉を連ねる。「それも、そうだね」と気圧《けお》された様子でパパがうなずくと、

「ごめんなさい、あなたに当たっても筋違いよね」

とママは私の隣のイスに座り、「いただきます」と手を合わせた。

「私のときは、こんなふうに学校を休むほど疲れなんか出なかったもの。儀式の後遺症かもしれないと思うと、納得できないなー、って」

いや、ママ、違うんだよ。私の体調はすこぶる良好。今日は単なるズル休み。フィジカルよりも、むしろメンタルのほうが削られているわけで――、とは今さら正直に打ち明けられないムードである。ましてや病院で、こっそり佐久《さく》と会っていたなんてムリムリ。「今日の一件は、パパとママには言わないほうがいい」と心の声もささやいている。

「確かに儀式を行う場所が、病院というのはお互いにとってイレギュラーだったね。

本来はこの家で行われる予定だったわけだし、その際は、僕たちとちゃんとあいさつを交わして、弓子とも顔合わせしてから、儀式に取りかかったはずだよ」

「だからこそ、退院まで延期すべきだったのよ。次にあの人たちに会うのはいつ？　弓子のお披露目のとき？」

お披露目？

あたたかいうちに一個くらいは食べなくちゃ、と唐揚げに向けた箸《はし》の動きを思わず止めた。

「何、それ？　はじめて聞いた」

「そうか、まだ弓子は知らないのか」

とパパがほうれん草のお浸しの小鉢を手にしながら、顔を向けた。

「お披露目というのはだね、吸血鬼の成人式みたいなものかな。ハタチになったとき、一人前の吸血鬼になりました、ってあいさつしに行くんだ」

「あいさつ？　誰に？」

「ええと、それは――」

パパが素早くママに視線を向ける。無言のアイコンタクトが交わされるのを感じながら、私はようやく一個目の唐揚げを口に入れた。

「もう、弓子にも伝えていいんじゃない？　私のときは儀式に来た人たちから、『次はお披露目で』とついでにレクチャーを受けた記憶がうっすらとあるもの。弓子はその機会自体がなかったわけだし。私たちが教えるしかないでしょ」

どうやらママの許可が下りたようで、パパは小鉢の中身を平らげてから、

「ロージュに、あいさつに行くんだ」

と慎重な口ぶりで告げた。

「ロージュ……？　人の名前？」

「いや、人の名前じゃない。しいて言うならグループの呼び方かな」

「それ、外国語？」

ううん、と答えに詰まるパパ。ママも口元が困ったときの「ほ」のかたちになっている。

「確かに、何語なのかしら。疑問に思ったことなかった」

「要は偉い人たちの集まりのことだよ」

とパパがうなずきながらまとめる。

「ロージュのメンバーは全員、五百歳を軽く超えている。もちろん、みなさん、『原《オリジナル》・吸血鬼』だよ」

五百歳？ スゴ、と思わず声が漏れる。

「四百年くらい前の出来事と言われているけど、ひとりの吸血鬼が太陽への恐怖を克服する方法を見つけたんだ。おかげで、それまで陽の光に焼かれることを怖《おそ》れて、昼間は外に出ることができなかった吸血鬼が、自由に行動できるようになった。この吸血鬼史上もっとも偉大な発見というのかな、発明というのかな――、ライフスタイル革命を引き起こしたのが『大老』と呼ばれているお方。ロージュのなかで、いちばん偉いとされている人だよ」

「へえ……。その大老さんに、パパは会ったことあるの？」

私の言い方がおかしかったのか、大老さん、とパパは繰り返してから笑った。

「まさか。きっと、総理大臣に会うよりも難しいよ。『脱・吸血鬼化』の儀式を編み出したのも、その大老だと言われているからね。レジェンド中のレジェンドだよ」

「それそれ、ずっと訊《き》きたかったんだ――。『脱・吸血鬼化』の儀式って何をするの？ パパとママは目の前で見て、実際に経験したんでしょ？」

「全然、大したものじゃないよ。ロージュの人が水のようなものをくれて、それを飲んだらお仕舞いだった。その間、ロージュの人がもごもごと呪文《じゅもん》のような言葉をつぶやいていたかな」

「それだけ？」

「ママのときも同じ。全部で十分もかからなかった――」

これまで「儀式の内容を話せるのはQだけ」という決まりのせいで、仕組みを教えてもらうことができなかった。それが満を持しての情報解禁となったわけだが、拍子抜けもいいところだ。

「今日も世界のどこかで、十七歳の誕生日を迎えた若者に対して儀式が行われているはず。儀式を執り行う能力を持つロージュのメンバーは限られていて、その人たちが手分けして、世界中を回っているらしい。だから、弓子の場合も、急なスケジュール変更は難しかったのかもね――」

パパはちらりとママの顔をうかがったが、ママからの反論はなかった。私はと言えば、いつの間にか、三つ目の唐揚げを頬張っていた。これまでいくら「教えてほしい」と頼んでも、頑《かたく》なに「まだ早い」と情報開示を拒否されてきた「吸血鬼の歴史」の扉が突然開き、初耳話の大盤振る舞いが始まったのである。その予期せぬ情報解禁ラッシュに興奮し、食欲がないという事実すら、忘れてしまった。

ついでに、日本史が苦手だった理由にも、今ごろになって気がついた。

だって、あれは人間の歴史だから。

私たち吸血鬼の歴史じゃない。

「ロージュの人たちのなかに、日本人はいないの？」

「日本にはじめて吸血鬼が訪れたのが江戸時代だからね。ロージュのメンバーには入れないよ。日本人の吸血鬼は総じて若すぎる」

パパの説明によると、世界で最初の吸血鬼が誕生したのは十五世紀。場所は現在のルーマニアだという。

だが、最初の吸血鬼は人間に殺されてしまい、最古参の仲間たちも人間社会に適応できぬまま、ほとんどが同じ運命をたどった。

そのなかで生き残ったメンバーが、現在のロージュを構成している。全員が十五世紀の生まれ、いわば吸血鬼第一世代だ。

その後、彼らは多くの犠牲を払いつつ、人間社会に溶けこむ方法を模索し続けた。やがて、大老が太陽の恐怖を克服する方法を生み出したことで、状況は劇的に改善する。昼間は活動できないという制約から解き放たれ、移動の自由を手に入れた吸血鬼第二世代。この第二世代の活躍により、われわれの仲間は世界中に活動範囲を広げるに至った。

彼らが船で海を渡り、はるばる日本にやってきたのは十七世紀、江戸時代のころだったそうだ。
「それって、寛永？」
思わず口を挟んでしまった。
カンエイ？　とはじめは戸惑いの反応を見せるも、さすがはパパ、
「ひょっとして、年号のこと？　寛永といったら江戸時代の前半だから、うん、その
あたりかもしれない」
と素早く対応してきた。
どこか半信半疑の心持ちで聞いていた佐久の話が、俄然《がぜん》、真実味を帯びて迫ってく
るのを感じながら、もしも、ここで「今日、その日本人吸血鬼第一号と話してきたば
かり！」と披露したら、二人はどんな顔をするだろう、とつい想像した。もちろん、
無駄に心配させるだけだし、絶対に言えないけれど。
「私の誕生日に合わせてQを送ってきたのは、そのロージュの人たちってこと？」
「そうだよ。『脱・吸血鬼化』の儀式は、すべてロージュのメンバーが取り仕切って
いるからね。事前に連絡が来るんだ」
「連絡？　どうやって？　どこから？」
「エアメイルで届いたから、外国からってことだろうね」

「え？　どうしてメールが届いたら、外国からになるの？」

「メールじゃない、エアメイル」

航空便という意味、手紙の種類よ、というママの説明に、「オウ、YES」とうなずいてから、

「Qはロージュの人たちのところから来たってことだよね……。そのロージュの人たちってさ、普段どこにいるのかな」

いかにも話のついでの態《てい》を装い、もっとも知りたかったことを訊《たず》ねた。

「館《やかた》があるんだよ。とても立派な、彼らのための館が。お披露目式もそこで行われる」

パパの答えを聞いた瞬間、私がすべきことは決まった。

四個目の唐揚げを食べる前に、ごはんのお替わりのために席を立つ。

ロージュの館に乗りこむのだ。

Qを救うために。

＊

佐久が何度も口にしていた「連中」とはロージュのことだろう。ならば、その館に行ってQを救出してみせる――。一瞬、燃え盛ったかに見えた我がやる気だったが、あっという間に鎮火し、塵《ちり》と消えてしまった。

なぜなら、パパもママもそれぞれお披露目の式で実際にロージュの館を訪れているにもかかわらず、口を揃《そろ》えて、

「どこにあるのか、わからない」

と主張したからである。

ロージュの面々が集う館は「クボー」と呼ばれているのだそうだ。そのクボーの外観すら、二人は記憶にないと言う。

ならば、どうやってそこに行ったのかと訊ねても、「ううん」と双子のように同じ角度で首を傾けるばかり。

「覚えていないなあ。記憶を消されてしまったのかも」

「きっと、そうよ。だって、あの人たち、半分、魔法使いだもん。過度に秘密主義だし」

依然、トゲトゲしさが残るママの言葉を聞きながら、「クボーって何語なんだろう?」と小さな疑問が生じたとき、そんなことよりも真っ先に抱くべき大きな疑問に

思い至った。

「クボーって外国にあるんだよね？　飛行機に乗って行ったの？」

当然、「YES」の返事が戻ってくると思いきや、

「それが乗っていないんだ」

とパパは真面目《まじめ》な顔で不可解なことを言ってきた。

「気がつけば、その館の中にいて、あれよあれよという間に、お披露目の式が始まった」

「そうそう。式が終わったら、いつの間にか、家に戻ってたもの」

とママも同じく真面目な顔であとに続く。

「飛行機に乗っていた部分の記憶を忘れちゃったってこと？」

「いや、そもそも乗っていない。僕のお披露目は平日で、昼間は大学の授業に出て、次の日も朝から大学に行った記憶があるからね」

「それってつまり……、クボーは日本にあるってこと？」

「それはないかなあ。館の内装は完全に外国の雰囲気で、ときどき聞こえてくる言葉も全部、外国語だった。建物の大きさは宮殿みたいにゴージャスで、窓の外に望める庭の広さもとんでもなかった。あれが日本にあるとは思えない。まるでヨーロッパの

どこかにいるようだった」

「ヨーロッパ？　飛行機に乗らないでどうやって？」

「わからない。ただ、飛行機を使わなかったのは間違いない。ヨーロッパなら、往復で一日以上はかかるからね」

パパはきっぱりと断言してから、

「クボーがどこにあるか、誰も知らないし、どうやってそこへ行くのかもわからない。とにかく、ロージュの人たちは秘密が好きなんだよ。館の中でも全員がマスクをして、マントを纏《まと》っているせいで、誰が誰かさえもわからなかった。吸血鬼がこんなこと言うのは変だけど、不気味な人たちだった。われわれとは住む世界が違う人たちだな、と感じたよ。僕は今も、彼らとは最低限のお付き合いで済ませるのがいちばんかな、と思ってる」

いつの間にか席を立っていたママが、「リンゴと柿《かき》があるけど、弓子、食べる？」と冷蔵庫の前から声をかけてきた。

完全復活したかに思われた食欲は、今やすっかり萎《しぼ》んでいる。

「ううん、お腹《なか》いっぱい。ごちそうさま――」

食器を流しに運んでから、二階の自室に戻った。

その夜は、眠れなかった。

パパとママが嘘《うそ》を言っているとは思えなかった。本当に二人はクボーの場所もそこへの行き方も知らないのだろう。

唯一《ゆいいつ》、よいニュースと言えそうなのは、パパとママが日帰りでお披露目の式を済ませたという証言だ。もしも、クボーが海外に存在するのなら万策尽きていた。海外行きの航空チケットを買うお金なんかないし、そもそも私はパスポートを持っていないからだ。

佐久が告げたQの死刑執行の日はあさって。

日帰りで行ける場所にクボーがあるのなら、まだ救出のチャンスは残っている――、のか？

真っ暗な天井を眺めながら考えた。なぜ、突然Qが死刑にならなくてはいけないのか？　それは、私が関係していることなのか？　わからないことだらけだ。ここは素直に、パパとママに相談すべきだろうか。でも、Qがピンチにあることを伝えたとして、その情報の出どころを訊ねられたら？　二人はどんな反応を見せるだろう。佐久もまた、ロージュと同じく、私たちとは住む世界が違う「不死《エターナル》」だ。「最低限のお付き合いで済ませるのがいちばん」というパパの方針を聞

かされたばかりだけに、

「よし、パパとママもQを助けるために全力を尽くそう！」

という展開になる可能性は極めて低いと思われた。

ああ、やっぱりパパとママに話すのはムリ――。

何も答えが出ないまま眠りに落ち、翌朝、学校に向かった。

「大丈夫、弓子？」

いつもの県道沿いで合流したヨッちゃんの第一声は昨日、学校を休んだことへの心づかいの言葉だった。

並走するヨッちゃんの自転車のスピードも、いつもより控えめで、無駄に気を遣わせてしまっているな、と恐縮していると、

「聞いてくれるかな、弓子嬢」

とやけに弾んだ声が聞こえてきた。

顔を向けると、何やらヨッちゃんがニマニマしている。

どうしたの？　と訊ねると、

「占いの結果が、エラいことなんですよ」

と隠し切れぬよろこびを表現しているのか、自転車を漕《こ》ぎながら上体をくねらせ始

めた。

「占い?」

「ムチャクチャよく当たると有名なネットの占いサイトがあってね。そこで占ってもらったんだ。ご新規さんは、一カ月に三人しか占ってもらえないんだけど、応募したら何と採用されちゃって。倍率二百倍超えだったのに」

「ワオ。そりゃ、すごいね」

「このチャンス逃してなるものかと課金しましたよ。今月のお小遣いの半分なくなっちゃった」

「え? お金取るの?」

「当たり前じゃん。相手はプロ中のプロだよ? それが通常の十分の一の特別料金で占ってくれるから、倍率二百倍超えってわけですよ」

ほえー、と驚き呆《あき》れる私に、

「明日、人生でこれまで経験したことのない出来事が起きるんだって」

とヨッちゃんは急に声を一段低くして告げた。

「え? もう、わかったの?」

「うん、お金を払ったら、三分で占い結果を書いたLINEが届いた」

「それ、ちょっと早すぎない？」

「プロ中のプロだからね。仕事も早いのよ」

言いたいことがのど元までこみ上げてきたが、朝からうるさい小言を聞きたくなかろうと我慢していると、

「実は明日、宮藤《くどう》くんとデートなんだ」

とヨッちゃんがさらに声を潜めてきた。

「あれ？　部活は？」

「あちこちの学校から先生たちがウチの学校に集まって研修会をやるらしくて、授業が終わったら、みんな帰らなくちゃいけないんだって。だから、部活は休み」

「ああ、そんなこと言ってたっけ。明日なんだ」

「ということで、宮藤くんと放課後、ハンバーガー食べに行く約束したんだよねー。お店のインスタ見たらさ、ハンバーガーの高さが二十センチくらいあるの。あれ、どうやって食べるんだろ？」

おお、いいね、デートっぽいねー、と目を細めたとき、風も吹いていないのに、不意に全身を押し包む、強い寒気を感じた。

「人生でこれまで経験したことのない出来事が起きちゃうって、どういうことよ？

ドキドキしちゃって、昨夜、なかなか眠れなかったよ。ん？　どした？」

スピードを落とし、左右を確かめている私に、ヨッちゃんが振り返る。

「ううん、何でもない」

と返事する最中に、県道を挟んで反対側に位置するファミレスが視界を過《よぎ》った。

あそこだ――。

見慣れたファミレスの背の低い建物に、このぞわぞわと落ち着かない気配の源があると、なぜか確信できた。

人間に比べ、私たち吸血鬼の動体視力は格段に優れている。

駐車場に面して並ぶ、ファミレスの大きなガラス窓――、その左から二番目に、男がひとり座っているのが見えた。サングラスにマスクという組み合わせの男に焦点が定まったとき、待ち構えていたかのように男はサングラスを外した。

「あ、たいへん！」

と私は急ブレーキをかけた。どうしても、今日、担任に提出しなくちゃいけないものがあったんだ」

「家に忘れ物しちゃった。どうしても、今日、担任に提出しなくちゃいけないものがあったんだ」

え？　何を忘れたの？　と同じく自転車を止めたヨッちゃんに、

「ゴメン、先に学校へ行ってて。私、いったん家に帰る！」

と一方的に告げ、ヨッちゃんが何か言いだす前に自転車をＵターンさせた。

「先、行っといてー」

と手を振ると、ヨッちゃんは戸惑った顔で手を振り返してきた。

ヨッちゃんが学校へ向かうのを確認してから、県道をまたぐ横断歩道を渡り、ファミレスの駐車場に乗りこんだ。

どういう意図で通学路に現れたのかわからないが、それを無視して学校に向かう選択肢はなかった。

建物脇《わき》の駐輪スペースに自転車を止め、店の入口ドアを開けるなり、

「いらっしゃいませー。すぐにご案内しますので、少々お待ちください」

とレジでお客の対応をしていた店員が声をかけてきたが、そのまま奥へと進む。

窓際《まどぎわ》のテーブル席には、サングラスにマスク姿という、見るからにあやしげな雰囲気が漂う男がひとりで座っていた。

私の登場に気づいた男はゆっくりとサングラスを持ち上げた。

「よう、おはようさん」

寝不足なのか、やけに腫《は》れぼったい充血した目を向け、不機嫌そうな声とともに佐

久が手を挙げた。

＊

こんな朝っぱらから、制服姿の高校生と、サングラスにマスクの中年男が待ち合わせているというのは、いかにも妙に映ったのだろう。

「お連れ様ですか？」

遅れてやってきた店員がどこか不審そうな表情で私たちを見比べると、

「そうだよ、ねえちゃん」

と佐久がぞんざいに返事した。

失礼しました、と店員が佐久と視線を合わせた途端、メニューをテーブルに置こうとした彼女の動きがぴたりと止まった。

「お前、何か飲みたいものあるか？」

佐久からの質問に、首を横に振る。すでに佐久の前にはコーヒーカップと水を入れたグラスが置かれている。

「ねえちゃん、俺たちは二人で、ここで静かに話がしたいんだ。しばらく、このテーブルのこと、放っておいてくれるか」

そう佐久が告げると、店員は「ごゆっくり、どうぞぉ」とメニューをふたたび手元に戻し、どこか腑《ふ》抜《ぬ》けた表情で去っていった。

「座れ」

学校のカバンをガード代わりに胸の前に抱きながら、空いている佐久の向かいの席に座った。

「お前のようなへぼは、ひょっとして気づかないんじゃないか、と心配したが、さすがに気づいたか」

佐久はマスクを外すと、グラスの水を口に含んだ。イテテテと顔をしかめながら、口の中でうがいして、そのままごくりと飲みこんだ。

「言っただろ、痛いから嫌いだって」

佐久は上唇に指を添えると、それを持ち上げた。唇の下にのぞく歯茎には、肉がえぐれたような一センチ大の傷が、左右にひとつずつ――、それらが牙《きば》を出した痕《あと》であることは明らかだった。

「言っておくが、お前レベルのへぼがここで牙を出しても、道路の向こう側にいる仲間が気づくことなんてないからな。俺が牙を出したから、お前も気づけたんだ」

佐久は腰を上げると、窓のロールカーテンを一気に引き下ろした。

「朝の光は特にまぶしいんだよ。俺はお前たちとは違うんだ。焼け死にはしないが、鋭すぎる光は目にキツい」

と口元を歪《ゆが》めながら腰を下ろし、サングラスを外した。

「お前に話がある」

私もです、と返そうとしたとき、

「と言っても、用があるのは俺じゃない。コイツだ」

と佐久は自分のほぼ真上に指先を移動させた。

「コイツが、お前と会え会え、ってうるさいんだ。夜中じゅう、俺の耳元でぶつぶつ言ってきやがる。おかげで全然、眠れやしない。頭に来て、このトゲトゲぶっ潰《つぶ》してやるッ、と物を投げても、全部すり抜けてしまうだろ？　結局、俺の根負けだ。こんなのが毎晩続いたら、たまらないからな。お前たち一家の住所や、お前が通う学校は入院中に調べておいた。いきなり、家に押しかけるわけにもいかんから、ここで待っていたわけだ」

不機嫌そうな声そのままに、佐久は乱暴に目頭の目やにを拭《ぬぐ》い、「クソッ、こんな朝っぱらから牙を出すハメになって――、最悪だ」と吐き捨てた。

アイロンをかけていない、しわが目立つ長袖《そで》シャツを羽織り、いかにも寝不足そうな相手の顔に、「不死《エターナル》なのに眠くなるのか」という驚きを密《ひそ》かに感じたが、今口にすべき話ではない。それよりも大事なのはQのことだ。

Qが死刑になる理由を、私はまだ知らない。

訊ねたいことは山ほどあったのに、昨日は市民病院のCT検査室に看護師と患者が戻ってきたため、私も退散せざるを得なかった。今日も病院に佐久を再訪するしかないと思っていたところへ、彼のほうから現れたのだ。

依然、身体の前にカバンを抱いた姿勢で佐久の言葉を待つ。

こうして座って相対すると、小柄な印象を感じ取れなくなるからか、そのぶん、危うげで退廃的な雰囲気が増して、息苦しいほどの圧迫感がじわじわと押し包んでくる。

「お前のQは、あれだな。どうしようもない馬鹿《ばか》だな」

佐久はテーブルにぽつんと置かれたコーヒーカップを口に運んだ。牙の痕の傷を気にしているようで、慎重に唇をつけたが、痛みはもう消えたのか、カップを傾けてからはごくりと飲み干した。

「一度罰せられて、さんざん懲《こ》りたはずなのに、またヘマしやがった」

「Qは……、何をしたんですか？」

「言っただろ、俺たち吸血鬼の掟《おきて》を破ったと。同じあやまちを二度犯した奴《やつ》に、これ以上の温情はかけられない」

「温情？　あんな格好にしておいて？」

まだQが私たちと同じ吸血鬼だという佐久の言葉を完全に受け入れてはいなかったが、思わず声が跳ね上がる。

「いいか、Qってのはな、自分を律することができず、欲の赴くまま人間を襲い、その生き血を喰らって、それが原因となって俺たちの仲間に大迷惑をかけた——。そういう、選りすぐりのダメ野郎たちなんだよ。いや、野郎だけじゃない。女もいるな。たとえば、コイツ」

え？　と佐久の頭上を何も見えるものなどないのに確かめてしまう。そう言えば、Qも「数は少ないが、女もいる」と教えてくれたことがなかったか。

「何だよ、納得いかないって顔だな」

佐久はトレーに料理を載せて通路を移動している店員を指差し、

「お前がここでいきなりあの店員を襲って、その血を喰らったとするだろ」

と妙なことを言い出した。

「わ、私、そんなことしません」

「馬鹿、たとえばの話だ」

　面倒そうに舌打ちして、佐久は私に視線を戻した。

「あの店員は死んで、じきに警察が来る。床の死体の首筋には二つの牙の痕。防犯カメラにはお前が襲いかかる映像。死体からはすっかり血が抜かれている。仲間にするためでなく、単に血の渇きに負けてのエサ漁《あさ》り、ってやつだ。当然、俺たちの存在が世間にバレる。人間たちは激怒するだろうな。ついでに、同じくらい恐怖する。簡単にお前の身元は割れ、それがネットやら何やらに流れる。でも、お前は逃走中なんだ。その場合、真っ先に攻撃されるのはお前の両親だ。パニックになった人間たちに問答無用で襲撃され、殺されることだってあり得るだろうな」

「な、何を言ってるんですか——」

「親が死のうと知ったこっちゃない、とお前はひたすら逃げ回る。だが、世の中ひとりじゃ生きていけない。はじめて経験する、血の渇きも何とかしなくちゃならんからな。どのみち、仲間の世話になるしかなくなる。ただし、お前の味方はいない。お前のせいで、仲間が殺される危険を招いたからだ。最終的に、お前は連中に預けられることになる。そのとき、連中はお前をどう扱う？　仲間が殺される原因を作った罪で死刑にするか？」

佐久はいったん言葉を止めたが、物騒な話をするときの癖らしい、唇をほとんど動かさないしゃべり方のせいで、まるで人形から音声が放たれるような不気味な空気が周囲に漂っている。

「答えは、否《いな》だ。どれだけの数の仲間が死んだとしても、お前は死刑にはならない。悲しいことに俺たちは絶滅危惧《きぐ》種だ。死刑ってのはな、絶滅の心配がない種にだけ許される罰なんだよ。俺たちにそんな余裕はない。まあ、俺はそんなこと気にせず、さっさと殺せばいいと思うが——」

連中というのはロージュの人たちを指すのだろう。すでに正体を知ったことで、佐久が「連中」と口にするたび、昨日とはまるで違う生々しさと、得体の知れぬ怖さがぞわりと忍び寄ってくる。

「コイツらも、もとはと言えば俺たちと同じ不死《エターナル》だ。放っておいたら、いつまでも生き続けてしまう。この姿はな、償いきれぬ罪に対して科された罰なんだよ」

ロールカーテンに光を遮られ、薄暗さを増した佐久の頭上の空間に、いつの間にか、トゲトゲを四方八方に突き出した、直径六十センチほどの黒い物体を思い浮かべていた。

「人間はわれわれとは違う種族だ。これ以上、関わるな」

不意にQの声が蘇《よみがえ》った。

これ……、どこで聞いた言葉だった？

そうだ、崖《がけ》下で宮藤豪太を捜しにバスを出た私にむかって、Qが放った警告だ。

あのとき、当然の如《ごと》く私は、

「われわれ？　私はあなたとは違う。いっしょにしないで」

と吐き捨てるように言い返した。

Qは私のことを同じ種族、仲間だと思っていた。だから――。

胸がぎゅうと締めつけられるのを感じ、そのまま膝《ひざ》の上に置いていたカバンを強く引き寄せた。

「言ってみりゃ――、コイツらは奴隷《どれい》だ。身体を奪われ、姿を変えられ、連中の言うとおりに働き続ける。何も食べない。何も飲まない。触れられるものもない。太陽もダメだから、外の景色すらまともに眺められない。影の中に引っこみながら、俺みたいなはぐれ者や、お前みたいなガキんちょを監視するためだけに生きる、とことんあわれな存在さ。しかも、とんでもなく醜いときている。よく、こんな悪趣味な罰を思いついたと俺も感心するよ。誰もがコイツらを蔑《さげす》む。常に蔑まれながら、生き続ける。お前だって、はじめてコイツを見たときに思っただろ？　ばけものがきたって――」

ばけもの。

佐久の声にびくりと身体が震える。

誕生日の十日前の朝、Qが浮いているのを目撃し、仰天しながら一階まで駆け下りたとき、パパとママへ放った第一声は——。

「ば、ばけものがいた!」

まさにその言葉だった。

＊

何度も、パパとママの前でQのことをばけもの呼ばわりした。それどころか、面と向かって「あなた、外国のばけものなの?」と訊ねたことさえあった。

「俺はばけものじゃない」

そう、Qは答えた。

何て残酷な言葉を投げ続けていたのだろう。己の無神経さに叫びだしたくなる。

「オイ、ねえちゃん」

コーヒーカップを掲げ、佐久がお代わりを要求した。ポットを手にした店員がすぐさまやってきて、カップにコーヒーを注ぎ、一礼して去っていく。

「今のQの話……」

湯気が立つコーヒーカップに、シュガースティックの中身を一本丸々流しこんでいた佐久が「あん？」と視線を上げる。

「誰もが、知ってる話なんですか？」

「そんなこと、俺が知るわけないだろ。俺はな、お前たち半端者《はんぱ》とは縁を切って生きてきたんだ。自分の親に訊け」

いったんは不愛想な声で突っぱねたが、「ん、待て」とコーヒーをかき混ぜるスプーンの動きを止めた。

「ああ――、そういうことか。ハッ、アイツら、相当に性格が悪いな。いちいち徹底してやがる」

皮肉っぽい笑みを口元に浮かべながら、「今、コイツが教えてくれた」と佐久は己の頭上をスプーンの先で示した。

「儀式をこれから受けるガキんちょには、あえて教えないらしい。どうしてか、わかるか？」

私は無言で首を横に振る。

「醜いって思わせるためさ」

え？　と思わずのどの奥から声が漏れた。

「いきなりトゲトゲ野郎が現れたのを見て、本気で吐く奴や、なかには気絶する奴もいるらしい。そりゃ、そうだよな。目が覚めて、こんなものが浮いていたら誰だって驚く。ご丁寧に、コイツらが自ら正体を伝えることは、掟で禁じられているらしいぞ。まあ、自分がしでかした不始末の内容を、わざわざ自分から教える馬鹿もいないだろうがな」

そのとき、不意に気がついた。

「ああ、私、馬鹿だ――」

思わず口走ったら、それまでさんざん私のことを馬鹿呼ばわりしていた佐久がコーヒーカップから口を離し、「うん？」と目を剝《む》いた。

本当に何て馬鹿だったんだろ。

血の匂《にお》いが立ちこめるあの崖下で、何度もQが放った警告。佐久の語ったQの過去が本当ならば、血の匂いに囚《とら》われ、狂ったのはQ自身だ。Qは私に教えようとしていた。かつて自分が犯したあやまちを繰り返させないために、必死で私を止めようとしたのだ――。

それが夢か現実かなんて、もうどうでもよかった。

Qは私を救おうとした。

はっきりと記憶のなかにそう刻まれている。

でも、この想《おも》いは「連中」には伝わらない。

「連中」はこれからも十七歳を迎えようとする吸血鬼を相手に、同じことを繰り返すのだ。

ただ、Qを傷つけるためだけに。

ただ、Qを見せしめとするためだけに。

監視される者がひたすらQのことを醜いと思い、嫌悪感《けんおかん》を抱くよう、この仕組みをこれからも続けるのだ。

胸の前のカバンを脇に置き、テーブルの下で両こぶしを握りしめた。いつの間にか、奥歯を強く噛《か》みしめていた。

「おいおい、どうした？　何だか、顔色が悪いぞ。さんざんQのことを気色悪いと思ってきただろうに、今さら罪悪感でも抱いたか？　それなのに、儀式が終わってもまだ用があるから居場所を教えろとか、お前も結構、調子のいい女だな」

「Qが掟を破った話……、ですけど」

「ああ、そうだった。それを話すために、俺はここでマズいコーヒーを飲んでいるんだ。コイツも全部を聞いたわけじゃないぞ。連中がお前の病室で話しているのを、ところどころ盗み聞きしただけだからな。正確なところはわからん。だが、わからんなりに、死刑になるのも仕方がない、と俺も納得した」

「な、何をしたんですか――、私のQは」

声が揺れている。気づいたら、握りしめたままの両方のこぶしをテーブルの上に持ち出していた。

「お前のQは、人間を生き返らせたんだ」

その瞬間、本当に息が止まった。

「コイツらはな、こんな姿をしているが、力は持っているんだ。腐っても不死《エターナル》だからな。力ってのは、あれだ。オイ、俺の目を見ろ」

その声に釣られ、相手の目をのぞいたとき、ふわりと頭の内側を冷たい風が通り抜けたような気がした。

「そこのタバスコを取って、ちょっと飲んでみろ」

何を言ってるの、と言い返したかったが、口が動かない。それどころか、テーブルに置いたこぶしが開き、脇のトレーに並べられた調味料のなかから細長い赤いタバスコ瓶をピックアップした。さらに指が勝手に蓋《ふた》を開ける。口元に持ってくると、酸《す》っぱい香りがツンと鼻を撲《う》った。その細い注ぎ口を吸うためか、唇が「う」のかたちになったとき、

「冗談だ」

と佐久の声が耳に滑りこんだ。

その途端、両手の自由が戻った。

「力ってのはな、こういうくだらない小細工に使うもんだ。人間を生き返らせるなんて論外も論外。お前のQは、誰もが知っている掟を破った。しかも、これが二度目だ。Qってのは、存在そのものが死刑判決に対する執行猶予《ゆうよ》だ。その猶予の部分を自ら捨てた。ならば、死刑になるしかない。馬鹿は馬鹿を繰り返す。死んでも治らんてことだろうな」

どこまでも冷たく言い放ち、佐久は残りのコーヒーを飲み干すと、「ああ、マズい」と口元を歪めた。

不愉快さを嚙みしめながらタバスコ瓶を元の位置に戻す間、佐久の言葉が頭の中をぐるぐると旋回した。

Qが人間を生き返らせた？

生き返らせたって――、誰を？

考えるまでもなく、ひとりの名前が浮かぶ。

宮藤豪太《ごうた》。

バスから落下し、直接、地面に打ちつけられたのだ。骨折もしていただろうし、あれほど大量の血が流れるだけのひどい外傷も受けていたはずだ。にもかかわらず、かすり傷ひとつない状態で、事故翌日に退院してしまった男子バレーボール部のキャプテン。

でも――。

死んだ人間を生き返らせるなんて、そんなことQにできるの？

「佐久さんも……、ですか？」

あん？と空のコーヒーカップを置いて、佐久は眉間《みけん》にしわを寄せた。

「佐久さんにも――、人間を生き返らせる力があるんですか？」

「俺に？　あるわけないだろ」

ヘッと口元を歪め、佐久が低く笑う。

「俺だって、コイツに訊《き》いたくらいだ。お前、そんなすごい力を持っていたのかって」

佐久はシートに背中を預け、頭上にいると思《おぼ》しき彼のQを仰いだ。

「コイツが言うには、人間を蘇生《そせい》させようなんて、これまで考えたこともないし、仕組みもさっぱりだと。それどころか、連中も理由がわからず戸惑っていたらしいぞ。どうだ？　最高におもしろい話だろ？　いつも澄まし顔の連中が困っているのを想像するだけで、俺は気分がいい」

佐久はニヤつきながら、しばらく私の反応を眺めていたが、

「だがな、コイツがきれぎれに盗み聞きした話を繋《つな》ぎ合わせると、Qだけでできるものではないらしい」

と唐突に人差し指を向けてきた。

「お前だ」

「へ？」

「あの場にいたQ以外の吸血鬼といったら、お前しかいないだろう」

私が「うえっ？」とさらに変な声を上げている間に、佐久は自分の頭上に人差し指の向きを変えた。

「だから、コイツが騒ぐんだ。何が起きたのか気になって仕方がないらしい。それで、朝っぱらからこうして――。オイ、ねえちゃん！」

佐久は指を下ろすと、今度は空のコーヒーカップを高らかに掲げ、店員を呼び止めた。

「お前、昨日の病院で俺に言ったよな。大怪我《けが》をした友達を仲間にしようと血を吸ったとか何とか――。馬鹿がくだらない夢の話を大真面目に披露してると思っていたが、考え直すべきかもしれん」

ポットを持参した店員がコーヒーを注ぎ、「ごゆっくりどうぞ」と立ち去ってから、佐久はシートの背もたれから身体《からだ》を離し、テーブルに両肘《ひじ》を置いた。

「昨日の話、もう少し詳しく聞こうじゃないか」

*

壁の時計を見る。

すでに、一時間目の授業が始まっている時間だ。

学校にも行かず、親にも内緒のまま、こんな場所でそろそろ四百歳のあやしい吸血鬼と話しこんでいる。どう考えても、健全なティーンとしてよろしくない状況だが、私に席を立つという選択肢はなかった。

あの日、崖下で起きた出来事を佐久に伝えながら改めて感じたのは、自分が夢の中身を語っているのではなく、あくまで過去の経験の記憶を拾い上げ、それを言葉にしているという確かな実感だった。

シュガースティックをまたもや一本まるごと注ぎこんだコーヒーを口に運びながら私の話を聞き終えた佐久は、「ふむ」と小さくうなずいてから、

「お前には、人間の男の血を吸った記憶がある。でも、今のお前に血の渇きはない――」

と整理するようにつぶやいた。

「崖下のバスで、俺もこの目で確かめたからな。牙を出した痕はあったが、お前から血の匂いはしなかった。そもそも、人間の血の匂い自体、あの場では感じられなかった。となると、お前は誰の血を吸ったのか?」

佐久はコーヒーカップを置き、

「なるほど、いっぱしのミステリーじゃねえか」

とテーブルに肘をつき、手のひらにあごを載せた。

「で、お前はどうしたいんだ?」

「Qと話がしたいです。あの日、何があったのか知りたいし、死刑になるなんて、そんなの絶対におかしいですッ」

佐久に話し続ける間も、腹の底からふつふつと湧《わ》き上がってきたのは、残酷で身勝手なロージュへの怒りの気持ちだった。

「だから、佐久さんに教えてほしいんです」

「俺が教える？　何を？」

「クボーへの行き方です」

クボー？　佐久は訝《いぶか》しげに眉《まゆ》をひそめ、「何だそりゃ」と口元を歪めた。

え？　今度はこちらが戸惑う番である。

「クボーです。ロージュの人たちが集う館《やかた》の名前」

「もう一度、言ってみろ」

「クボー。私たちのお披露目式が行われる場所だとも聞きました」

クボー、クボーと首をひねりながら、ぶつぶつと繰り返していたが、頭の中で何かがつながったらしく、佐久は急に目を見開いた。

次の瞬間、何がおかしいのか、「クックックッ」と肩を揺らし始めた。

「そのクボーとやらに集う奴《やつ》らは何て？」

「ロージュです」

「それって、連中のことだよな？」

佐久ののどの奥から漏れる「クックックッ」がだんだん大きくなる。やがて、こらえきれなくなったのか、周囲の客がいっせいにこちらに視線を向けるほど傍若無人なボリュームへと変わり、さらには子どものように自分が座るシートの表面を両手でばんばんと叩《たた》き始めた。

「ど、どうしたんですか」

呆気《あっけ》に取られている私の前で、佐久は一度、目尻《めじり》を指で拭ってから、

「チクショウ、こんなに笑ったのは百年ぶりかもしれん。お前、やっぱり相当な馬鹿だな」

といったん表情をリセットしたが、また「クックックッ」と身体を震わせ始めた。

「お前、そのクボーの意味を――、いや、その前に何語だと思って口にしている？」

「何語かまではわかりませんけど、外国の言葉だろうと……。パパは『チボー家の人々』というフランスの本があるから、フランス語かもって言ってました」

「お前の家族は全員、極めつきの馬鹿だな」

自分だけなら仕方ないが、さすがに父親のことを馬鹿と言われると私も腹が立つ。

「そんな言い方、やめてください」

語気を強め、最大限の抗議をこめて言い返した。

「俺だよ」

「え？」

「お前が今、口にした言葉。どれも、俺が考えたものだ」

「考えたって……、何を？」

「クボーだろ？　もうひとつはロージュだったか？　俺が百五十年以上前につけた呼び名だ。だが、発音が違う。クボーじゃなくて『クボウ』。ロージュも『ロウジュウ』が正しい」

いきなり、何を言い出すのかと眉をひそめた私を見て、佐久はシャツの胸ポケットからペンを抜き取った。さらに、調味料が並ぶ場所に置かれた紙ナプキンの束から一枚を引き出し、

「公方」

「老中」

とそこに書きこんだ。

やけに達筆な二つの単語を眺め、「何ですか、これ」と質問する。

「だから、クボウにロウジュウだ。この漢字、見たことないか？」

「ないと……、思います」

「お前、学校で本当に授業、受けてるのか？」

心底、呆れた顔の佐久の視線から逃れるように、私はもう一度、紙ナプキンをのぞきこむ。

「連中がこの国にやってきたとき――、まだ明治に入る前だ。連中の呼び方をどうする、って話になって、『あいつらは俺たちにとってお上のようなもんだから、そのまま使っちまおうぜ』と俺が提案したら、それが通ったんだ。むかしは幕府なんて言葉は誰も使わなかった。みな公方様って呼んでいた。その公方様を仕切ってたお偉方が老中たちだ。だから、連中のことを『老中』、連中の集まりを『公方』と呼ぶことに決めた。そのうち、『公方』は館のほうを指す使い方に変わっていったが……、まさか、今も使われていたとはな！　しかも、外国の言葉だと勘違いされていたなんて最高じゃないか」

佐久は上機嫌な様子で身体を左右に揺らしていたが、「だがな」と急に声のトーンを落として私の目をのぞいた。

「クボウに行くのはやめとけ。連中は、お前のようなへぼ吸血鬼がどうこうできる相手じゃない」

口元にはまだニヤケが残っているが、目の奥はもう笑っていなかった。

「それでも……、クボーに行きたいです。Qが死刑になるなんて絶対に間違ってる。だって、本当にQが宮藤くんを生き返らせたのだとしたら、そのことでどれだけの人が救われたか。私だって、もしもあの場所で宮藤くんが命を落としていたら、一生、後悔し続けていた。バスから真っ逆さまに落ちていく彼の手をつかめなかったせいだ、って――。だから、ロージュの人たちにちゃんと伝えたいんです。Qは何も悪いことはしていない。人間を私たちの敵だと考えるのも、わからないでもないけど、それでも死刑にするのはおかしい。私がロージュの人たちに話すことで、Qを助けられるかもしれない。お願いします。クボーへの行き方を教えてください！」

一気に言葉を吐き出したのち、私は頭を下げた。

四世紀近く生き続け、この世に怖《おそ》れるものなどもう何も残っていなさそうな佐久であっても、私が本気でクボー訪問を考えていると伝わったのか、話を聞く途中から明らかに表情が変わった。眉間に深いしわを寄せ、神経質そうに眉を指で撫《な》でつける様子は、私の話を肯定的に受け止めているとは到底思えず、それを目《ま》の当たりにして臆《おく》する気持ちが湧き上がってこない、といえばウソになる。私のような小娘がロージュの決めたことに口を出すのは、無謀にもほどがあるのかもしれない。きっと、パパやママにクボー行きを伝えようものなら、お願いだからやめてくれ、と秒速で懇願され

　そうだ——。

　それでも、このまま黙ってQを見捨てるなんてできなかった。何よりも死刑を止めなくてはいけない。それがあの場にいた私の最低限の責任だと思うのだ。目の前に突きつけられた間違った未来を、このまま見て見ぬフリなんてできなかった。

「若さゆえの無知ってのは、おそろしいもんだなァ——」

　ひとりごとのような声色に顔を上げたが、佐久は私を見てはおらず、自分のQに向けた言葉だったようだ。

「お前、クボウがどういうところか、わかってるのか？　あそこには大老がいるんだぞ。ちなみに大老ってのはな、老中がさらに偉くなった奴のことで、そこから来ている。俺もお前も、人間からすればバケモンの仲間だろうが、そんな俺から見ても、あの大老はバケモン中のバケモンだよ。連中が死刑を決めたってことはだな、それはおそらく大老の意思だ。つまり、死刑を止めさせるには、大老に直談判《じかだんぱん》する必要があるってことだ」

「佐久さんは、その大老さんに会ったことはあるんですか？」

　相変わらず充血した目をじろりと向け、「ある、一度だけな」と佐久はうなずいた。

「それこそ、クボウだ、ロウジュウだ、と名前をつけたのは、大老がこの国にやってきたからだ。それまで俺たちはずっと放ったらかしだったんだよ。自分が何者なのかもわからぬまま、手探りで生きてきた。そこへ連中を引き連れ、大老がやってきて、ルーツっていうのか？　ファースト・ヴァンパイアからの流れがどうのこうの、とはじめて事実を教えられた。そのとき、思ったよ。ああ、こいつらがいなけりゃ、俺も吸血鬼にならなくて済んだのに、って――」

言葉の底に暗い響きを漂わせながら、佐久は「老中」「公方」と書いた紙ナプキンをくしゃりと握り潰し、空のコーヒーカップの内側に投げこんだ。

「自分が何者かわからなかったって……、どういうことですか？　だって、佐久さんは日本人で最初に吸血鬼になったんですよね」

「ああ、そうだ」

「佐久さんを仲間にした人は、教えてくれなかったんですか？」

佐久は唇の端をつり上げ、皮肉っぽい笑みを浮かべながら、

「お前――、長崎の出島って知ってるか？」

と問いかけてきた。

「出島……、地名ですか？」

「寛永も、老中も知らん奴が、知るわけないか。あの頃、海の外からこの国に来て商

売できるのは中国人とオランダ人くらいで、オランダ人が出歩けるのは長崎の出島っていう、海を埋め立てた狭い場所に限られていた。そこで俺は襲われた。言っただろう、俺は会いたくない奴らにばかり出会ってしまう人生だって。相手は三人組の吸血鬼。オランダから来た商人だった。向こうは出島に到着したばかりで、長い航海の間、飢えをギリギリまで我慢していたんだろうな。そいつらに襲われ、目が覚めたら、この身体になっていた」

佐久は不貞腐《ふてくさ》れたような表情で口に手を持っていき、指で二本の牙を作って見せた。

「吸血鬼について、そいつらが教えるつもりがあったのかどうか、わからん。話を聞く前に、三人とも殺してしまったからな。だから、今もそいつらのお仲間に恨まれてんだよ」

あまりにも生々しく、同時に信じがたくもある話に、言葉を完全に失っていると、

「いいだろう。クボウに連れてってやる」

と唐突に佐久は告げた。

降って湧いたかのように目の前に現れた望んでいた展開に、今度は驚きゆえに反応できずにいると、

「どうした？ 行き方を教えろと言ってきたのは、お前だろうが」

と佐久は苛立《いらだ》った声を上げた。

「あ、ありがとうございます」

慌《あわ》てて頭を下げる。

いったい何が佐久を決意に導いたのか、さっぱりわからぬまま、

「あの、それで、クボーはどこにあるんですか？」

と何より訊きたかったことをまず確かめた。

「ここだ」

「え？」

「影だ」

よく見ると、コーヒーカップがテーブルに落とすわずかな影の部分を、佐久が指差している。

「影がクボウの館への入口だ。俺たちの影は、そのままクボウへとつながっている。だから、連中はどこにだっていきなり現れることができるんだ。お前が眠っていた病室にもな」

またからかわれているのかと思いきや、どこまでも真面目《まじめ》な顔のまま、「出るぞ、俺もそろそろ仕事の時間だ」と佐久は席から立ち上がった。

＊

夜が明けるまで、ほとんど眠ることができなかったが、それでもすっきりと晴れ渡った朝の秋空を見上げると、やるぞという力が湧き上がってきた。

いつもとは違う、やけに膨らんだ学校のカバンを用意して、これからクボーへの潜入を実行せんとする娘に対し、何も知らないパパとママはいつもと変わらぬ調子で接してくれた。

パパは「無理しないように、がんばっておいで」と車の運転席から手を振って仕事場に出発し、ママは自転車にまたがった私に「はい」と小さな袋を手渡してくれた。

「ん？ 何これ？」

「サシェ。匂い袋ね。庭で採れたドライハーブを詰めて作ってみたの。お守り代わりに持っておいてちょうだい。もう、バスが崖下に突っこんだりしませんように――、って」

かわいい刺繡《ししゅう》が施された手のひらにすっぽりと収まる小さな袋を鼻に近づけると、きりりと清々《すがすが》しい香りにぶつかった。

「ありがとう」

いつにもまして心配してくれている、ということがじんわりと伝わって、つい涙ぐみそうになる。それなのに私はママには内緒で、崖下ならぬ、クボーに突っこもうとしている。ああ、何たる親不孝者。

でも、ごめんなさい、ママ、パパ。

今日のことは言えないっす。

佐久からも「親には絶対に教えるな。少しでもめんどうなことになったら、俺はそこで手を引く」と念押しされている。

すべては、Qを救うため。

もう一度、鼻にサシェを押し当て、肺いっぱいにハーブの香りを取りこんでからカバンに収め、

「行ってきます」

とペダルを踏んだ。

パパとママのほかに不義理をせねばならない相手は、もうひとりいる。

これから合流するヨッちゃんだ。

昨日のファミレスで、別れ際《ぎわ》に佐久から告げられた待ち合わせ時間は午前九時。

学校には行かず、直接、約束の場所まで向かうつもりだったが、パパとママにあや

しまれぬよう普段どおりに行動する必要がある。だから、いつもと変わらぬ時間に家を出た。

このまま県道にむかうと、ヨッちゃんと合流してしまう。二日連続の「忘れ物しちゃった」作戦はさすがにあやしまれるだろう。何か他の方便を用意しなくちゃいけない。今からLINEで今日は学校に遅れるから先に行って、と伝えようか。いや、どちらにしろ遅刻の理由が必要だよなあ——、などと考えているうちに、いつもの合流ポイントに到着してしまった。

「おーっす、弓子」

ちょうどのタイミングでヨッちゃんが登場する。

ああ、結局ノープランだと天を仰いだところへ、

「いよいよ、今日だね。もう、準備は万端っすか？」

とヨッちゃんがちりりんとベルを鳴らしてきたので、思わず「え？」と声を上げてしまった。

「おっと、失礼。それは私のほうでした。いやあ、何だろうね、これまで経験したことがない出来事って。早く放課後来ないかなー。今日はアボガド入りのメニューを攻めるんだ」

とパチンと指を鳴らした。

そっか、今日はハンバーガー・デートだ、と占いの話とセットで記憶が芋づる式に蘇ってくる。

「不思議な魅力あるよね、アボガドって。パティといっしょに食べたら、まるで存在感なくなるのに、アボガドがスライスされてバンズからはみ出してる写真を見ると、無性に試したくなっちゃう。ちなみにさっきからアボ『ガ』ドって言ってるけど、本当はアボ『カ』ドらしいよ。宮藤くんに普通に間違っちゃうよね、って話したら、『アボガドロ定数を連想するから、アボガドはないなあ』なんて言うの。だよねー、プランクトンの連想は、ちょっと嫌だよね」

ヨッちゃん、それはアオミドロじゃないか、と指摘してあげる前に、

「弓子、占いのこと、全然信じていないでしょ」

とヨッちゃんが鋭い眼差《まなざ》しを向けてきた。

「そ、そんなことないよ」

「ま、すぐにわかることだから。そうだ、忘れないうちに――」

ヨッちゃんはまるで頭の上で電球が突如、点灯したかのように、ふたたびちりんとベルを鳴らした。

「昨日、部活終わってから、宮藤くんと蓮田《はすた》くんに、また四人でどこかへ遊びに行こう、って誘われたんだ。あんなことがあって、そのせいでもう私たちで集まらなくなるのも悲しいじゃない。弓子に聞いておく、って言っておいたけど、どう？　ちょっと、タイミング的に早過ぎかもしれないけど――」

あー、と勝手に声が漏れてしまった。

ひと言ではとても表現できない、ヨッちゃんたちがすでに事故を乗り越え、次のステージに向かおうとしていることを知ったがゆえの、感嘆の気持ちをこめた「あー」だった。

そうなんだよ。ときは流れゆく。若い私たちは何事もおそれることなく、ずいずいと前へと進んでいかなくちゃいけない。

でもね、ヨッちゃん。

まだ、私は乗り越えていないんだ。

あの崖の下で、あなたの大切な人の命を救ってくれたQが死刑になろうとしている。私はそれを止めなければならない。それができてはじめて、私は次に進める。だから、ゴメン、その返事はもう少し待っててちょうだい――。

「あ」

数メートル先で、「弓子？　どした？」とヨッちゃんが自転車を止めて振り返るのを見てはじめて、自分の両手がブレーキレバーを強く握りしめていることに気づいた。

Qが救ったのは宮藤豪太だけじゃない。

どうして、今まで思いつかなかったのだろう。

崖下に転落し、横転したバスの中で、ヨッちゃんと蓮田が怪我ひとつないまま意識を失っていた理由。

Qは私に「お前が、助けた」と言ったが、そんなの嘘《うそ》だ。だって、本当に私が二人をあの場所まで運んだのなら、どうして自分だけバスの外で、雨に打たれ倒れていたの？

私の記憶は、ひび割れたフロントガラスに身体を預けながら、目の前を宮藤豪太が通り過ぎ、バスの外に落ちていったところでいったんぷつりと途切れている。

崖下に横転していたバスのフロントガラスは完全に破損し、ほとんど残されていなかった。

ならば、フロントガラスが砕け散ったとき、ヨッちゃんと蓮田を抱えながら、私もバスから放り出されたはずだ。

そう、宮藤豪太のように——。

でも、現実は違う。三人とも誰かに助けられた。

「宮藤くんだけじゃない。Qがみんなを助けたんだよ……。でも、これまで、そのことに全然、気づいてなかった」

「え？　宮藤くんが何？」

「行かなくちゃ、私」

「大丈夫、弓子――？　顔色が悪いよ。真っ青を超えて、完全に真っ白になってる」

本気の心配顔になっているヨッちゃんの言葉に導かれるように、これから告げるべきストーリーが頭の中に組み立てられていく。

「実はね、今日――、これから病院なんだ」

「病院？」

「うん、市民病院で検査っていうの？　検診っていうの？　何だか最近貧血気味で、ママが朝一番の予約を取ってくれて。このまま病院に寄ってから、学校に行くつもり。だから、本当は今日の行き先はあっち側なんだよね――」

市民病院は学校の反対側、ヨッちゃんが登場した方向だ。

「ヨッちゃんに会ったら病院のこと、すっかり忘れちゃって――。このまま、学校に行くところだったよ」

「そんな真っ白な顔してるのに、自転車で行くの？　危ないよ。私、ついていってあげようか？」

大丈夫、大丈夫と慌てて、手を振る。

「心配しないで、自分で行けるから」

「心配するよ！　だって、事故の後遺症かもしれないじゃない」

「ないない。大げさだなあ、ヨッちゃんは。こう見えても私、チョー頑丈だから」

「さっきの話、やっぱり、早過ぎたよね。ゴメン、ひとりで浮かれちゃって。やっぱりさ……、事故のこと、私もときどき思い出すもん。どうして、あんな深い崖下にバスごと落ちたのに、私は怪我一つしてないんだろって。まあ、いくら考えても、わからないんだけどさ」

「それは、あなたと宮藤くんはデートを存分に楽しみなさい、って神様のお告げだよ」

おお、やっぱり？　とヨッちゃんの顔にパッと花が咲いたかのように笑みが浮かび、

「じゃあ、蓮田くんは？　もっと大食いになれーって神様のお告げ？」

なんて言い出すので、二人で笑ってしまった。

「占いのこと――、あとでもう少し教えてよ」

「え？　弓子も占ってもらいたい？　確かに、心配事があるなら、ベストタイミングかも。でも、清子《きよこ》様に新規で占ってもらえるのは、ひと月に三人だけだからなー」

「占い師さんの名前。これは噂《うわさ》なんだけど、清子様、お城に住んでいるんだよ。占いサイトに、白馬に乗って、自分の家を回る動画が上がってて、とんでもない広さで、まじスゴいから」

「何それ？」

と笑いつつ、私は自転車をUターンさせた。結局、ほぼ昨日の繰り返しになってしまったと反省しながら、「じゃ、あとで学校で！」とペダルに足をかける。

「ほら、ヨッちゃんも行った、行った！　学校に遅れちゃうよ」

私の声に押され、ヨッちゃんの自転車が動き出す。依然、心配げな表情で、ちらちらと振り返ってくるヨッちゃんに手を振って、私は自転車を発進させた。

＊

ヨッちゃんに市民病院に用があると伝えて自転車を引き返したのは、あながち出鱈《でたら》目《め》な行動ではなかった。

少なくとも地理的方角についてはそのとおりで、県道沿いにひたすら自転車を走らせ、病院が前方に見えかけたところにあるカラオケ屋が佐久の指定した集合場所だった。

といっても、カラオケ屋自体は潰《つぶ》れている。

次のテナントが入らぬまま一年以上が経過し、派手な看板を含めた三階建ての外観は同じでも、入口は板で塞《ふさ》がれ、壁面のあちこちにスプレーの落書きが——、と見るからにうらぶれた雰囲気が漂っていた。

コンクリートのひび割れ部分から雑草が生える、さびしげな駐車場に県道から進入した。

建物の裏手へ回ると、佐久が言っていたとおり、通用口があった。

その隣に自転車を停め、通用口のドアに手をかけた。

鍵《かぎ》はかかっておらず、キイーッという甲高い軋《きし》みとともにドアが開いた。

「失礼……、します」

かすれ声で告げ、埃《ほこり》っぽい空気が鼻のまわりにまとわりつくのを感じながら、一歩、足を踏み入れる。

ドアを閉めた途端、完全な暗闇《くらやみ》に包まれたが、吸血鬼にとっては何ほどのものでもない。昼間同然の視界をキープしながら、通路を進み、がらんとしたホールに出た。

県道側から建物正面を見たときの、板で塞がれた入口の裏側にあたる場所だろう。ガラス張りの壁面を覆《おお》う、板同士の継ぎ目から細い光が漏れている。かつての受付カウンターの足元にはポスターが散乱し、なぜかカウンターテーブルの上に、ポツンとジョッキが置かれていた。

天井を見上げると、エントランスのホールは二階まで吹き抜け構造になっている。カバンを脇《わき》に抱え、カーブを描いて上階に接続する階段を一段飛ばしで上った。

踊り場からの通路は左右に分かれ、それぞれの通路の両側に部屋が連なっているが、どちらを選ぶべきか迷うことはなかった。

なぜなら、低く響く歌声が聞こえてきたからだ。

その声に導かれ、左手の通路を進み、いちばん奥の、ドアが開かれたままの部屋をのぞいた。

「来たか」

暗闇のなかで佐久がひとり段ボール箱に腰かけ、クリップボードに挟んだ紙に何か書きものをしていた。部屋にはかつてのカラオケ屋の備品は何ひとつ残っておらず、ただ壁に貼《は》られた飲み放題千五百円の表示が、その雰囲気を伝えるのみである。

「不思議なもんでな――。四百年近く生きているのに、今も口をついて出てくるのは、四歳か、五歳のときにじいさんから教えてもらった歌だ。馬鹿《ばか》みたいだろ。人間たちがとっくに忘れ去ったのに、吸血鬼が後生大事に歌い継いでんだ」

ククッと笑って、「もう少し、待ってくれ」と佐久は手元の紙にペンを走らせる。

こんな明かりもない場所で？　と思ったが、確かに暗闇でも目が利《き》くのだから、電気スタンドなど吸血鬼にとって、もっとも不要な道具のひとつなのかもしれない。これまで何となく、勉強や本を読むときは電気を点《つ》けるものと思いこんでいただけに、当たり前のように暗闇で文字を書きこむ佐久の姿に、新鮮な驚きを感じていると、

「これはな、病院への退職届だ」

と佐久が低い声でつぶやいた。

「え？」

「俺が問題を起こさない限り、Qは連中に連絡を取らない。だから、普段俺がどこにいるか、連中も知らない。監視の目はつけるが、最低限の自由は保障するってルールだ。だが、実際に会ってしまったら、そのうち連中の口から俺の噂が伝わって、オランダから面倒な奴らが乗りこんでくる。あと二年はあの病院で働く予定だった。一カ所で働くのは、長くて五年と決めてんだ。それを超えると、あやしまれ始める。どうしてか、わかるか？」

「輸血パックが減りすぎて、おかしいとバレるとか、ですか？」

「馬鹿。俺がそんなヘマをするかよ。もっと、どうしようもないことだ」

佐久は手にしたペンで、自分の顔を示した。

「老《ふ》けないだろ？　五年も同じ顔だと、さすがに変だと思う人間が出てくる」

ああ、と思わず声が漏れた。

いかにもお前のせいだと言わんばかりに、佐久はフンと鼻を鳴らし、

「再就職はとにかくめんどうなんだよ。全部を作り直して、新しい人間に成り変わらないといけない。名前から、何もかもな」

と暗闇の中からじろりと睨み上げた。

「じゃあ……、今の名前も、本当のものとは違うんですか？」

「当たり前だ。同じ名前の奴が、老けもせずに、百年近く病院をあちこち移っていたら、マズいだろうが――」

それにな、と佐久は背中の壁紙に、いきなり手にしたペンで文字を書きこんだ。

「右馬三郎」

相変わらずの達筆だった。

「読めるか？　うまさぶろう、だ。俺の下の名前だ。今どき、こんな名前の奴なんか

いないだろ。履歴書に書けねえよ」

よし、完成、と佐久は足元のカバンにクリップボードを戻し、段ボール箱から腰を上げた。

「ここはな、輸血パックを飲むときに使ってたんだ。夜は特に静かだからな。防音だし、ラジカセで音楽をがんがん鳴らしながら、ゆっくり血を飲むことができる。家では、血は飲まない。万が一、警察に調べられるようなことが起きて、血液反応が出たら面倒だからな。オイ、頼んだやつは持ってきたか?」

「はい」

私はいつもより膨らんだカバンを床に置き、中からパパとママには内緒で用意したものを取り出した。

「佐久さんにぴったり合いそうなサイズがウチにはなくて。だから、いちおう二着持ってきました。こっちが母のもので、母は私と同じくらいの身長で——。もう一着は、私が小学生のときので、たぶん、百五十センチくらい……、です」

左右の手に一着ずつ載せて佐久の前に立つと、躊躇《ちゅうちょ》なく彼は「小学生のとき」のほうを手に取った。

昨日、佐久がここに持参するよう指示したのは、吸血鬼にとっての正装である、クラシックな黒マントだった。クボーに入るために必要なドレスコードなのだという。

「俺はそんなもの持っていない。お前の家にあるだろ。一着、貸せ――」

その言葉に従い、普段はクローゼットにしまいこまれている黒マントをカバンに詰めこんだ。中学生のときに、私の身長が百六十センチを超えたタイミングで、ママが新しいサイズの一枚を注文してくれた（お仲間が営業しているスーツ屋のオーダーメイド・マントだ）。佐久の身体のサイズに合うのは当然、私のお古のほうだろう。でも、それは彼のプライドを傷つけるかも――、と念のためママのものも持ってきたが、完全に杞憂《きゆう》だった。

佐久にはお古の一着を渡し、ママのものはカバンに戻す。代わりに取り出した自分の黒マントを羽織ろうとしたとき、

「ウェッ、何だ、この匂《にお》いは」

と佐久が急に、悲鳴に近い声を発した。

「匂い……ですか？」

「お前、匂わないのか？　そのカバンだ。何、入れてんだ？　クソッ、鼻が曲がりそうだ。オイッ、向こうに置け！」

盛大に手で払う真似《まね》をされ、急いで入口のドアのあたりにカバンを移動させた。つ

いでにカバンの中を嗅《か》いでみたが、変な匂いはしない。むしろ、ママからもらったサシェのいい香りがする。

「カバンの口も、ちゃんと閉めとけよ」

「匂い……、全然、しないですけど」

「冗談だろ？」

「ひょっとして、これですか？」

私はサシェを手に振り返った。

「ママが庭でハーブを栽培していて、それを乾かしたものをお守りがわりにくれて――」

私がサシェを差し出した途端、「んぐッ」と妙な声を上げて佐久がのけぞった。

「しまえ、馬鹿！　二度と俺の前に出すなッ」

思いきり怒鳴られ、「す、すみません」と慌ててカバンに戻し、ファスナーを閉めた。

「だから、半端者《はんぱ》のお前らと行動するのは嫌なんだ。何で、それがお守りになるんだ。どんな馬鹿鼻してんだよ――。そうだ、『二度と』ついでに言っておく。俺とお前との付き合いは今日限りだ。クボウから帰っても、二度と俺の前に姿を現すな、わかったな？」

マントに身を包み、全身黒ずくめに染まった相手の険のある声に、「わ、わかりました」と返事しつつ、

「あの……、どうして、ですか？」

と昨日から抱いていた疑問をぶつけてみた。

「あん？　何が？」

「どうして、急に私に協力してくれる気になったのか。理由がわからなくて。二度と現れるな、と言うくらいなのに、クボーまで案内してくれるって――。もちろん、うれしいし、ありがたいです。でも、ちょっと、どうしてだろうって思って」

ああ、そのことか、と佐久はマントの首の部分の締まり具合を調整しながら、フンと鼻を鳴らした。

「吸血鬼にとって、生きる証《あかし》とは何だ？」

「は？」

「血の渇きさ。血の渇きこそが吸血鬼の生きる証なんだ」

ジロリとこちらを睨《にら》みつけ、佐久は口の端を歪《ゆが》めて見せた。

「大老がな……、百五十年以上前にこの国に来てまず取りかかったのが、仲間たちに『儀式』を受けさせることだった。お前らのような半端者が受けるものとは違う、も

っと本気の、ハードなやつだ。不死《エターナル》に寿命を授ける、という儀式だからな。嘘だろ、そんな儀式を受ける奴《やつ》がいるのか？　って顔だな。それがいるんだよ。それどころか、ほとんどの奴が儀式を受けた。どうしてかわかるか？　皆、うんざりしていたのさ。いつまで経《た》っても死ねないことにな。どうにか揉《も》めごとにならぬように人間の血を手に入れるのも、世の中の仕組みが整うに従い、どんどん難しくなってきた。代わりの動物の血はマズいしな。誰もが長く生きすぎて心底、疲れきっていた。皮肉なもんだろ？　人間の世界には、永遠の夢として不老不死を願った者たちの話がたんとある。だが、現実は違う。変化のない生活にくたびれて、今で言うところの鬱《うつ》のような状態になっている奴も大勢いた。若い年齢のうちに仲間になった女たちは、儀式を受けたら子どもを持てると聞いて、一も二もなく手を挙げたさ。あれほど人間たちが望んでやまない不死よりも、老いと死と、子どもを授かる未来を選んだんだ。お前のじいさんばあさんの、さらにひいじいさんひいばあさんあたりの出来事だ。そのときの選択があって、お前がここにいるわけだ。俺か？　受けるわけないだろ、そんな儀式。だって、そうだろ？　血を吸わない吸血鬼なんて、言葉としても矛盾している。血を吸わなけりゃ、そんなの——、ただの『鬼』ってことじゃないか」

ひと息ついて、佐久は頭上に浮かんでいると思《おぼ》しきQに視線を向けた。

「儀式を受けるか否《いな》か、大老は強要はしない。ただし、断った奴には監視がつく。いつ人間を襲うか、わからないからな。『原・吸血鬼《オリジナル》』を野放しにすることは許さない、というのが連中の方針だ。それを嫌がって儀式を受ける奴もいた。それでも、俺はつっぱねた。その結果がコイツだ。本来、吸血鬼ってのはな、この世でもっとも自由な存在であるべきなんだ。それが、どうだ？　とうのむかしに血を吸うのをやめ、今やすっかり人間社会に寄生して、何から何まで人間様におんぶにだっこだ。これのどこに自由がある？　俺たちが吸血鬼である意味は、いったい何だ？」

＊

投げかけた小石がとんでもなくスケールの大きな話になって返ってきたが、どの部分が質問への答えなのか、よくわからない。鈍い反応しかできない私に、佐久はこれ見よがしに舌打ちした。

「だからだな！　連中に対してちゃんと声を上げようという、お前の威勢のよさって言うのか？　向こう見ずな若さって言うのか？　それが本来の吸血鬼らしく感じられて、少しくらい手助けしてやってもいいか、と思ったわけだ。コイツも、お前を応援しているぞ。日陰者のQ同士、お前のQに同情的でな――」

ひょっとして私、ほめられてる？

でも、さんざん馬鹿呼ばわりされてきただけに、素直には受け止めきれずにいると、

「じゃあ、行くか」

と佐久は自分のショルダーバッグから何かを取り出し、「ほれ」と差し出した。

その手には、ベネチアンマスクというやつだろうか、仮面舞踏会でつけるような、鼻と目のまわりだけを隠すタイプのマスクが載っていた。

「これもクボウでのドレスコードだからな」

受け取ったマスクは、いかにも百円均一の店で買いました、というようなペラペラの、見るからに安っぽい材質だった。

「あの、クボーに到着してからのことなんですけど、建物の入口に受付みたいなものがあるんですか？」

クボーへの移動方法はもちろん、そこでまず何をしたらいいのか、誰に話をすればいいのか、まだ佐久から何も教えてもらっていない。

「行けば、あとは何とでもなる。お前は好きなようにQを探せ。そうだ。裁きを受けるための特別な部屋があるらしいぞ。お前のQはきっと、そこにいるはずだ」

「それって、館《やかた》にいるロージュの人に会って訊《き》けばいいということですか？」

「いや、あいつらに会ったときは、適当にあいさつしておけ。行ってからのことは、俺に任せろ――」

何だか、微妙に嚙《か》み合っていない気がする。

どこか釈然としない、ざわざわする気持ちが胸の内側で燻《くすぶ》るのを感じたが、

「下がれ」

と佐久がマントを翻《ひるがえ》し、語勢も鋭く腕を前に突き出したことで話は中断された。

両腕を真上に伸ばし、まるでバレリーナのポーズのように「０」のかたちを頭の上で作った。

その輪っかを胸の前へ、腕が地面と水平になる位置まで下ろす。

不意に、佐久の足元の床に影が生まれた。

ただでさえ暗闇に覆われているはずなのに、なぜか、そこにさらなる暗闇が映し出されたことをはっきりと視認することができた。

「何ですか、これ……」

腕の輪っかを解《ほど》き、佐久は床に現れた正体不明の影に何かを振りかける。それから、ぶつぶつと呪文《じゅもん》らしきものを唱えた。

「まさか、自ら足を運ぶことになるとはな。二度と行くことなどないと思っていたが――」

と佐久は床面をのぞきこんだ。

いっさい光が届かぬはずの部屋の床面に、影の濃淡が確かに漂っている。さらには、その濃淡が奥行きを持ち、底へと流れ落ちていくような錯覚に目を奪われた。

いや、違う――。

錯覚じゃない。

本当に「階段」がそこに現れている。

佐久が何かを振りかけたあたりの床面に、今や四角の枡形《ますがた》がくっきりと見え、そこから下方向に階段が延びているのだ。

「これが入口だ。ひさびさの公方様《くぼう》へのお参りだな」

「入口って……、ここからクボーに行けるんですか?」

「言っただろ。俺たちの影がつながってる、って――」

おそるおそるのぞきこんだ先は、階段がしばらく続いていた。床が抜けているのに、底にあるはずの一階の様子はいっさい見えず、ただ暗闇を貫くように階段が延びている。

「行くぞ」

佐久が回りこむようにして、階段の手前に立ったときだった。

「弓子！　弓子！」

この場で聞こえてくるはずのない、耳に馴染《なじ》んだ声に、まさかと部屋のドアから通路をのぞくのと、その先の踊り場に、階段を駆け上がってきたヨッちゃんが登場するのが同時だった。

「ヨ、ヨッちゃん？」

「弓子！」

スマホを懐中電灯代わりにしているヨッちゃんが、こちらに光を向け、甲高い声を発した。

「おい、誰だ、今のは」

部屋から佐久の押し殺した声が聞こえる。

「と、友達が、そこに」

「馬鹿がッ。ここに連れてきたのか？」

「いや、そんなことは――」

とは言うものの、通路をずんずんとこちらに向かってくるのは、間違いなくヨッちやん、その人である。

「弓子、大丈夫ッ？」

暗闇に目が慣れすぎたせいで、スマホの光であってもじゅうぶんにまぶしい。

「何で弓子、そんな格好してるの？　そのマスクは何？」

とヨッちゃんは裏返った声を発した。

開け放たれたままのドアから、部屋の中にスマホ画面を向け、

「あ、あなた、誰ですか？　私の友達に、何するつもりッ？」

と佐久に食ってかかるように言葉をぶつける。

同じく顔の前を腕で覆う、黒マント姿の佐久が光の中に浮かび上がった。

その影は背後の壁面により大きな像を描き、もとからの顔色の悪さも相まって、まさにヴァンパイア映画の吸血鬼そのものだった。

「ち、違うの、ヨッちゃん――」

「弓子――、ゴメン、気づいてあげられなくて。脅迫されていたんだよね？」

「え？」

「昨日、見ちゃったんだ。急に家に戻ると言い出したときの様子が何だか変だったから、いったん学校に向かったけど、やっぱり心配で引き返したの。そしたら、弓子は

ファミレスに入っていって。え？　どゆこと？　って見ていたら、窓際のサングラスのあやしいおっさんの前に座って――。あなたでしょ、昨日のおっさんは！」

「何だ、コイツは。オイッ、まぶしいから、それを消せ！」

「わかってるんだから。あなた、新聞か雑誌の記者でしょ？　取材したいからって、こんな暗いところに高校生を引っ張りこんで、どういうつもり？　この変態！」

「ヨッちゃん、聞いて、これはね――」

「今朝も弓子、すごく顔色が悪かったし、急に病院に行くとか言いだして、やっぱりおかしいと思って、遅れてあとをつけたの。だけど、弓子が速くて追いつけないまま、見失っちゃって。でも、やっと、この建物の裏に自転車を見つけて――。ゴメン、もっと早く駆けつけるべきだった」

「あのね、ヨッちゃん、そうじゃないの。勘違い、うん、勘違いなんだよ」

「じゃ、何でこんな真っ暗なところで、そんな変なマントを着てるの？　そのマスクは？　病院に行くはずでしょ？」

「いい加減にしろ、まぶしいって言ってんだろ」

いつの間にか私の隣に移動していた佐久が素早く腕を伸ばし、ヨッちゃんの手からスマホを取り上げた。

「な、何すんのよ！」

返してよ、とヨッちゃんが詰め寄るのを、「待って」と制しようとしたときだった。勢いよく部屋に入ってきたヨッちゃんの足が、入口を塞ぐように置いていた私のカバンに引っかかった。

「キャッ」

つんのめるように前方に突っこんできた彼女の身体《からだ》を受け止めようとした私。しかし、ちょうど私の背中側には、ヨッちゃんが伸ばした腕から逃れようと、佐久が回りこんできていた。

「お、おい、押すな、危ねえッ！」

佐久の叫び声が響くのと、視界がぐるりと回転するのと、「キャアッ！」というヨッちゃんの悲鳴がほとんど間をおかずに連続した。

ごろん、ごろん、ごろん、ごろん――。

ヨッちゃんの身体をぎゅっと抱えたまま、背中が何かに乗ったり、何かに乗られたりしながら落ちていく。

ほんの一瞬、ヨッちゃんの頭越しに、四角い枡形から続く階段が見えた。

私、階段を落ちてる――。

＊

「おい、起きろ」

頭の上から響く声に慌てて身体を起こした。

「んえ?」

身体の痛みを確認するより先に妙な声が漏れたのは、自分が廊下に寝転がっている
と気づいたからだ。

しかも、手が触れている床面はふかふかの絨毯《じゅうたん》だ。これ、カラオケ屋の床じゃない、
と周囲を確かめようとしたとき、

「イテテテ、何よ、今の……」

と隣から人影がむくりと身体を起こした。

「ヨッちゃん!　大丈夫?」

「弓子?　あれ……、私たち、階段落ちてたよね?　階段、どこ?」

きょろきょろと首を回すヨッちゃんだったが、私の背後に佐久の顔を認めるなり、

「あッ、おっさん!」

と弾《はじ》かれたように声を上げた。

だが、次の言葉は続かず、急にトロンとした目つきに変わったかと思うと、そのまま動かなくなってしまった。

「ヨッちゃん？」

ハッとして振り返ると、佐久が人差し指を立て、ベネチアンマスク越しにヨッちゃんの目を睨みつけている。

「ヨ、ヨッちゃんに何をッ？」

「シッ、静かにしろ」

佐久は立てていた人差し指を自分の唇に当て、押し殺した声を発した。

「クソッ、よりによって人間を連れてきやがった――。オイ、まだ動きはないよな？」

「動き？」

どうやら、佐久は自分のQに対して話しかけているようで、身体をねじり背後の廊下に向かって、ぼそぼそと何事かつぶやいている。

佐久の視線を追って廊下の先をのぞいた。

長い廊下だった。

通路の両側にカラオケ屋の個室のドアは見当たらない。その代わり、廊下の壁面には等間隔で柱が立ち、右サイドの柱にだけランプが設置されていた。ランプの明るさは豆電球程度。絨毯はもちろん、天井にさえ光は届かない。床をみっしりと覆う仄暗《ほのぐら》い影は、十五メートルほど先で廊下が折れ曲がるまで続いていた。

どう見ても、あの閉店したカラオケ屋の内装ではなかった。

「ここ……、クボーですか」

「まったく、お前に関わると、本当にロクなことが起きないな——」

舌打ちとともに佐久は顔の位置を戻し、マスクの向こうからぎょろりと目玉を向けた。

「もう少し、お前と行動するはずだったが、その人間のせいで計画変更だ。ここまで来たら、教えてやる。この館にはな、台帳があるんだ。そこには俺とコイツの名前が対で記されている。その台帳の力で、俺はコイツにつきまとわれ、コイツは俺に縛りつけられてきた。もしも、その台帳を消し去ったらどうなるか、わかるか？」

佐久は手のひらを口の前に持ってくると、ふうっと吹く真似をして見せた。

「俺たちの関係は消えてなくなる。俺たちは、本当に自由だ」

いったい、何の話を始めたのか戸惑う私を放って、

「台帳さえなくなれば、コイツもむかしの自分の身体を取り戻し、晴れてお役御免だ。

まっとうな吸血鬼として娑婆《しゃば》に出られる。おめでたいお前は何も考えず、クボーに行きたいだの、連中に直談判《じかだんぱん》したいだの、そんな話を俺の前でべらべら話していたが、コイツに聞かれていることに疑問を感じなかったのか？　俺は監視されてるんだぜ？　お前のところにやってきた証人と同じで、あやしい動きを何でも連中に報告するのが、コイツの役目だ。お前のようなガキんちょが相談に来たことなんて、いのいちばんに報告すべき内容だろうよ」

と佐久は地を這《は》うような抑揚のない低い声で言葉を連ねた。

「じ、じゃあ、私たちがここにいることをロージュの人たちは知って――」

「馬鹿、最後まで聞け。本来なら報告して然《しか》るべきことをコイツは握り潰した。だから、俺たちはここにいるんだ。つまり、俺の話に乗ったってわけさ」

「台帳って……、そんなこと、今までひとことも」

「そりゃ、そうだろう。俺とコイツとの個人的な問題で、お前には何の関係もない話だ。これまでコイツと腹を割って話すことなんて一度もなかったが、お前が現れて状況が変わった。思いきって、コイツに持ちかけてみたんだ。俺がクボウに侵入して、台帳を始末する。お前が連中に黙ってさえいれば、明日にでも自由の身になれるぞ――、ってな。もしも、コイツが連中に密告したら、その時点で計画はおジャンだ。

連中、短気揃《ぞろ》いだからな。下手すりゃ、俺がQにされる。まあ、結構な賭《か》けだったが、コイツは乗ってきた。お互いの利害が一致したわけさ」

「ま、待ってください。Qの死刑を止めさせることを手伝ってくれるんじゃ――」

「だから、ここに連れてきてやっただろうが。今日のことは全部見逃すよう、俺がコイツを説得したからだぞ」

「ひょっとして私たち……、無断でクボーに侵入しているんですか？」

「今から台帳をいただきに参ります、なんて事前に伝える馬鹿はいないだろ」

「わ、私を騙《だま》したんですかッ」

シッと佐久は鋭く制した。

「人聞きが悪いな。俺は嘘はついていない。お前の意気ごみは大いに買っているし、俺のQもお前を応援している」

それよりも、こっちだ、と今もぼんやりと宙を眺めているヨッちゃんを指差した。

「ここに、人間はマズいぞ」

佐久に言われずとも、吸血鬼の世界の中枢《ちゅうすう》に人間が足を踏み入れるのは極めて危険ということくらいわかる。

「今すぐ、ヨッちゃんだけ戻すことは？　私たちが落ちてきた階段は？」

カラオケ屋の個室の床から、はるか下方に延びた階段を転げ落ちたはずなのに、こうして私たちが話しているのは、廊下の突き当たりだ。三方を壁が囲み、頭上には天井が続いている。階段はどこにも見当たらない。

「言っただろ。俺たちの影はクボウにつながっている。でもな、それは行きだけの話だ。帰りは特別に用意された扉がある。その扉を開けることができるのは、館にいる連中だけ。招待がなくても、ある程度の力があれば訪れることはできる。でも、勝手には帰れないという寸法さ」

「そ、それなら、佐久さんはどうやって戻るつもり、ですか……？」

「俺は扉の開け方を知ってるから、問題ない」

黒いマスクの下で口元がニヤリと歪んだ。

「ああ、そうだ。お前にひとつだけ嘘《うそ》をついていた。昨日、大老に会ったのは一度だけ、と話したろ？　あれは嘘だ。むかし、スカウトされて一度、連中の仲間に加わっていた時期がある」

「佐久さんも、ロージュだった……、ってこと？」

「大老にはじめて会ったとき、この国の吸血鬼たちをまとめる役が必要だと言われた。なぜか、俺の力がいちばん強かったらしく、役を務めるよう命じられた。だが、連中は極めつけに鬱陶しい奴らばかりで、まったくそりが合わなくてな。すぐに辞めたよ。だから、コイツがいるんだ。あれこれ内情を知ってる奴を野放しにはできん、ってわけだ。確かに危険だ。もちろん、帰りの扉の開け方も知っているしな――」

じゃあな、と佐久は立ち上がった。全身に黒を纏《まと》った小学生サイズの人影が、「痛《いて》え、落ちるときに尻《しり》を打った」とマント越しに尻の部分をさする。

「ヨ、ヨッちゃんは、どうすれば？　扉までヨッちゃんを連れていってくださいッ」

「そんなことをしている余裕はない。連れてきたお前が責任を取れ。そのうち、そいつにかけた俺の力が解ける。いいか、相手の目を見るんだ。意識が戻っても騒がぬよう、適当な話を吹きこんで暗示をかけろ。いいか、相手の目を見るんだ。そして、念じろ。そのとおりにその人間は動く。言っておくが、もしもそいつが人間だと連中にバレたら終わりだ。人間に対して裁きの時間は設けられんぞ。その場で死が与えられる。死というのは、これだ」

佐久は二本の指を口元に持っていき、牙《きば》のポーズを取った。

血を吸う、ということだろう。

膝《ひざ》をついて見上げている私に、マスク越しにも伝わる、ぞっとするくらいに冷たい眼差《まなざ》しが注がれていた。マスクの下部分からのぞく、佐久の薄い唇はやはりほとんど動いておらず、低い声だけが腹話術のように響く。

この人、嘘をついていない。

頬から血の気が引いていくのを感じた。それでいて、背中からは嫌な感じの汗が滲《にじ》み出してくる。

「あ、あの、どう、どうやって、私たち、帰ったら――」

すでに佐久は黒いマントの裾《すそ》を翻し、歩き始めている。

「ああ、そうだ」

佐久は足を止めずに振り返った。

「俺からの置きみやげってやつだ――。お前のQがいる裁きのための部屋、あれは二階にある。思い出せ、俺がいた部屋だ。もっとも、百五十年前から一度も部屋替えしていなかったらの話だがな」

俺がいた部屋？　何のことかと訊《たず》ね返す間を与えず、まるで黒マントが闇に溶けこむかのように、佐久の姿は廊下の折れ曲がった先に音も立てず消えた。

＊

あまりに呆気《あっけ》ない別れに唖然《あぜん》としている余裕はなかった。

自分は置き去りにされた。

重すぎる事実に太もものあたりが震え始める。

「ごめん、ヨッちゃん……。こんなところに連れてきちゃって」

お腹《なか》に力を入れても、声に震えが伝播《でんぱ》するのを止められない。

私の言葉に反応したのだろうか。

私と佐久が言葉を交わしている間も、絨毯に膝をついた姿勢のまま、ぼんやりと宙に視線を漂わせていたヨッちゃんが、目をパチパチとさせ始めた。

「力が解ける」という佐久の言葉が蘇《よみがえ》る。もしも、このままヨッちゃんが意識を取り戻してしまったら、どうやってこの状況を説明する？

考えろ、考えろと頭に訴えるが、気持ちが揺れに揺れて何も考えられない。

そのとき、ふと、ヨッちゃんの背後に学校のカバンが転がっていることに気がついた。

しかも、二つ。

手前のカバンには、見慣れたバスケットボールのキーホルダーがぶら下がっている。

これはヨッちゃんの。サイドのポケットからは、取り上げたものを佐久が戻したのか、彼女のスマホが顔をのぞかせていた。ということは奥のほうが私のカバンだ。

佐久に文句を言われ、個室の入口に置いていたら、それにヨッちゃんが足を引っかけた。引っかけたまま、自分のカバンといっしょに階段を転げ落ちてきたということか。

「あ」

急にひとつのアイディアが頭に点灯し、思わず振り返った。

そこには廊下に沿って、いかにもおどろおどろしい雰囲気を醸《かも》し出す、柱のランプがか弱い明かりを放っている。

もう、これしかない——かも。

「ヨッちゃん」

彼女の両肩に手を置き、その目をのぞきこんだ。

佐久は相手の目を見て念じろ、と言ったが、もちろん、これまで人間を操った経験などなければ、その方法を教えてもらったこともない。

それでも、とにかく試すしかなかった。

もしも、佐久の言葉が本当ならば——、いや、本当なのだろう。今この瞬間も、私は親友の命を危険にさらしていることになるのだ。

「聞いて、ヨッちゃん」

その瞬間、すうっと吐息のような音を立て、自分の言葉が相手に吸いこまれていく不思議な感覚に襲われた。

「私たちはね、今、パーティーに来ているの。見てよ、私の格好。ほら、マスクにマントで完全に仮装中でしょ？　ここはね、仮装パーティーの会場なの。でもね、ドレスコードがあって、マントとマスクの両方がないと参加できないんだ。だから、いったん家までヨッちゃんのマスクを取りに戻る。ただ、どこから帰ったらいいか、出口の場所がまだわかんなくてさ――」

彼女の背後から自分のカバンを引き寄せ、中にしまっていたママのマントを取り出す。ついでにスマホをチェックするが、当然のように圏外だった。

「立って、ヨッちゃん」

私の言葉に従って、まるで操り人形のようにその場で立ち上がったヨッちゃんに、マントを羽織らせ、胸元のひもを結ぶ。

ママのマントのサイズは、ヨッちゃんにぴったりだった。

クボーから脱出するとき、この格好で顔を隠しさえすれば、人間だとバレずに済むかもしれない。いや、済まさなくちゃいけない――。

「ヨッちゃん、この場所で待ってて。私、ここから出る方法を聞いたら、戻ってくる。必ず、あなたを無事に連れて帰るから。だから、絶対にここから動いちゃダメだよ」

私の目を見つめ、ヨッちゃんはこくりとうなずいた。

「これ、ママが作ってくれたお守り。持ってて」

マントの内側からヨッちゃんの腕を引っ張り出し、その手に佐久が猛烈な拒否反応を示したサシェを握らせた。

廊下の壁を背にするように腰を下ろさせてから、

「眠って」

とヨッちゃんの目の前に指を近づけた。そうすることが正解だとなぜかわかった。果たして、ヨッちゃんは一瞬、白目をむいたのち、静かに眠りに落ちてくれた。

ふうと、大きく息を吐いて、廊下に向き直った。

暗さにはとことん鈍感なはずなのに、視線の先に充満する闇の重苦しさに、思わず足がすくみそうになる。

顔のマスクの位置を整えてから、マントを翻して一歩を踏み出した。

「行ってきます、ヨッちゃん」

第5章
とこやみ

廊下を折れ曲がる前に、一度、足を止め、振り返った。

突き当りに座りこみ、壁に首を傾けながら眠っているヨッちゃんの姿を確認してから、角の手前で身体《からだ》を潜める。

その先を見極めるべく、おそるおそる首を伸ばした。

五メートルほど廊下が続く先に階段があった。

絨毯《じゅうたん》を踏みしめ、階段へと進む。

七段上ると、すぐに折り返すかたちでさらに七段。

足音を消しながら上りきると、唐突に視界が開けた。

真上を仰ぐと立派なドーム状の天井から、古めかしいシャンデリアが吊《つ》り下げられ、控えめな光がちらちらと灯《とも》っている。

そろりと階段から顔を出した。

どうやら周囲三百六十度をぐるりと囲む、円形のホールの中央部分に階段は接続しているらしい。

ホールといっても直径五メートルほどの控えめな広さで、階段を上った正面部分に、入口ということだろう、両扉が開かれたままの状態で待ち構えていた。

「ひゃッ」

思わず、声が漏れた。

なぜなら、そこに人がいたからだ。

今さら、隠れることなんてできなかった。

黒マントに黒の顔マスクという姿で、扉の向こうの暗闇《くらやみ》に溶けこむように相手が立っていたため、まったく気づかなかった。

「違うんです。ええと、私……」

相手は微動だにしない。

細長い首と、髪が胸元まで伸びている様子から見て女性のようだ。

マスクの下にのぞく肌は褐色で、とても背が高い。

百八十センチを優に超えていそうな長身の女性が、手すりをつかんだまま固まってしまった私を見下ろしている。

「あ、あの……、ロージュの方ですか」

人影は何も声を発さない。

早くも手すりに置いた手のひらがじっとり汗に濡《ぬ》れるのを感じながら、必死で言葉をたぐり寄せる。

「わ、私、嵐野弓子《あらしのゆみこ》と言います。事前の連絡もなく、勝手に来てしまってすみません。でも、どうしても聞いてほしいことがあって――。私のQのことです。Qが今日、これから死刑になるって聞きました。でも、違うんです。Qは死刑になるようなこと、何もしていません。ただ、私と、私の友達の命を救っただけ。そのことをどうしても、知ってもらいたくて。でも、私はここに来るのははじめてで、ルールも何もわかっていなくて」

気味が悪いくらい、相手からの反応がない。まるで声自体が届いていないかのような空気に、ひょっとして日本語が通じてない？　と今さらながら思い至った。そういえば、クボーで耳にしたのは全部、外国の言葉だった、とパパが思い出を語っていなかったっけ？

「え、えくすきゅーず、みぃ？」

ひどい発音の英語を口にしたとき、不意に気がついた。

この人、私を見ていない――。

顔はこちらに向いてはいるが、マスクに空いた二つの穴からのぞく目が、まるで先ほどまでのヨッちゃんのようにトロンとしてる……、ように見えない？

思いきって階段を上り、女性の前まで進んだ。

仰ぎ見るくらい高い、女性の顔を確かめる。

その視線は階段のほうに向けられたまま、人形のように動きがない。

そのまま、抜き足差し足で脇《わき》を通り抜けた。

やはり、私を呼び止めさえしない。

佐久《さく》だ――。

ひと足先にここを通過した佐久が、彼女に力を使ったのだ。

ということは、このまま奥へと進むのが正解なのだろう。

立派な両開きの扉を前にして、どくんどくん、と胸の鼓動が聞こえてくる。

もしも、これからロージュの人に遭遇したなら、どうやってコミュニケーションを取ればいいのだろう。日本語が通じないかもしれないのに、Qについて私は訴えることができるのか。ヨッちゃんを連れて、無事帰るための方法を聞き出すことができるのか――。

次から次へと、不安が湧《わ》き上がってくる。

それでも進むしかない、と覚悟を決めて扉をくぐった。

扉の先は、短い通路だった。突き当りに黒い幕が下りている。幕の中央には、金の縁取りのラインが上下に走っていた。そっと手を差し入れ、わずかに開けた隙間《すきま》から、向こうをのぞいた。

そこは廊下だった。

階段下のものと違うのは、右手が壁であるのに対し、左手に窓らしきものが連続していたことだ。ただし、すべての窓らしきものは、それぞれ足元までカーテンにすっぽり覆《おお》われ、廊下には陽の光がいっさい入らない。右手の壁に設置された申し訳程度の光を放つランプが唯一《ゆいいつ》の光源だった。

音を立てずに幕をすり抜け、廊下に出た。

監視カメラなどはあるのだろうか、と高い天井の隅を見渡したが、それらしきものは見当たらなかった。

廊下に面して続く、丈の長いカーテンに覆われた窓らしきものは全部で四つ。カーテンの布地に触れてみると、いかにも高級そうな分厚い質感が指先に返ってきた。ご丁寧に二重のカーテンで遮光している。一枚目、二枚目とめくり、ようやく窓と対面することができた。

「わッ」

口を固く閉じておくつもりが、窓の外の景色を目にした途端、声を上げてしまった。見渡す限りの緑が広がっている。

芝に覆われているのだろうか。ほとんど起伏が見られない、なだらかな地面が淡い緑一色に染まり、芝の平原を進んだ先には森が見えた。

十一月に入り、そろそろ紅葉が深まってくるタイミングなのに、濃淡さまざまであっても、ただ緑だけが映える風景のどこにも秋の気配を感じ取ることはできなかった。

そもそも、ここはどこなのだろう。

遠目にも、白樺《しらかば》だろうか。白っぽい樹木の幹が並ぶ森の様子は、自分が知る近所の植生とは異なるように思える。ビルや電柱など建物の影もいっさい見当たらない。

パパはクボーの館《やかた》は宮殿のようにゴージャスで、庭の広さもとんでもなかったと言っていた。ひょっとしたら、二十歳のときにパパが見た風景と同じものを目撃しているのかもしれなかったが、感傷に浸っている余裕は一ミリもなかった。

窓から離れ、廊下に向き直った。

暗さを取り戻した廊下の突き当りに、大きな黒い扉が構えていた。

絨毯のやわらかさが足音を吸い取ってくれるおかげで、ほんの少しだけ不安が鎮《しず》まる。閉じられた扉の前まで進み、聴覚の集中を高めたが、向こう側の音は何も感知できなかった。

大きく、深呼吸する。

マントの内側で一度、武者震いしてから、ドアノブに手をかけた。

＊

本物の宮殿なんてもちろん、これまで見たこともない。

だが、目の前のものを何かにたとえるならば、ただのホールと呼ぶのはおかしいし、やはり「宮殿」という言葉が自然と思い浮かんだ。

おそらく人間がこの場に立っても、真っ暗ななかにところどころ豆電球程度のランプの明かりが見えるだけで、目の前に三階建ての高さまで吹き抜け構造が続く、体育館並みの大空間が広がっているとは到底、想像できないだろう。

さらには、その内装である。

きっと、照明がもう少し強まり、真紅にそまった絨毯や、あちこちの柱に飾られた動物の剝製《はくせい》、天井からはクジラのような得体の知れぬ巨大な化石が吊り下げられ、壁沿いに肖像画らしきものがずらりと並べられている様子が視認できたなら、ヨッちゃんあたりなら「気味が悪い！」と悲鳴を上げそうだ。

だが、不思議と私の心は落ち着いていた。

興奮と混乱と不安が混ぜこぜになっていたはずが、物音ひとつしない静寂と、絶妙な暗闇のなかにいるだけで、自然と気分が鎮まってくる。さらには重厚であると同時にどこかグロテスクな雰囲気の漂う空間を眺めるうちに、はじめて来た場所ではないような、親しみすら湧き上がってきた。

扉をくぐり抜けたところに柱が立っていたため、これさいわいとその陰から大ホールを見渡したがここも無人のようだ。

二階と三階には、ぐるりとこの大ホールを見下ろすかたちで回廊が張り巡らされている。この柱が支えているのは、真上に張り出した二階部分の回廊だ。

よくよく観察すると、フロアの隅にテーブルが置かれたり、バーカウンターのようなものが設置されていたりする一方で、ホールの中央部分はぽっかりと空いている。さらに、その奥には階段のようなものが見えるかも、と前方に目を凝らしたとき、

「誰だ」

という声がいきなり聞こえた。

しかも、それは耳からではなく、Qのように直接、頭に伝わってくるものだった。

「汝《なんじ》――、サダメよりきたりしものか？」

Qのものよりも、ずっと低くて、どこかざらついた感触のある声が届く。

どこから発せられた声なのか、そもそも、自分に向けられた言葉なのかもわからず、柱に隠れたまま動けずにいると突如、

「サダメだ！」

と頭の中でわんっと響くくらいの大きな声が鳴り渡った。

それをきっかけにして、「サダメだ！」「サダメだ！」「サダメだ！」といういくつもの叫び――、男のものもあれば、女のものもある声が呼応するように頭の中で重なり合う。

ちょうどホールの中央部分、私がたまたま視線を向けていた先に、ふわりと黒い影が降り立った。

その影が何かを投げつけてきた。

鈍い音を立て目の前の柱に突き刺さったものがナイフの形をしていると理解した瞬間、私は柱から飛び出し、隣の柱の陰まで走った。

何が起きたのか理解できず、柱の足元にしゃがみこむ。

ドン、ドン、ドン。

何かが柱にぶつかる音が聞こえる。

少しだけ顔をのぞかせて確かめると、そこにはやはりナイフのようなものが三本突き刺さっていた。

私、狙《ねら》われてるの——？

「何で？」

と思わず言葉が口をついて出たとき、背後に誰かが立っている気配を感じた。

暗闇のなかで何かを大きく振りかぶっている。

それが叩《たた》きつけられる寸前で、脇へと跳びすさった。

「ゴンッ」

まさに今、私がいた場所に鈍い音が響いた。ただならぬ重量が絨毯に打ちつけられたことを床の震動が伝えていた。

「ま、待ってください。私、違いま——」

最後まで言うことを許さずに次の打撃が襲ってきた。

ダメだ、これじゃかわせない。

言葉を発することをあきらめ、力を解き放つ時間を作るために、全力でダッシュした。

こめかみに血管が浮き出る。風を受ける髪の毛が根元から逆立つ。全身に力を漲《みなぎ》らせながらホールの真ん中まで走り出たとき、二階の回廊から、さらには三階の回廊から、続けざまに黒い影が降ってくるのが見えた。

暗闇を落下するマントが空気を受けて、パラシュートのように一瞬膨らんだのち、音もなく絨毯の上に着地する。

ぞわり、と寒気が走った。

さらには耳元で小さな虫が騒いでいるような落ち着かない、とても嫌な感覚。

これ、ファミレスで待っていた佐久さんに気づいたときの、ぞわぞわと同じだ――。

「人間を襲うつもりがないとき、吸血鬼相手に牙《きば》を出すのは『今からお前の命を奪う』という宣戦布告の合図だ」

おととい、病院で聞かされた彼の言葉が不意に蘇《よみがえ》る。
一、二、三、四人――。
私を遠巻きに囲む影の最後のひとりがふわりと降り立ったとき、

「殺せ」

という誰かの声が頭に響いた。

正面に立つ、黒マントを纏《まと》い、やはり目のまわりだけマスクで覆った男が、「クアッ」と口を開いた。

上あごから二本、立派な牙が突き出していた。

最悪の答え合わせだった。

＊

いつか、気が済むまで本気で走ってみたい。

そんな願望を密《ひそ》かに抱き続けていた。

普段の部活動では、常に六分目くらいの力加減でプレーしてきた。試合でも、なるべくアシストに徹することを意識して、積極的にゴールは狙わないスタンスだった。同点で残り試合時間が五秒というとき、ここで本気を出して、全員ごぼう抜きしてから最後にダンクなんか決めちゃったら気持ちいいだろうなあ――、なんて夢想することもあるが、それって子どものチームに大人が入って好き放題するのと同じだぞ、みっともないぞ、と言い聞かせ、自制してきた。

何しろ、私はみんなとは種が異なるのだから。

人間に疑われるような行為は絶対にしちゃダメ、というパパとママからの言いつけを守るまでもなく、身体能力が格段に異なる相手に好き放題するのはフェアじゃない、それが私の信条だった。

それだけに、

「四人でかかってくるなんて、フェアじゃないって！」

と叫べるものなら、叫びたかった。

だが、そんな余裕はどこにもなかった。

とにかく、私は走り回った。

それこそ、夢にまで見た本気の全力疾走だ。だって、そうしないと余裕で死んでいた。

彼らの攻撃は容赦がなかった。ホールに並べられた調度品が吹っ飛ぼうと、倒れようと、割れようとお構いなしに、ただ私だけを目がけてナイフやら、棒やら、ムチやら、斧《おの》のようなものやらを振りかざし襲いかかってきた。

きっと、この場に誰か人間がいたとしても、暗闇のなかで影がしきりに蠢《うごめ》く気配と、何かが突然派手に壊れる音を交互に感じ取るだけで、目の前で展開されている修羅場を何ひとつ視認できなかっただろう。

生まれてこのかた、こんなに息が上がったことはなかった。いや、ひょっとしたら、息が上がるという状態をはじめて経験したかもしれない。

何しろ、相手は四人だ。どれだけ逃げても、いつかは追い詰められてしまう。ならばと一階から二階へ、憧《あこが》れのダンクシュートのかわりに、机の上に飛び乗り、そこから全力でジャンプした。

二階に張り出した回廊を囲む格子《こうし》状の柵《さく》まで跳躍し、それをつかんだとき、足場代わりにした机に「ドンッ」と何かが衝突し、木が裂ける痛々しい音が聞こえてきた。

いったい、何が打ちつけられたのかと確かめる余裕などなく、それどころか、今度はムチのようなものがうなりをあげて真下から迫ってくる音を跳躍の途中でキャッチした。

あわてて柵を乗り越え、転がるように二階の回廊に着地した。

ホールに面した柵越しに、下のフロアにいる四人の様子をのぞいた。

誰も追いかけてこないのかな、と思いきや、こちらを見上げているひとりが「とん」とその場で跳躍した。

そのままするーっと空中を上昇し、二階の高さまで達すると、逆さに持ったステッキを伸ばした。

L字になったステッキの取っ手部分を、回廊の柵の手すり部分に引っかけ、そこを中心に弧を描くように、くるりと身体が舞う。

豪快にマントを翻《ひるがえ》し、一回転したのち男が私の正面に着地した。

何、今の？

とんでもない身体能力を見せつけられ、こんなの敵《かな》うはずがない、と相手に背中を向けて逃げようとしたら、今度は女がひらりと柵を乗り越え、こちらの進路を塞《ふさ》ぐように絨毯に降り立った。

前後をあっさりと挟まれてしまった。

回廊に面した壁には、扉が等間隔に続いている。

逃げ場を求め、壁の扉に駆け寄った。しかし、無情にも鍵《かぎ》がかけられ、ビクともしない。

女が黒マントの間から手を伸ばし、長いムチを蛇のように垂らしながら、ゆっくりとした歩調で近づいてくる。

「あ、あの、少し、お話ししませんか――」

扉に背中を押しつけ、のどの奥から必死で声を絞り出し、左右に向かって交互に呼びかけた。

「私はあ、嵐野、弓子と言います。Qのことで来ました。と、とにかく、私の話を聞いてください。こんなふうに、襲われるような用件じゃな――、キャッ」

黙れ、と言わんばかりに、ムチが波打つ動きとともに地面を走り、「ぴしり」と絨毯を打ちつけてから、女の手元へと戻っていく。

私の言葉に耳を傾けてくれる様子は微塵《みじん》もなさそうだ。

いったい、この超塩対応のどこを見て、

「適当にあいさつしておけ」

なんてことが言えるのか。

これは、クボーでロージュの人に出会ったらどうするべきか？　と訊《たず》ねたときの佐久の返事だ。

改めて、彼のいい加減さ、さらにはそれを真に受けて「まあ、何とかなるか」と納得した己の間抜けさに、歯嚙《はが》みしたい気持ちだった。

佐久も、佐久だ。むかしロージュの一員だったのなら、無断侵入した者がどんな対応を受けるのか、当然知っていただろうに、どうして前もって教えてくれなかったのか。

そりゃ――。

「教えたくなかったからだ、馬鹿《ばか》が」

途中から嫌味たらしい佐久の声をそのまま借りて、唐突に答えが頭に思い浮かんだ。

この状況だ。

こうして私が追い回され、下手すれば殺される危険に巻きこまれることを、あの男は知っていた。だからこそ、私をクボーに連れてきたのだ。

何のため？

すべては、己が自由になるため。

台帳とやらを探す時間を稼ぐため、まんまと私を利用したのだ。

何も知らない馬鹿な小娘から相談を受け、話を聞く途中でひらめいたのだろう。

こいつをうまく使えば、自由の身になれるぞ――、と。

私のＱへの思いを逆手にとって、すべてを自分の計画に置き換えた。

「あの、いかさまエターナル野郎がッ」

腹の底から湧き出る怒りの勢いに任せ大声で叫んだら、左右から近づいてくる二人も少し驚いたのか、足を止めた。

あんな男のために犠牲になるなんて、死んでもゴメンだった。

「ちょっと、あなたたち！　何度も言ってるでしょ。話をしましょうって。あなたたちが捕まえなくちゃいけないのは、私じゃない。佐久だって！　あの人、台帳を狙ってる。今もどこかでこそこそ泥棒の真似《まね》をしているはず。私はそのための囮《おとり》なの。あなたたちロージュの人たちなんでしょ？　何でもお見通しのエラい人じゃないの？　めちゃくちゃ、簡単に騙《だま》されてるじゃんッ」

ホールじゅうに響き渡る声で叫んでやったが、二人は一瞬、立ち止まりはしたものの、またもやじりじりと左右から距離を詰めてきた。

そうだ、この人たちに日本語、通じないんだ――。

男が音もなくステッキを振り上げる。女は「びゅん」と音を立ててムチを後方へ、ともにいつでも一撃を繰り出せるよう、スタンバイ状態に入った。

私を傷つけること以外、何の興味もなさそうな二人の様子を前にして、何かが吹っ切れた。

「ちょっとくらい人の話、聞きなさいよ！　そっちがそういうつもりなら、こっちだって、やってやろうじゃないのッ」

盛大にタンカを切ってから、佐久が「吸血鬼の力は段違いに増す」と言っていた、あれの存在に意識を集中させた。

これで、もう三度目だからか。

何の躊躇《ちゅうちょ》もなく、二本の牙を解放した。

＊

私は叫んだ。

それに呼応してなのか、男も威嚇《いかく》の雄たけびを上げたが、そのときにはもう、私は頭から突っこんでいた。

自分でも驚くほどの初速だった。

足を踏みこんだのとほぼ同時に、頭が男の腹にめりこんでいた。

「んぐっ」

という裏返った声を残し、男はものの見事に吹っ飛んだ。

そのままうずくまった男を横目に、その手から離れて絨毯《じゅうたん》に落ちたステッキを拾い上げた。

振り返ると、ちょうどそこへ、女の放ったムチが空気を引き裂く音とともに襲いかかってきた。

「キャッ」

まさに蛇のようにウェーブを描き、私を目がけて伸びてくるムチに無我夢中でステッキを振り上げる。「バンッ」とステッキが弾《はじ》き飛ばされ、私の耳のすぐ脇を抜けて、ムチが後方へと伸びていった。

伸びきった一瞬を逃さず、手が勝手にムチをつかみ、ぐいと引き寄せた。まったく反撃を予想していなかったのか、それに引っ張られるように女がバランスを崩し、前によろめいたところへ、一気に間合いを詰めた。

思いつくままに、相手の鼻のあたりにまたもや頭突きを喰らわせた。

自分もクラリと来たが、それよりも相手のほうが「んぎゃ」と潰《つぶ》れたような声を発し、顔を押さえながら絨毯に倒れた。

完全にダウンしている二人を見下ろし、上唇を持ち上げて突き出している二本の牙におっかなびっくり触れた。

間違いなく、この牙の効果だろう。身体が驚くくらい軽い。さらには、やたら攻撃的な気分が盛り上がってくる。

回廊の柵から階下をのぞくと、真下のフロアにいた二人と視線が合った。

太った大男と、もうひとりは子どもだろうか。ひときわ小さな影を認めた。

きっと、先行の二人が片づけたと思っていたところへ、いきなり私が顔を出したからだろう。大男は急ぎ隣のテーブルに置いた斧のもとへ向かい、戦闘再開の準備を始めている。

もちろん、そんな時間の猶予《ゆうよ》を与えてやるつもりはなかった。

大男ひとりなら、何とかなりそう――、という根拠のない自信がにわかに湧き起こってきて、私は女から奪ったムチを手に「とうッ」と回廊の柵の手すりを蹴《け》った。

先ほどから、手当たり次第にものを壊していたのはこの大男だろう。斧を手にして振り返ったタイミングを逃さず、空中からムチを放った。

生まれてこのかた、ムチなんて触れたこともない。それなのに、「こう、動かせばよい」とささやく声に従って打ちこんだムチは、過《あやま》つことなく大男の手首を叩いた。

「ピシッ」

いかにも痛そうな音が放たれたのち、斧が絨毯に落ちた。大男が奇声を発しながら斧を拾い上げ、正面に向き直ったとき、すでに私は彼の背後に回りこんでいた。

くるぶしあたりまで垂れ下がった男のマントの裾《すそ》をつかみ、ジャンプした。軽々と男の頭の上を通過し、背面から正面へと着地すると同時に、裏返ったマントで男の頭をすっぽりと覆ってやった。間髪をいれず、男の手を蹴り上げ、ふたたび斧を弾く。

仕上げは頭から足元まで、ムチをからめてぐるぐる巻きの刑だ。

自分のマントで視界を奪われた上に、ムチで縛られ足の自由を失い、バランスを崩した大男はどうと派手な音を立てて絨毯にひっくり返った。

すごいな、牙パワー。まったく、負ける気がしないぜ。

あり得ないような圧勝の結果にも、どこかでそれを当たり前だと捉《とら》えている自分がいて、ちょっと怖いくらいだ。

「お次はッ?」

勢いに乗って振り返ると、最後のひとりは少し離れた場所で、じっとこちらの様子を眺めていた。

その外見は、完全に子どもだ。

ただし、子どもであっても、「原・吸血鬼《オリジナル》」は吸血鬼になったときから外見に変化が起きないため、「見た目は子ども、中身は数百歳」という仲間がいる——、とはパパにむかし教えてもらった豆知識だ。

他の三人と同様に目のまわりを覆うマスクをつけているが、サイズが大きすぎるようで、顔の輪郭から左右にずいぶんとはみ出していた。目玉の位置も、マスクの穴から片方がずれている。マスクの下からのぞく頬や口元の肌はとても白い。短い髪の色も少なくとも黒ではなく、ひょっとしたら金髪かもしれなかった。

身長百四十センチほど、人間でいうところの十歳くらいの背丈だ。私とはかなりの体格差があるにもかかわらず、すたすたと近づいてくる。

目の前で大男がやられたのを目撃したであろうに、何ら臆《おく》する様子がない。

黒マントの内側に何かを隠し持ち、一撃必殺の決め技でも持っているのだろうか。

それとも、ようやく話し合う気になってくれたのか。

警戒する私の前で、少年はマントの内側から、か細い腕を差し出した。

一瞬、身構えたが、その手は何も持っていなかった。殺気も感じられず、少年は手を耳の後ろに持っていくと、何のつもりかマスクを外し始めた。

マスクを取り、ふいとこちらに視線を向けた。

正面で目が合った瞬間、身体が動かなくなった。

しまった――。

後悔しても遅かった。

無言のまま、少年は手で「あっちへ行け」と払う仕草を見せた。

身体が一歩、二歩と後退《あとずさ》っていく。

これまでさんざん、力の使い方を佐久から見せられてきたのに、それが登場する可能性を頭の片隅にも置いていなかった。この子の体格でどうやって勝負に持ちこむのだろう、と完全に上から目線で様子をうかがっていた自分の愚かさが本当にムカつく。

でも、どれほど悔やんでも、何もできなかった。

少年から視線を外したくても、首はもちろん、目玉すら動かすことができず、まばたきも許されない。

相手の視線に吸いつかれるような感覚にさらされながら、後ろ向きのままどんどん歩かされる。

視界の上部にひさしのようなものが現れた。ホールの端の部分に到着し、せり出している二階の回廊が見えてきたのだ。

さらにはそれを支える柱が登場した。

なぜか見覚えがあると思ったら、ナイフが一本、柱に突き刺さっている。襲撃が始まってからホールじゅうを駆け回ったが、スタート地点に戻ってきたのだ。

「止まれ」

少年が手のひらを向けて示すと、ピタリと足の動きが止まった。

少年は腕を横に伸ばし、何かを引っこ抜くジェスチャーをして見せた。

嫌な予感がムクムクと湧き上がるが、その予感のとおりに左手が勝手に動き、柱に突き刺さったナイフに伸びていく。

これ以上、操られちゃダメだ——。

必死で意識を集中させ、腕に力をこめるが、まったく言うことを聞いてくれない。私のあがきを嘲笑《あざわら》うかのように、手が伸びてナイフの柄を握った。

視線だ。

この子と目を合わせている限り、抵抗できない。

何とかして顔をそむけようとするが、少年はじっと私を見つめ、一瞬たりとも視線を外そうとしなかった。

視界の隅に映るナイフは、かなり深くまで突き刺さっている様子だったが、牙を出した私の力では苦もなく柱から引き抜けてしまう。

それまで無表情な顔で私を見つめていた少年が、はじめて笑った。

はにかむような笑みを浮かべたまま、手にした見えないものに両手を添え、己の胸に向かってゆっくりと近づけていく。

「やだやだやだやだ、絶対、やだッ――」

叫びたくても、声のひとつさえ発することができなかった。

抜いたナイフの柄に右手が添えられる。

どれだけ、やめろと心で訴えてもお構いなしに、その切っ先が自分の胸に向けられた。

左右の肘《ひじ》が曲がり始める。

全力でそれに抵抗したが、震える切っ先はじりじりと私の胸を目がけ近づいてきた。

少年は握った拳《こぶし》を胸にあて、そこでぐりぐりとさせた。

これから展開される結末を最悪なかたちで見せつけてくる相手に、絶望と怒りがこみ上げてくる。

「嫌だッ」

今度は、なぜか声が出た。

少年の顔から笑みが消え、驚いたような表情で私を見上げる。

急に目元が険しくなり、小さなしわのようなものが顔じゅうに這《は》い上がってくる。

ああ、この子も佐久と同じ、何百歳と齢《よわい》を重ねた「原・吸血鬼《オリジナル》」だと確信したが、そんなこと今はどうでもよくて、何とかしてこちらに向かってくるナイフを止めないといけない。

されど、相手も操る力を強めているのか、上唇から牙を剝《む》き出しにして、口元を歪《ゆが》めながら、私を睨《にら》みつけてくる。

ナイフの切っ先がマントの布地に触れた。まさに心臓の位置だった。

ダメだ、何もできない――。

あきらめの感情があふれ出し、いっそ目をつぶりたかったが、それさえも許されなかった。布地に鋭利な刃物が押しつけられ、それが食いこんでくるのをただ待つしかないのだ。

痛ッ。

とうとう、ナイフの先端がマントの布地を貫いたのだろう。鋭い痛みを胸に感じた。

泣くことさえできないまま、

「ごめんなさい、パパ、ママ」

と最後の言葉を思い浮かべたときだった。

背後から突然、ドアが開く音とともに、

「失礼しまーす」

という呑気《のんき》な声が聞こえてきた。

少しくぐもってはいるが、間違いなくそれはヨッちゃんの声だった。

何で――？

私の心の声に呼応するように、一瞬だけ、少年の目線がずれた。

ナイフの動きが、ピタリと止まる。

「え？　誰かいるの？」

こちらの気配を察したのか、一転、こわばった声が聞こえてきた。

もしも、背後にいるのが本当にヨッちゃんならば、ここに黒ずくめの格好で私たちがいることを視認できないかもしれない。それよりも、そこに立っているヨッちゃん自身が危なかった。

「逃げて！」

と叫びたかったが、振り返ることができない。

不意に、背後から照らされた光が視界を過《よぎ》った。

ランプのものではない、もっと白々とした光。

そのちらつき方に見覚えがあった。そうだ、カラオケ屋の壁を照らし出していた、ヨッちゃんのスマホの光だ――。

「わッ！　誰？」

悲鳴に似たヨッちゃんの声が響くと同時に、正面から光を受けた少年の顔が歪み、咄嗟《とっさ》にマントを翻して顔を隠した。

その瞬間、私の目玉が動いた。

同時に抑えていた涙がいっせいにあふれ出す。

腕に感覚が蘇る。すでに数ミリは刺さっていたであろうナイフを離し、その勢いのまま暗闇《くらやみ》の向こうへ放り投げた。

その場にへたりこみそうになるのを我慢しながら、振り返った。

「ヨッちゃん！」

「うえッ、弓子？　いきなり登場しないでよ、怖すぎでしょ。てか、いるなら、もっと早くに声かけてよ」

「ちょっと、まぶしいかも、それ」

「あ、ゴメン」

スマホの光が足元に向けられ、ようやく視界が確保されたが、そこに予想された親友の顔はなかった。

なぜか、大仏マスクが闇に浮かんでいる。

「ヨッちゃん……、だよね？」

黒マントにいつぞやの登校途中に見た大仏のゴムマスクという取り合わせで、「ニーハオ、弓子」とスマホを持つ片手が左右に振られた。

「どう？　これなら、仮装用のマスクとしていけるっしょ？　ずっと、カバンに入れっぱなしにしてたんだよ。だから、いちいち家に取りに帰らなくてもいいよ――、って弓子に教えにきたんだけど、それにしてもすごいね、ここ。雰囲気がまるでリアル・ホーンテッドマンションじゃん。階段上がったところにも、人間そっくりの女の人が立っていたし。ワオ、弓子のその牙、超かっこいいね。本物のヴァンパイアみたい。あれ？　何で泣いてるの？」

「ヨッちゃん！」

たまらずヨッちゃんに抱きついた。

「ど、どした？」

親友兼命の恩人の肩を借りて、十秒泣いてから顔を上げた。

「ひょっとして弓子、ビビってる？　確かにここ暗すぎで、仮装パーティーというより、肝試しのテイスト入ってるよね？　何か変な声、聞こえてくるし」

それはマントに包まれて転がっている大男のうめき声だが、もちろん説明はしない。

「ねえ、ヨッちゃん。ちょっと、こっち向いてて」

大仏マスクがドアと対面するように立ち位置を変えてもらってから、「これ、貸してね」とスマホを受け取った。

「少し、待ってて」

ここに彼女が登場したということはすなわち、私の暗示のかけ方が全然ダメだった――、わけだが、すべてが解けたわけではなさそうだ。その証拠に、彼女の頭のなかでは仮装パーティーの設定が健在で、私の指示にとても素直に従ってくれる。

マントの布で涙を拭《ぬぐ》ってから、逃げもせずに同じ場所に立っている少年の前に戻った。

この程度の光でも強すぎるのか、スマホを向けると、マントを掲げ、サッと顔を隠す。

「ねえ、あなた、本当は何歳なの？」

話しかけながら、スマホを裏返し、自分の胸に押しつけた。

光が消えた途端、少年は顔の前のマントを下ろした。

牙を剝き出しにして、私と視線を合わせようと、「くわっ」と睨みつけてくる。

「二度も引っかからないわよ、馬鹿！」

すでに相手の行動を予想して、私はスマホを持たぬほうの手を振り上げていた。

ギョッとした様子の相手の表情を視界の隅で何となく捉えながら、決して相手の目を見ぬようにして一発、ビンタをお見舞いしてやった。

「ふぎゃ」

情けない声を出して、少年は吹っ飛んだ。

子どもならこのくらいで、と力をセーブしたつもりだったが、無意識の怒りが加わったのか、思ったよりクリーンヒットしてしまった。頰に手を添えて、身体《からだ》を震わせながら床にうずくまっている四人目を見届け、ヨッちゃんのもとに駆け寄った。

「お待たせ。スマホ、ありがと」

「今、馬鹿とか言ってなかった？　めずらしいね、弓子がそんなこと言うなんて」

聞き違いだよ、と誤魔化そうとしたとき、

「われわれの仲間が倒された！　目覚めよ、同志たち！」

とざらつきを帯びた低い声が、頭の中に響いた。

それに続いて「サダメだ！」「サダメだ！」「サダメだ！」の合唱がまたもや繰り返される。

ドンッ！

扉の向こう側から、いきなり何かがぶつかってきた。同時に扉が開き、ぬっと差し出された手がヨッちゃんの身体をつかもうとする。

「ヨッちゃん！」

あわてて彼女を引き寄せようとしたとき、伸びてきた手に向かって、ヨッちゃんが何かを突き出した。

「んがッ」

開いたドアからいったん顔をのぞかせた黒マントの男が、悲鳴とともに引っこんだ。

「すごい効き目だね、これ。さすが、メイド・in・弓子ママ。いや、こういう場合はbyだっけ？」

彼女の手には刺繍《ししゅう》が施された小さな袋——、ママがお守り代わりに渡してくれたサシェが握られていた。

開いたままのドアの向こう側で、人が集まっている気配が伝わってくる。

「こっち！」

ヨッちゃんの腕をつかみ、反射的に駆け出した。

回廊部分のひさしの下からホールへ抜け出た途端、黒いマントをパラシュートのように膨らませた影が、頭上からいくつも降りてくるのが見えた。

「ヨッちゃん、このまま走るよッ」

頭の中では、「サダメだ！」「サダメだ！」の連呼に加え、「逃がすな！」「殺せ！」という聞きたくもない言葉がけたたましく鳴り響いている。

ヨッちゃんを守りながら、先ほどのような大立ち回りはできっこない。とにかく逃げないと。でも、どこへ？

一瞬だけ振り返ると、黒い影が続々とフロアに着地している。

このフロアはマズい。でも、二階へ逃げようにも、ヨッちゃんを抱きかかえて回廊までのジャンプはさすがに無理だ。そう言えば、どこかに階段がなかったっけ？　扉近くの柱からフロアをのぞき見したとき、ホールの反対側に階段のようなものを見た記憶が——。

自分がどちらに向かっているのかすら見失っていたが、もう一度首をねじってぐるりと見回したら……、あった！

「ヨッちゃん、二階へ行こう。あっちに階段ッ」

「OK牧場！　この仮装パーティー、肝試しにプラスで『逃走中』が入ってるんだね！」

どこまで状況を理解しているのか、大仏マスクはサシェを握った手の親指をグッと立てて見せた。

＊

ヨッちゃんの手を引き、階段へ向かった。

カーブを描いて二階へと連なる階段を一段飛ばしで上るも、さすがは毎日、バスケットボール部で鍛えているだけあって、「ホッ、ホッ、ホッ」と大仏マスクの下でリズムを取りながら、ヨッちゃんも遅れずついてくる。

階段を上りきった先には、左右の回廊へとつながる通路とは別に、V字に分かれ、さらに奥へと向かう廊下が二本、伸びていた。

なぜだろう、この廊下の配置に見覚えがあった。

正確にはカーブ階段を上ってきたところからやけに記憶をくすぐる、この既視感は何？

不意に、カウンターテーブルの上に置かれた空のジョッキのシルエットが思い浮かんだ。

カラオケ屋だ――。

がらんとしたエントランスのホールから見上げたときの階段のカーブ、さらには二階に上がって廊下が分かれる様子。カラオケ屋に回廊はないし、ゴージャスさはまるで異なるが、建物の一部分の構造が目の前の光景とそっくりだった。

「どっちに逃げよう、弓子？」

ヨッちゃんからの問いかけに、迷っている暇はないと、

「回廊に出たら、また挟まれちゃうから、こっち！」

と二股《ふたまた》に分かれた廊下の右側を指差したとき、耳の底をくすぐるように、佐久の低く響く歌声の記憶が蘇った。

そう言えば、こんなふうにカラオケ屋の階段を上ったところで歌が聞こえてきて、佐久のいる部屋がわかったんだ——、と頭の片隅で思い返したとき、意識の下を走る見えない配線同士が触れ合い、一瞬の火花を散らした気がした。

「俺からの置きみやげってやつだ——。お前のQがいる裁きのための部屋、あれは二階にある。思い出せ、俺がいた部屋だ」

まさか——。

カラオケ屋で佐久がいた部屋。

階段を上って、どっちの廊下だった？

「左だ、ヨッちゃん！」

彼女の手を引き、強引に進路を変更した。

去り際《ぎわ》に佐久が残した、「置きみやげ」という言葉。

あのカラオケ屋の構造が、クボーの内部と似ていると承知の上で、佐久があの部屋を選んだのだとしたら——？

そんな凝った仕掛けを思いつくような男だろうか？　でも、たとえこれまで人生で出会ったなかで、間違いなく最低最悪の男であっても、今は彼が残したのかもしれぬ「まさか」の贈り物に賭《か》けるしかなかった。

振り返って階下の様子を確かめると、数え切れぬほどの影が、階段目がけて押し寄せてくるのが見えた。

「行こうッ」

廊下に面して、扉は等間隔に連なっている。扉と扉の間に設置されたか弱い光を放つランプの下を、ヨッちゃんの手を握り、駆け抜けた。

廊下の突き当り――、佐久がいたカラオケ屋の部屋とそっくりの位置に扉が待っていた。

鋭く響く雄叫《おたけ》びに、ギョッとして顔を向けると、続々と階段から人影が湧《わ》き上がり、さらに私たちの姿を捉えるや否《いな》や、いっせいに廊下を埋める勢いで殺到してくる――、まさにホラー映画そのままのシーンが展開されていた。

「お願い！」

ドアノブに手を伸ばし、身体ごと最後に待ち構える扉にぶつかった。

あまりに手ごたえなく、スムーズに扉が開いたものだから、勢いあまって床にダイブしてしまった。同じくヨッちゃんも「キャッ」と悲鳴を放ち、絨毯の上に横転する。

慌《あわ》てて立ち上がり、扉を閉めた。

ついでに鍵《かぎ》をかけようとするが、どこにも見当たらない。

仕方なく、ドアノブを握り、開かないように扉に身体を押しつけた。

扉の向こうに黒マントの連中が殺到し、乱暴に扉をこじ開けようとする瞬間を待ち構えたが、不思議と動きがない。それどころか、廊下を走る足音さえ聞こえてこなかった。

あれ？

扉を開けて外の様子を確かめたかったが、そんな勇気は出せずに耳だけを澄ませていたところへ、

「この部屋に勝手に入ってくる者はいない」

といきなり話しかけられたものだから、心臓が縮み上がるくらい驚いた。

「さっきからずいぶんとやかましいのは、お前たちが原因か？」

若い男の声だ。ちょうど、私と同い年くらいの。

でも、どこから投げかけられたものかわからないのは、これもまた頭に直接伝わってくる声だからだ。

ドアノブに手をかけたまま、部屋の中を見回したが、何だか妙な雰囲気である。

「弓子、ここって何？　物置？」

尻《しり》もちをついたままの大仏マスクがささやくのを聞いて、そうか、照明がどこにもないのだと気がついた。照明を消しているのではなく、壁や天井を見回しても、ランプや電灯のたぐいがそもそも見当たらない。ヨッちゃんの目には、完全な暗闇だけが映っているはずだ。

「奥だ。来なさい」

先ほどと同じ若い男の声が、頭の中にぽんと弾けるような感触とともに伝わってきた。ホールで聞いた、ざらつきのある神経質で刺々《とげとげ》しい声よりも、ずっと穏やかで落ち着きのある響きだった。

「ここは私の部屋だ。私の許可なく入室する者はいない」

鍵のないドアから離れることができずにいる、こちらの心を読み取ったかのような言葉が頭に届く。

「行こう……、ヨッちゃん」

おそるおそるドアノブから手を放し、絨毯の上に腰を落としたままの彼女に声をかけたが、返事がない。その代わり、小さないびきが聞こえてきた。「ヨッちゃん」と肩を揺らしても起きてくれない。どういうわけか、ここに来てふたたび暗示が効いてきた——？

室内には椅子《いす》ひとつないため、ヨッちゃんの脇《わき》を抱え、壁際まで移動させた。

「大丈夫だからね」

サシエを握りしめる大仏マスクの手に触れてから、立ち上がった。

光がいっさい届かぬ空間であっても、もちろん私の目には昼間同然のものとして映っている。

壁はすべて深い赤一色で彩《いろど》られ、カーテンで部屋が仕切られていた。そのカーテンの中央の分け目に手をかけ、おそるおそる奥をのぞいた。

視界を横切る白っぽい残像に、自然と目が吸い寄せられる。

猫だ。

毛の長い、白い猫がすたすたと絨毯の上を進み、私の視線を意識しているかのように、音もなくジャンプした。

そこにぽつんと置かれた、ひとり掛け椅子に着地した猫の姿を追うよりも、私の目は壁際に設置されたケージのようなものに釘《くぎ》づけになった。

一辺三メートルほどある、巨大な立方体の枠組が置かれている。

その真ん中に、懐《なつ》かしいトゲトゲの黒い物体が浮かんでいた。

全身の力をこめて、彼の名前を呼んだ。

「Q!」

＊

気づいたときには、走り出していた。

「Q!　聞こえる?　私だよッ、弓子――」

「そこまでだ」

まさにケージの内側に足を踏み入れようとした寸前で、頭の中に声が響いた。

「それは罪人の檻《おり》だ。もしも、それ以上、近づくのなら、お前もまた罪人として裁かれることになる」

「罪人」という言葉に足が止まった。

足元に線のように引かれたケージの黒い枠から一歩、下がる。

「檻」と言われたが、高い天井ぎりぎりまで組まれた立方体のケージには、面の部分に格子《こうし》がない。ガラス張りでもない。ただ枠があるだけで、その中央にQがぽつんと浮いている。

ぐるりと部屋を見回した。

教室を二個つなげたくらいの、広間と言ってもよい大きさの空間だ。壁の色は同じく赤で統一され、やはり照明はひとつもない。室内にあるのは、この巨大な「檻」と、アンティーク調の、いや、アンティークそのものかもしれない、おしゃれなひとり掛けの椅子、それだけ。

「私を探しているのか？　お前の目の前にいるぞ」

ちょうど、私の視線の先には椅子の中央に鎮座する猫がいる。まさか、猫がしゃべってる？　と目を見開いたとき、

「猫が話すわけないだろう」

どこか笑いをこらえるような声が――、まるでクラスの男子が話しかけてくるような快活な調子で響くと同時に、

「ここだよ」

といきなり目の前に人が現れたものだから、「ギャッ」と悲鳴を上げてしまった。

椅子と壁との間に、いつの間にか人が立っている。

女の人だった。

私と同じくらいの背丈で、同じくマスクとマントを纏《まと》っている。だが、大きく異な

るのは、マスクもマントもその色が深い赤に染まっているということだ。

まさか、椅子の背後にしゃがんで隠れていたのだろうか。いや、それよりもはるかに気になることがある。

「これ、あなたの声ですか？」

目の前の人物はかすかに顔の角度を傾けた。

「どうして？」

「どうして……、って、その」

頭に届くのはクラスの男子たちの間から聞こえてきそうな声なのに、眼前にいるのはどう見ても女の人だ。

「おかしいか？」

真っ向から訊ねられると、どう答えていいものか言葉に詰まる。

「お前は、誰だ？」

「わ、私は――、嵐野弓子です」

「嵐野弓子、私の前に立つときは、その牙《きば》を納めてほしい。このあたりがうるさくて苦手なんだ」

正面の相手は耳のあたりを指差し、少しだけ口元を歪めて見せた。

「す、すみません」

慌てて牙を納めたが、興奮していたためだろうか、牙を出すときは何の痛みもなかったのに、引っこめるなり、締めつけるような激痛が上あご全体を襲い、思わず手で押さえた。

「イテテ……」

「ブラド」

「あい？」

「ブラド。私の名前だ」

手で口元を押さえたまま、間抜けな声を出してしまった。

ブラドと小さくつぶやいてみた。日本人の名前ではなさそうだ。

「ブラドさんは……、私の言葉がわかるのですか？」

「自慢ではないが、私はほとんどの国の言葉がわかる。お前のそれは日本語だな？」

「よかった！　言葉が通じる人がいて」

ようやく、喧嘩《けんか》腰にならずに、まともに対話してくれる人が現れたことと、あごの痛みが落ち着いてきたことが相まって涙があふれそうになるが、まだ泣いちゃいけないと気を引き締める。

「たぶん、すごい勘違いというか、そう、誤解があって、ここに来るまでちょっとした、いや、結構な騒ぎになってしまったのですけど、私はただ、ここにいるQを――」

真横に置かれた「檻」の中央に浮かぶ黒いトゲトゲに視線を向けた途端、まだだと言い聞かせたばかりなのに、フライングの涙がひと粒、頰を滑り落ちた。

それがきっかけだった。

止めようとしても、涙がぼろぼろとこぼれてくる。

そんな私をQは見つめている。

いや、見つめているのかどうかもわからない。全身トゲだらけの、どこに目があるのか、そもそも目があるのかどうかすら不明の物体だから。

「Qだよね？　何で、何も言ってくれないの？」

肩口に頰をこすりつけ、涙を拭《ふ》きながら話しかけても、Qは「檻」の中央に浮かんだまま微動だにしない。

「この『罪人』に用があるのか？」

ブラドと名乗った人物はいつの間にか、椅子に腰掛けていた。赤いマントに覆《おお》われた膝《ひざ》の上に白い猫が座り、その背中に細い指を這わせている。

「お前はサダメか？」

「え？」

「お前も声を聞いたはずだ。執事長が騒いでいたのは、お前がサダメだからか？」

「サダメって……、何ですか」

「宿命派のことだ。何事もサダメ、サダメとうるさいから、私たちは彼らをサダメと呼ぶ」

「私は、サダメじゃ……、ないです」

「サダメでないのなら、なぜ私の部屋を訪れた？」

「ここがあなたの部屋とは知らなかったんです。断りもせず勝手に入ってしまって――、ごめんなさい」

いったん頭を下げたのち、Qを探してここへ、と続けようとして、その前に深呼吸を挟んだ。また勝手に感極まって泣いてしまったら、いつになっても話が始まらない。

「お前はサダメでもない。私のことも知らない。それなのに、私の部屋を目指してやってきた。しかも『罪人』に用があるという――。話が見えないな」

「それは、佐久さんから、この場所が裁きのための部屋だと聞いたからです」

「サク？　誰だ、それは？」

そうだ、佐久という苗字《みょうじ》はあの病院で働くための偽名だった。

「佐久さんの本当の名前は……、私も知りません。でも、彼がこの部屋に行けばいい、と教えてくれて――」

「サクとは向こうで眠っている女のことか？」

「ち、違います。佐久さんは男の人です。『原《オリジナル》・吸血鬼』です。日本ではじめて吸血鬼になった人で、むかしロージュの一員だった――、ええと、つまり、この館《やかた》にいたこともあると言ってました。そうだ、オランダの人に命を狙《ねら》われています。もうそろそろ四百歳です。目つきが悪いです。性格も悪いです」

「ウマだ、それは」

頭に声が届くと同時に、マスクの下にのぞくブラドの口元が小さく歪んだ。

「ウマ？」

「日本から来て、この館でわれわれとともにいた者はウマしかいない」

不意に、佐久がカラオケ屋の個室の壁に書きこんだ「右馬三郎」の四文字がポッと脳裏に浮かんだ。

「うまさぶろう」ゆえの「ウマ」――？

「ウマは今、どこにいる？」

「わかりません。私たちを置いて、ひとりでどこか へ行ってしまって――」

納得がいかない回答だったのか、ブラドはうつむいたまま首を傾けた。その拍子にマスクの羽の部分で隠れていた耳が少しだけのぞく。

なぜだろう。髪をかき上げ、頭の上で結わえているため、あらわになっているその耳の形に見覚えがある気がしたとき、

「お前と行動をともにしないのなら、ウマの目的は何だ?」

とこれまでより一段調子が強まった声が響いた。

それは、と口を開こうとして、出かかった言葉を引っこめる。佐久に借りなど何もないが、ここで現在進行中の計画を告げてしまったら、決定的な事態に彼を追いこんでしまう気がする。

「嵐野弓子。お前は何か訴えたいことがあってここに来たようだ。だが、無断でこの館に侵入することは重罪だ。もしも今、私が執事長を呼べば、お前は即座に連行される。しかも、お前は人間を連れてきた。そのことを他の者たちが知ったならば、お前の友人は生きては帰れない。お前の罪はさらに大きくなる」

相手の言葉に一瞬、息が止まった。

ヨッちゃんのことは、とうにバレていたのだ。

真っ白になった頭に、急に重力を増した相手の声が聞こえてくる。

「その人間は、お前が連れてきたのだな？」

「そ、そんなつもりは全然、なかったんです。彼女は吸血鬼のことは何も知らないし、ここがどこかもまったく理解していませんッ」

上ずった声を絞り出し、全力で首を横に振る。

「ならば、お前と人間を無理矢理この場所に連れてきた、無責任な者が他にいるということか？　その者がすべての罪を引き受けるのなら、人間の命を奪わずに済むかもしれない。嵐野弓子――、私の言葉の意味がわかるか？」

数秒遅れて、理解した。

これは、取引だ――。

物静かなクラス委員のような口ぶりで、目の前の人物は、佐久の情報を渡せばヨッちゃんの命を助けてやる、と取引を持ちかけている。

＊

「私が何より心配するのは、ウマの証人のことだ。ウマについて、何の知らせも届いていない。この館への侵入を計画していたのなら、報告が上がってくるはずだ」

証人とはQのことだろう。そりゃ、佐久のお付きのQも自由になるための計画に賛同しているから――、とその理由を思い浮かべたとき、不意にこみ上げてくる感情があった。

そうだ、私は怒っていたんだ。

罰としてQに姿を変えてしまうという、ロージュの人たちのひどいやり方に。

「本当に、心配なんですか？」

気づいたときには、言葉が口から飛び出していた。

「こんなひどい姿に変えておいて、心配しているなんて、そんなの矛盾しています。本当に心配しているのなら、最初からこんな姿になんかしない。知ってますか？　儀式の前にいきなりQが現れるから、パニックになって吐いたり、気絶したりする子もいるって。そんな反応をわざと見せつけて、Qを傷つけようとするなんて最低です。絶対、間違ってる。今すぐにやめるべきッ」

枠の内側に浮かんだままのQを指差し訴える、私の興奮した声など何も届いていないかのように、「嵐野弓子」とどこまでも落ち着いた調子でブラドは呼びかけた。

「お前は、大きな勘違いをしている」

「私が？　何をですか」

「確かに罰ではある。だが、同時にこの姿はこの者を守っている」

「守っている？　ただ残酷な仕打ちをして、いたぶっているだけなのに？　こんなの、最悪のいじめでしょ？　いい加減なウソを言わないでッ」

「この罪人は、六十八人の吸血鬼が殺されるきっかけを作った。そのことを、お前は知っているのか？」

「え――」

佐久の口から、大勢の仲間が死ぬきっかけを作った、そのあやまちへの罰とは聞いていた。だが、六十八人とは――。想像を絶する数の多さに言葉を失ってしまった。

「もしも、この罰を受けなければ、命を落とした六十八人の親や兄弟、仲間たちの手によって、この者の命はとうに奪われていた。若いお前には、わからない感覚だ。『不死《エターナル》』の世界では、犯した罪に時効はない。なぜなら、悲しみを心に刻まれた者は、それを忘れないからだ。永遠にその傷の痛みに耐え続けなければならない。お前は、『不死《エターナル》』が持つ苦しみも悲しみも理解したうえで、それを言っているのか？」

突如突きつけられた、刃《やいば》のように鋭い問いかけに、思わずごくりと唾《つば》を呑《の》みこんだ。

これまで、Qによって失われた命について考えたことは一度もなかったし、

「不死《エターナル》」の吸血鬼が持つ「永遠」のなかに、悲しみが含まれるなんて想像さえしなかった。
「だから、私がこの姿に変えた。大切な家族や仲間を失った悲しみは消えることはな
い。だが、この姿を見れば、憎しみは消える。確かに消えるんだ、嵐野弓子。許す気
持ちが生まれるのは、とても重要だ。そのおかげで、この者の命も守られる」
「あなたが――、変えた？」
突然、披露されたとんでもない情報に、思いきり相手を指差して訊ね返してしまっ
た。
「そうだ。すべての証人を、その姿に変えたのは私だ」
「ど、どうやって？　いや、その前に、何であなたが？」
「お前は私のことを、本当に何も知らないんだな」
フフッという吐息のような笑い声が頭の中を通り過ぎていく。女性らしき外見と男
性らしき声という組み合わせのギャップには、だいぶ慣れてきた。でも、いくらその
声が学校の教室で聞こえてきそうな響きであっても、発せられる一語一語が奇妙な重
みをもって迫ってくる。だいたい、これまで登場した連中は全員が黒マントだったの
に、どうしてこの人だけ赤マントなの――？

「ウマは私たちをとても嫌っていた。彼は己が吸血鬼になったことを肯定できなかった。だから、この館を去った。ウマは頭がよく働く。ときに悪いほうにもな。今も証人に呼びかけているが、返事がない」

「それは、佐久さんのQが――」

とその理由を口にしそうになったとき、何よりも優先すべきことを思い出した。

「約束してください。佐久さんの目的を教えたら、ヨッちゃんを――、彼女を必ず無事に帰してくれると」

「約束？　私が？」

「人間だとか、吸血鬼だとか、そういうことは関係ない、私のいちばんの大切な友達なんです」

そよ風のように、くすくすという笑い声が通り過ぎていった。

「何が、おかしいんですか」

「私に約束しろ、などと迫ってくる者を、ひさしぶりに見た。少なくとも、この百年くらいは記憶にないな」

いいだろう、というまだ少し笑いを含んだ声が頭の中に響いた。

「だが、もう少し、お前は吸血鬼のことを勉強したほうがいい。『ブラド』という名前は、吸血鬼にとって特別なものだ。この世に生まれた最初の吸血鬼の名前だからだ。彼から、すべての歴史は始まった。彼が斃《たお》れたのちは、『ブラド』の名を授けられた者が、代々の吸血鬼を束ねている。もっとも、国によってその呼び方も変わる。今も変わっていなければ、お前の国では確か『大老《たいろう》』と呼ばれていたはず」

ひゅっ。

驚きの質と量が大きすぎて、声を吐き出す代わりに、妙な具合に息を吸ってしまった。

「あなたが、大老さん？」

その膝の上に座っていた猫が急に飛び降り、音もなく相手は椅子から立ち上がった。左右の布地が合わさって、身体の正面を完全に覆っていた紅色のマントから、青白い肌の腕が現れる。

その手が顔のマスクに近づいていく途中で、手首に少し大きめのほくろが見えた。思わず、自分の右手に視線を落とす。まったく同じ位置にほくろがある。ちょうど手首の真ん中にあるから、小学生のころはよくペンで、そのほくろを中心にして長針と短針を描き足し、最後に大きく円で囲んで腕時計の落書きに仕上げていた。

なぜ、この人の耳が気になったのか？　それは私の耳の形にそっくりだからだ。耳だけじゃない、鼻の形も、くちびるも、あごのラインも。

どうして気づかなかったんだろう。

ゆっくりとした動きで、ブラドは赤いマスクを外した。

すでに訪れていた予感のとおり――。

そこに立っていたのは、私だった。

＊

「どういう……、こと？」

一歩、二歩と後退る私の前で、「私」はふわりと赤マントを翻《ひるがえ》した。

マントの下から姿を現したのは学校の制服だった。

「ウマが館に入ってから、時間が経《た》っている。急がなくてはならない」

目の前の「私」は口元をいっさい動かさず、それでいて声だけが頭に直接伝わってくる。

「な、何で、『私』が？」

「物事はひとつずつ解決すべきだ。今、もっとも急ぐべきはウマのことだ」

どうして、「私」がいるのか？

生き別れた双子？　いや、双子なんかじゃない。私そのものだ。手首のほくろだけじゃなくて、右の頬にある、小さな三角形を描ける三つのほくろの位置まで寸分たがわず同じなのだから。

今すぐにでも、ここに「私」がいる理由を聞き出したかった。

でも、ブラド？　「私」？　が言うとおり、解決すべき順番がある。

「さっきの約束――、本当に守ってくれますか」

「このまま誰にも存在を知られなければ、その人間を帰すことは容易だ」

静かに「私」はうなずいた。ただし、マスクを取ったときから、ずっと目を閉じたままなのはなぜなのか。

「ウマは何のために戻ってきたのか――。教えてほしい、彼の目的を」

「台帳、です」

佐久は自分の目的を果たすために、あろうことか、私とヨッちゃんを囮《おとり》に使った。私を助けるなんて嘘《うそ》八百。とんだ、いかさまエターナル野郎だった。考えるまでもなく、彼に義理立てする理由など、そもそもどこにもないのだ。

「台帳の力がなくなれば、Qの監視から自由になれると佐久さんは言っていました。

佐久さんのQも協力しています」

「待て。なぜ、その話に証人が乗る？」

「台帳を始末したら、Qもまた元の姿を取り戻して自由の身になれるからです」

「それも——、ウマが言っていたのか」

「はい。だから、佐久さんのQは報告をしなかったんだと思います」

不意に、沈黙が訪れた。

「私」は目をつぶったまま突っ立っている。

こちらが不安になるくらい、まったく動きがない。息をしているのかどうかすらもわからないくらいだ。

まるで魂が抜け出てしまったような静けさに、

「ブラドさん……？」

と自分の姿をした相手に別の名前を告げる奇妙さを存分に味わいつつ、呼びかけたとき、

「ウマッ」

と強い語気とともに、ブラドの声がわんッッと頭の中で反響した。

突然、「私」は笑った。

いや、違う。

一瞬だけそう見えたのは、白い歯が見えたからだ。

笑ってなんかいない。「私」は怒っていた。

眉間《みけん》にしわが寄り、こめかみに血管が浮き上がっている。さらに、眉間から額にかけて太い血管が現れたとき、思わず両手で耳を塞《ふさ》いでしまうほどの破裂音が響いた。

私は見た。

「私」の口元から、霧のように鮮血が舞い、長い牙が二本、突き出すのを。

「私」はマントを翻し、背後の椅子を避け、回りこむようにして壁に向かった。

そのまま、勢いをいっさい殺すことなく壁に激突しようとするので、

「ちょ、ちょっと！」

と慌てて呼び止めたときには、「私」は消えていた。

「え？」

マントと同じ色合いの赤い壁が、何事もなかったかのようにアンティーク椅子の背景として広がっている。

「ブラドさん！」

物音ひとつ返ってこない。

ぐるりと部屋の中を見回した。

広間のような空間にいるのは、私とQだけだった。

ブラドと呼びかける声を止め、Qを見つめた。

誕生日の十日前の朝だった。

はじめてQを目にして絶叫してしまった、あの日と同じく、身体じゅうにトゲを纏った物体が、どこかぬめりを帯びた姿で宙に浮かんでいる。

間違いなく、Qは異形だ。決して、見ていて心地いい造形ではない。でも、今は懐かしいという気持ちばかりがあふれてくる。

「Q!」

思わず巨大ケージに近づき、呼びかけた。

一辺が三メートルはある巨大な立方体のケージ中央に浮かぶQはひどく小さく見えた。いつも顔のそばに浮いていたから、そのトゲの鋭さと本数の多さも相まって、威圧感たっぷりに迫ってきたが、こうして離れて眺めたとき、その直径六十センチほどの球体はどこかはかなげで、さびしげなオブジェのように映った。

「来ちゃったよ」

相変わらず返事は聞こえないけど、次から次へと言葉がこみ上げてくる。

「と言っても、半分だまされたようなところもあって、こんな大事《おおごと》になるとは思わなかったし、ここが大老さんの部屋ってことも全然知らなかったし……。でも、あの人、本当に大老さんなの？　何で、私とそっくりな姿してるの？　何もかも、わけのわかんないことばっかり。間違って、ヨッちゃんまで連れてきちゃったし、もうたいへんだよ。違う、それよりもたいへんなのは――」

もしも、佐久の言っていたことが本当なら、Qは死刑囚としてここにいる。しかも、刑の執行は今日。まさに今この瞬間も、Qは死と直面しているのだ。

「ごめんなさい」

急に胸を塞ぐような息苦しい感覚に襲われ、涙で視界が滲《にじ》んでくる。

「知りたいことが、たくさんあったの。どうして、あのとき、私は血の渇きを得なかったの――？　私は確かに宮藤《くどう》くんの血を吸った。彼の首筋に牙を突き立てたときの感触をはっきりと覚えているし、吸い上げた血が身体を巡っていくときの感覚も残っている。それなのに、私は血の渇きを得ていない。宮藤くんも吸血鬼にはなっていない。それって、どうして？　もしも、私の記憶がまぼろしだったなら、血だまりに倒れていた宮藤くんを助けたのは誰？　それすら、私の妄想だったってこと？　宮藤くんの血の匂《にお》いや、血に狂いそうになったときの、あの絶望の気持ちも全部、ただの悪い夢？」

ここで泣いても意味がないと、涙をこらえながら言葉をぶつけ続ける。

「宮藤くんだけじゃない。ヨッちゃんや蓮田くんだって、本当は大怪我《けが》をしていてもおかしくなかった。でも、みんな無事だった。あなたは知らないよね。全員が一日で退院して、今は元気に部活をしてる。私だって、そう。バスの外に放り出されて、地面に激突したのなら、あんな肋骨《ろっこつ》のひびだけで済むはずがない。それってQ――、あなたがみんなを助けてくれたからでしょ？　なのに、それなのに、あなたが死刑になるなんて……。そんなの絶対におかしい。だから、ここに来たの。ロージュの人たちには、私から話す。あなたは何も悪いことはしていない。私や、私の大事な友達の未来を守っただけだって。むしろ、誇るべきことをしたんだって――」

どれほど震える声で訴えかけても、Qからは何の反応も感じ取ることができない。

「ねえ、Q。何で、何も言ってくれないの。さっきから、全然動かないよね。私がこの中に入ったらいいのかな」

足元には黒いケージの枠が絨毯《じゅうたん》にめりこむように置かれている。「それ以上、近づくのなら、お前もまた罪人として裁かれる」というブラドの言葉が思いのほか効いていて、無意識のうちにその手前で足を止めていた。

でも、ただの枠じゃん。

ブラドはこれを「檻」と呼んだが、私が一歩足を踏み出したなら、それだけで中に入れてしまう。そんな「檻」ってある？

「ちょっと私、入ってみる」

片足を持ち上げ、絨毯に引かれた黒い枠の線をまたごうとしたときだった。

一瞬、Qが震えたように見えた。

さらには、鼻先を何かが通り過ぎていく感覚。

これ、雨の匂いだ——。

同時に、耳の底で雨が降る音が確かにこだました。

持ち上げた足の動きを止める。

不意に、あの日、血だまりに倒れる宮藤豪太《ごうた》を見下ろしたときの記憶が蘇《よみがえ》った。

どしゃぶりの雨の中、何度もQは「バスに戻れ」と警告してくれた。それなのに、私は最後までその言葉を聞こうとしなかった。

ひょっとして、Qが警告してくれている？

ここに入っちゃダメだ——、って。

「そうだ、そこは罪人の檻だ。お前は入ってはいけない」

いきなり頭の中に声が響き、「ワッ」と跳び上がってしまった。

ブラドの声だ。

左右を確かめるまでもなく、いつの間にか、椅子に人が座っていた。

赤マントを纏っているが、先ほどよりも身体のシルエットが明らかにひとまわり縮んで見える。

まるで居眠りをしているかのように、少しうつむき加減で目をつぶってはいるが、よく見知った相手がそこに腰を下ろしていた。

佐久だった。

＊

今にも発光しそうなくらい蒼白《あおじろ》い頰をさらし、佐久は赤いマントから頭だけを突き出した格好のままピクリとも動かない。

「佐久……さん？」

こわごわと、マスクをつけていないその顔をのぞきこんだとき、

「この男に導かれて、お前はここに来たんだな？」

という問いかけが頭の内側に届いた。

「そ、そうです」

「やはり、ウマか……」

どこか落胆を感じさせる声が頭に届くとともに、佐久が面を上げた。

「遅かった。すでにウマはこの館をあとにしていた」

「ブラド……さん？」

おそるおそる投げかけた質問に、「そうだ」と力のない答えが返ってくる。

「台帳は燃やされていた。証人の命を救うことはできなかった」

「どういうことですか？　佐久さんのQもいっしょに逃げたんじゃ——？」

「ウマがお前に伝えた、台帳と証人の関係は本当だ。そこに記されることで両者は紐《ひも》づけされ、台帳を破棄することで確かに関係は消える。でも、証人が元の姿に戻ることはない」

「戻らなかったら……、どうなるのですか」

「消える」

「消えるって……」

「つまり、死だ」

何の心の準備もできていなかったところへ、唐突に飛びこんできた知らせに、ビクリと身体《からだ》が震えた。

「で、でも、佐久さんはQを自由の身にしてあげるって——。Qもそれを信じていたから、誰にも報告しなかったはず」

「最初からウマはわかっていた。台帳が失われたとしても、証人が元の姿に戻ることはあり得ない——。すべてを知ったうえで、ウマは台帳を燃やした」

「まさか……、最初から佐久さんは自分のQを犠牲にして、逃げるつもりだったってことですか？」

「台帳の存在は、本来は彼が知るはずのない秘密だ。だが、この館にいる間に、秘密に触れたのだろう。当然、証人は台帳のことなど知らなかった。そこへつけこんで、証人に誤った未来を信じこませた。あわれな証人は——、いや、名前がある。彼女の名前はリュバ」

そうだ——、佐久のQは女性だった。

名前を聞いた途端、それまで佐久の頭上に浮かぶトゲトゲのイメージしかなかったその像が、人の姿を得て迫ってきた。

かつては人として暮らしていたのだから、名前があるのは当たり前なのに、これまでそのことに思い至りもしなかった。

「嵐野弓子、教えてほしい。ウマはお前に、サダメについて何か伝えていたか?」

依然、目の前の佐久はまぶたを閉じたままだ。

「佐久さんからは、何も——。そのサダメとかいう人たちも、私たちと同じ吸血鬼なんですか?」

いつの間にか、目の前の佐久を当たり前のようにブラドに置き換えて話している自分に気づく。でも、さっきまでいた「私」はどうなっちゃったの——?

「サダメとは、我々の生き方を認めない、別の生き方を信じる者たちのことだ。かつては彼らも、我々とともに歩む同志だった。されど、彼らは留まり、我々は進むことを——、次の世代を暗闇《くらやみ》から解き放つことを選んだ。我々は太陽の恐怖を克服した。血の渇きを克服した。私はそれらを『進化』だと信じている。だが、彼らは否定する。一族に課せられた宿命から逃れようとするばかりか、人間社会に過度に寄生し、滅びを加速させるだけの愚かな選択だとな——。彼らが宿命派と呼ばれるゆえんだ。もっとも、この館に住むほとんどの者は、サダメの連中と同じく、宿命に囚《とら》われ、それを受け入れて生きている。太陽の光は死を意味するものだし、血の渇きからも解放されていない。好むと好まざるとにかかわらず、古《いにしえ》の吸血鬼として生きることを今も強いられている」

「だから……、廊下のカーテンも閉め切って、あの体育館みたいな広間も、どこにも窓がないのですか？」

パパが教えてくれた、ロージュを構成する吸血鬼は全員が十五世紀の生まれの第一世代だという話を今さらながら思い返す。

ということは、先ほどまで広間でやりあった相手は、どれも五百歳超えのレジェンド級の吸血鬼だったということ？　そんな超・おじいちゃん、おばあちゃんたちに、思いきり頭突きやビンタを喰らわしたってこと？

「この館に窓は必要ない。『夜』だけを求める者たちが暮らす場所だからだ。でも、ウマはそうじゃない。ウマは朝の太陽を浴びながら歩くことができる。それでいて、彼はとても器用に力を操った。ときに、この館にいる者たちよりも巧みにな。そういった例は滅多に見られない。だからこそ、短い時間であったが、ウマはここに招かれた。彼は私たちのことをよく知っている。もしも、ウマがサダメのもとへと走ったなら、よからぬ結果を招く」

どうやらブラドは、佐久がクボーの情報を手みやげにして敵陣営に加わるのではないかと心配しているらしい。

「佐久さんは……、サダメという人たちのところへは、行かないと思います。信用はできない人だけど、佐久さんは私に、吸血鬼はこの世でもっとも自由な存在であるべきだ、と語っていました。佐久さんはずっと監視されていることが嫌で、誰からも放っておかれたくて、こんなことをしたのかも……」

私の言葉を吟味するかのように、目の前の佐久はわずかに首を傾けながら、しばらく無言を保っていたが、

「なぜ、お前はウマの肩を持つ？」

という問いが頭に響いた。

「それは——、自分でも変だなと思うし、お人好《よ》しにもほどがあるとわかっています。でも、佐久さんがカラオケ屋でヒントをくれたから、たぶん、私はこの部屋にたどり着けて……。佐久さんは悪い人だけど、悪くない部分もある。病院では真面目《まじめ》に働いていたし、Qのことを鬱陶《うっとう》しがりつつ、どこか同情しているところもあったように思います」

佐久の姿をした人物が、本人について訊《たず》ねる奇妙をもはや奇妙とも捉《とら》えず、まぶたを閉じているために余計に目立つ、少しカール気味の睫毛《まつげ》を見つめた。

「台帳を破棄すれば自分のQが消えてしまうことを佐久さんが知らなかった……、と

いう可能性はないですか？」

「その答えはウマの口から直接聞くしかない」

突き放すような声が届いたのち、佐久はすっと椅子から腰を上げた。

「すでに彼は多くの罪を犯した。証人の命を奪ったことに加え、無断で館に侵入したこと、台帳を燃やしたこと——。どれも、きわめて重い罪だ。すぐさま、追手が差し向けられるだろう。この瞬間にも、私には館じゅうの声が聞こえている。ウマの侵入とその無法ぶりを知った者たちの怒りであふれている。これから、どこへ逃げようと、世界中に散った私たちの仲間が必ず彼を見つけ出すはずだ」

「あの……、ブラドさんは、怒っていないんですか？」

「私か？」

「ブラドさんがリュバという女の人をQに変えたのなら、思い入れだってあるはずです。でも、あまり佐久さんに対して怒っていないみたい——」

「そう、見えるか」

「見えるっていうか……」

どこまでも無表情のまま目を閉じている佐久から判断できるものなんて何もないし、そもそも、ブラドの実の姿はいまだ完全な謎《なぞ》である。

「あの……、どうして、ずっと目を閉じているんですか？　いや、その前に、さっきまでここにいたの『私』ですよね？　今度は佐久さん。じゃあ、本当のブラドさんは？」

「ホッとしているのかもしれない」

「え？」

「もちろん、リュバが消えたことに、悲しみを感じている。掟《おきて》を犯したウマに対しても、怒りを感じている。でも、どこかで――、私はホッとしている」

「どういう……、意味ですか？　消えることは死と同じ意味だって言ったばかりでしょ。リュバさんが死んでもよかったってこと？」

思わず咎《とが》める口調になりかけるのを、グッと抑える。

何しろ、相手は「大老」なのだ。ひょっとしたら、とんでもない魔力の持ち主で、目を開いた途端、視線が合った相手をその場で石にしてしまうタイプかもしれない。人をQに変えてしまう力を持っているのなら、石に変えることだってできそうだし――。

「私は――、知らないのだ」

「知らない？」

「罪を犯した者に対する許し方を、今もって知らない。リュバをどうしたら元の姿に戻すことができるのか、私はその方法を見出《みいだ》すことができなかった」

「そ、それって——、Qは永遠にあの姿のままってこと？」

絶句する私の目の前で小柄な身体を赤マントで包み、うつむき加減で立っていた佐久だったが、「わッ」と思わず後退《あとずさ》ってしまうほどの勢いで、腕を振り上げた。翻った赤マントの布地が元の位置に戻ったとき、佐久の身体がひとまわり大きくなったように感じた。

いや、実際に私とほとんど同じ高さまで、その背が伸びていた。

真ん中で分けた長い髪を左右の肩に垂らし、おそろしくきれいな面立ちの少年が、そこに立っていた。

聞き慣れない言葉が放たれる。

それは直接、私の耳に届いた。

私はその声を知っていた。この部屋に入ってからずっと頭の内側に響いていた、若い男の声そのものだった。

異国の言語による自己紹介だったのだろうか。まったく理解できない言葉の羅列の合間に「ブラド」という単語が通り過ぎた。

「あなたが……、ブラド？」

少年は静かにうなずいた。

＊

光のない完全な闇のなかで、少年の白い肌はどこか蒼さを帯びながら、本当に光っているように見えた。

普段、こんなに整った顔面の男子が目の前に立っていたなら、まともに視線なんて向けられなかっただろう。でも、ほんの一メートルの至近距離から遠慮なく凝視できるのは、彼が相変わらず目をつぶっているからである。

「今の姿が――、本当のあなた？」

「そうだ、嵐野弓子」

「どうして、あなたはずっと目を閉じているの？」

「私は目が見えない。生まれたときから、ずっと」

淡々とした受け答えの声が今度は耳ではなく、これまでどおりに頭の内側に聞こえてくる。

「ご、ごめんなさいッ」

「構わない。ただの事実だ」

マントの下から、まるで学校の制服のような、白いシャツに黒いズボンという取り合わせがのぞいている。ブラドが椅子に腰を下ろすと、これまでどこに隠れていたのか、白猫が近づいてきて、一度、力を溜《た》めるように尻《しり》を落としてから、膝《ひざ》の上に跳び乗った。

「他の場所と違って、この部屋には明かりがない。壁にも額が飾られていない。私には必要ないものだから」

部屋に入ったときから感じていた奇妙さ――、ランプなどの照明や、大広間で見かけた様々な装飾品や置物の類《たぐい》がひとつもない理由は、部屋のあるじの意思だったのだ。

「私は、お前に似ていたか？」

一瞬、問いかけの意味がわからなかったが、佐久の前に登場した「私」のことだと気づいた。

「はい。そっくり、そのままでした」

吐息のような笑い声が、頭の内側を通り過ぎていく。

「ブラドさんは――、他人に化けられるのですか？」

「化ける……。そういう言い方もできるかもしれない。私は生まれてから、一度も外の世界を見たことがない。その代わり、相手のかたちを感じることができる。お前たちが目で見るものとは異なる、私の心の目だけが捉えるかたちだ。そこに自分を移すことで、相手と同じ姿になれる。目が見えないぶん、私は耳がいい。様々な国の言葉を、すぐに覚えることができる。言葉にもかたちを感じる。音がかたちを帯びて聞こえるんだ。雲のような、波のような、雷のような——、言葉によって色合いも動きも異なってくる。それを理解することで、様々な国の言葉を話せるようになる。お前の国の言葉は、岩にぶつかってはねる水のようなかたちだな」

どこまでもちんぷんかんぷんの説明だったが、ブラドが佐久とはまったく別の力を自在に操るらしい、ということは理解できた。佐久が大老のことを「バケモン中のバケモン」呼ばわりしていたのも、ひそかに納得である。ママはロージュの人たちを「あの人たち、半分、魔法使い」と評していたが、半分どころじゃない。二〇〇%の魔法使いである。

「私には師がいた。先代のブラドだ。彼が私の力に目をつけ、私を育てた。多くの仲間を失うきっかけを作った者への『罰』として、私の力を使うことを思いついたのは師だった。私はまだ子どもだった。彼にほめられるのが、ただ単純にうれしくて、彼の求めるままに力を放ち、罪人たちをあの姿へと変えてしまった」

「ど、どうして――、何のために、あんな姿に変えたんですかッ」

「誰も近づきたくないと思うくらい醜い姿に変えるように、と師に告げられたからだ。私が仲間に襲われ、この身体になったのは十五のときだ。それから、一年も経っていなかった。私はまだ、まわりの吸血鬼たちを憎んでいた。父や母や妹や弟を殺した連中を許していなかった。私が心を開き、言葉を交わすのはただひとり、師だけだった。たとえ、村を襲うことを決めたのが師であっても、師は私の力を見抜き、死ではなく、新たな命を与えてくれた。彼は私の命の恩人だった。師の注文に応《こた》えるのはとても簡単だった。誰も近づきたくない姿とは、つまり、誰をも近寄らせない姿のことだ。それは、私そのものだった。まわりの吸血鬼を拒絶する、私自身のかたちをそのまま罪人に反映させた」

おそらくブラドと同じくらい蒼褪《あおざ》めているだろう頰をごしごしと両手でさすってから、私はケージに視線を向けた。

何百本ものトゲを全身に纏《まと》った、黒い球体がそこに浮かんでいる。

これは家族を奪われた少年の怒りと悲しみのかたち、そのものなのだという。

「Ｑ」

呼びかけたくても、胸がつかえて声が出てこない。

「師は私をとてもほめてくれた。実際に姿を変えた罪人たちを見て、彼らに強い憎しみを抱く者たちの心は慰められた。彼らに危害を加えようとする者も消えた。結果として、罪人たちの安全も守られたのだ。だが、私は大きな間違いを犯した。自分には何ができて、何ができないのかを見極める前に、力を使ってしまった。彼らの姿を変えたあとになって、気がついた。彼らを元に戻すことができないことを。私はその事実を師に伝えた。だが、師は変わらず、罪人たちの姿を変えるよう求め続けた。師は言った。吸血鬼《われわれ》のかたちを永遠に変える力など存在しない。罪人を元の姿に戻す方法はある。いずれ、お前はその答えにたどり着く。時間はたっぷりある——、と。師もまた、私とは異なる、偉大な力を操る御方だった。師の導きがあれば、いつか見つけることは可能だったかもしれない。でも、その機会は失われてしまった」

「ど、どうして？」

「サダメによる仕業と噂《うわさ》する者もいたが、私は不慮の事故と考えている。太陽の光を浴びて、師は突然、この世を去った。残された私が新たなブラドに選ばれた。私がブラドの名を得てはじめて決めたこと、それは罪人の姿を変える刑の停止だ。刑の苛酷《かこく》さでもって行動を抑止するのではなく、罪人そのものが生まれない仕組みを作ろうとした。太陽の恐怖の克服、血の渇きからの脱却——、私が目指したのは『変化』だった。太陽の恐怖に怯《おび》えていた時代、吸血鬼は村に引きこもり、互いに支え合って生きるしかなかった。だが、陽の光の下を歩ける身体を得て、血の渇きに耐える苦しさからも解放されたならば、吸血鬼は人間社会により適応し、溶けこめる。自衛のために固まって暮らす必要もなくなり、誰かが犯した小さな罪が原因となって人間に襲われ、一網打尽の目に遭う悲劇も消滅する——。そう、考えたのだ」

こんなお気楽吸血鬼の私でも、吸血鬼という存在がどんどん人間に近づいているのではないか？　という疑問について考えることはある。まさにそれに対する答えを、「大老さん」自らが語るのを聞いている。何もかもが、とんでもない話だった。

「サダメの者たちは、『闇』とともに生きることこそが、私たち吸血鬼に定められた宿命だと叫ぶが、私は己の選んだ道が正しかったと固く信じている。ただ、悔い続けている過去もある。あの者たちに、永遠の苦しみを与えてしまったことだ」

「だから……、佐久さんのQが消えたことを」

「リュバはようやく解放されたのだ。彼女は四百年以上も、あの姿のままだった。嵐野弓子、お前はあの者たちを証人として利用するのは、その尊厳を損う仕打ちだと言いたいのだろう。だが、あの者たちにとっては証人としての活動のみが、外の世界に出る唯一《ゆいいつ》の機会なのだ。お前の言に従って、あの者たちからその役割を奪えば、彼らは闇のなかで、永遠に孤独なまま生き続けることになってしまう」

こんな——、こんな話を聞きにきたんじゃなかった。

これまでどおりQがQとして生き続けることだけが、彼らにとって唯一の救いであり、ハッピーエンドは決して訪れないなんていう、夢も希望もない真実を聞くために、どうしようもなく辛気臭い館《やかた》に乗りこんだのではなかった。

「ウマの話は終わりだ。お前たちを元の場所へと帰す。まもなく、執事長たちがこの部屋に集まる。ウマのことで緊急の会合が行われるのだ。もしも、そこにいる人間の姿を見られたら、お前の友人の命はその時点で終わる」

決して「こんな話」では片づけられない警告に、私は息を吞《の》む。

「待って、ブラド。私はQの死刑を止めるために、ここに来たの。なら、今すぐ教えて。どうしてQは死刑にならなくちゃいけないの？」

「お前は勘違いをしている」

「今度は、勘違いなんかじゃないッ。あなたはあの枠を『檻《おり》』だと言った。Qを罪人呼ばわりして、さっきからQはあの枠の中でまったく動かない。これから死刑を執行するからでしょ？　ごまかさないでッ」

「これから始まるのは審問だ。私はこの罪人が何をしたのか、まだ把握していない。館の外で対応すべき務めがあって、半月の間、留守にしていた。ようやく務めを終えて、審問に合わせて帰ってきたばかりだ。開始の時間までここで休むつもりでいたら、騒々しく飛びこんできたのがお前たちだ。その罪人に下される刑は何も決まっていない」

「で、でも、私は佐久さんから、Qの死刑の執行が今日と教えてもらって。それは佐久さんのQが、私の儀式に現れたこの館の人が話しているのを盗み聞きしたから――」

「お前は死刑の理由を何と聞いたのだ？」

正直に伝えるべきか、一瞬だけ躊躇《ちゅうちょ》したが、

「Qが人間を生き返らせたから、です」

と隠さずに告げた。

目を閉じたまま、ゆっくりと猫の背を撫《な》でていたブラドが、指の動きを止めた。

「ホウ」という驚いた声が頭の内側で泡が弾《はじ》けるように響いた。

「証人が人間を？　それはおもしろい。本当の話なのか？」

おもしろい？　何、言ってんのこの人、と本気でイラッときたが、やっとQのこと

を話すチャンスが巡ってきたのだ。冷静に説明しなくちゃ、と自分に言い聞かせるが、

「本当にQが生き返らせたのかどうかは、わからないです。わからないから、私はここに確かめにきたんです。でも、たとえQが人間を生き返らせたとして、それの何が悪いの？　Qは事故に遭って大怪我をするところだった私や、私の友達を救ってくれた命の恩人なのに、何で、死刑にならなくちゃいけないの？　決まっていないとか言ってるけど、死刑にするかどうかを話し合うわけでしょ？」

あごを少し上げ、何かを感じ取ろうとするかのように、ブラドは顔の向きをQのいるケージに合わせていたが、「ああ……」と吐息のようなつぶやきを発した。

「それは——、執事長との因縁かもしれない」

「因縁？」

「思い出したよ。その罪人は、かつてひとつの村を亡《ほろ》ぼした。もっとも、同情の余地はあった——。罪人は吸血鬼になって、まだ日が浅かった。山で狼《おおかみ》に襲われ、瀕死《ひんし》の状態だったところを、仲間が見つけて蘇生《そせい》させたのだ。だが、不運なことに、蘇生の最中で人間に発見されてしまった。吸血鬼に襲われていると勘違いした人間たちは、怒り狂って仲間を銃で撃った。その後、吸血鬼が身近に暮らしていることを知った人間たちは、村の探索を開始した。古き時代、吸血鬼たちが住む村は、簡単に外部から

は見つけられぬ山奥であったり、険路の先であったり、人目を徹底的に忍んで造られていた――」

淡々と頭の内側に響くブラドの声を聞きながら、どうしてだろう、と心で首を傾《かし》げた。

私、この話をどこかで聞いたことがある。

＊

「罪人は仮死状態になったまま、両親のもとへと運ばれた。もちろん、彼が吸血鬼として生き返ることを両親も、まわりの人間も、誰も理解していなかった。果たして仮死状態から目覚めたとき、人間たちは歓喜した。吸血鬼として蘇生したときに注意しなくてはならないのは、再生時に訪れる混乱だ。人間の身体を失った事実を受け入れられず、自暴自棄になることで無用な衝突が起きるおそれがある。この罪人の場合、真実を告げられる者がその場に誰もいなかったことが、悲劇の始まりだった。罪人は人間たちに教えてしまったのだ。吸血鬼の村のありかを。蘇生を成功させた仲間と、罪人は顔見知りだった。これまでの付き合いのなかで、仲間がどのあたりに住んでいるか、漏らしたことがあったらしい。混乱状態のまま、罪人がこれから永遠の仲間となる者たちの居場所を、人間たちに伝えてしまった」

間違いなかった。

これって、Qが私に話して聞かせてくれた物語そのものだ。

でも、Qの話では町に向かう途中、吸血鬼の少女が、狼に襲われた人間を見つけるという展開だったはず。

血を欲することの怖《おそ》ろしさを理解していないガキんちょ吸血鬼へのヘビーな実例紹介として、わざと少女側の視点に変えて、Qは伝えてくれたのだろうか。

ならば、今の話に登場した、「狼に襲われ瀕死の状態に陥った人間」というのは、少女がはじめて得た人間の友達、つまり、彼女が町で買い出しをするときに寄っていた酒屋の息子のことだから――、それがQ？

「女の子は、どうなったんですか……？　Qを蘇生させて銃で撃たれた人です」

「その仲間が男だったのか、女だったのか、私は知らないし、その後の生死についても確かめる術《すべ》はない。わかっているのは、この罪人の密告がきっかけで、吸血鬼の村がひとつ消滅し、六十八人の仲間の命が奪われ、そのなかに執事長の妻や子どもたちが含まれていた、ということだ。執事長は動物の血を求め、狩りに出ていたために助かった」

「密告って……。そんなのどうしようもないじゃないですかッ。だって、自分をまだ人間だと思っていたからでしょ？　あなただって今、吸血鬼に生まれ変わったことを教えてくれる人がいなかった、って言ったじゃない。その執事長さんは、本当に気の毒で、かわいそうだけど、その責任を全部Qに押しつけるなんて間違ってるッ」

「ここで四百年以上前に先代のブラドが下した判断について、お前と議論するつもりはない。そこにいる罪人は、蘇生後にやがて己の異変に気づき、血への欲求に駆られて両親を襲う前に町を出た。それから、ひとりで苦しみ続け、半年後に山の中で執事長により確保されたのだ」

「Qはわけもわからないまま必死で生き抜いたのに、見つかるなり密告の罪を着せられて、それから四百年以上ずっとこの姿ってこと？　よ、よくも、そんな――」

　Qがかつて語った話からうかがうに、彼が吸血鬼になったのは二十代のときだろう。たった二十数年を人間として過ごしただけで、あとの気が遠くなるほどの時間を、この姿のまま生きることを強いられたのだ。想像を絶する残酷な仕打ちに、抑えようとしても声が途中で震えてきてしまう。

「この者が二度目の審問を受けると知り、執事長はかつての怒りや悲しみを蘇らせたのだろう。人間を生き返らせたことが、許せなかったのかもしれないな。執事長は人間が嫌いだ。私と意見がぶつかることも多い。人間に対して甘すぎる、とよく叱《しか》られる。だが、執事長がどう考えていようと、審問はこれからだ」

ブラドはいっさい動じる様子もなく、猫の背中を撫で続けている。猫もまた落ち着き払った態度で、どれほど私が興奮の声を上げても、ぴくりとも反応しない。

行き場のない感情がのどの奥からこみ上げてきて、思わず「Q！」とケージに向かって叫んだ。

「無駄だ。檻の中にいる罪人からは、私たちの姿は見えないし、音も聞こえない。そのための檻だ」

そんなはずない。

だって、さっき枠の内側に入ろうとしたとき、Qは確かに警告を放ってくれたもの――。

「これから――、Qはどうなるんですか」

「人間を生き返らせたことが事実ならば、それは明らかに証人としての役割を逸脱している。死刑を免れることができたとしても、今後、いっさいの役目から外されるだろう」

「どういう意味ですか……、それ」

「館の外に出る機会がなくなる、という意味だ」

「そ、それって、光も、友だちも、家族も、誰もいない、何もないところで、ずっとひとりで、永遠に過ごせってことでしょ？　そんなの死刑と同じくらい――」

「時間だ、嵐野弓子」

私の言葉を遮って、冷たく染《し》み入るように声が響いた。

「向こうにいる人間を、ここへ連れてこい。いつ執事長たちがこの部屋に現れても、おかしくはない」

でも、と口を衝《つ》いて出そうになるが、私は唇を噛《か》みしめ、ブラドに背中を向けた。

ほとんど突っこむ勢いで正面のカーテンをくぐり抜け、壁に頭を預けて座りこんでいるヨッちゃんに駆け寄る。

「立って、ヨッちゃん」

黒マントを纏う身体を揺すり、呼びかけると、大仏マスク越しに軽いいびきをかいていたヨッちゃんが「おあ、んあ？」と寝ぼけた返事を発した。腕をつかみ、立たせようとしたが、結局、時間がないからとお姫様だっこでヨッちゃんを持ち上げた。

「わ、浮いた」

「大丈夫だから、ヨッちゃん」

ふたたびカーテンを突っ切ると、椅子《いす》の前でブラドが立って待っていた。

「準備はいいな」

「Qと話せませんか」

ブラドの眉間《みけん》に、かすかにしわが寄る。

「え？　誰かいるの？　弓子、誰と話してる？」

「今さらお前が罪人と話しても、できることなど何もない」

「それでも構いません。少しでいいから、Qと直接話させてください」

今この瞬間に背後で扉が乱暴に開かれるかもしれない、という恐怖の感情に駆られながら、閉じられたままのブラドのまぶたをじっと見つめ続けた。大丈夫。この人は大老さんだ。きっと、部屋の外の様子もちゃんと把握している――。

「お願いします」

ヨッちゃんを抱えたまま、私は頭を下げた。

「よくわからないけど、私からもお願いしまっす」

なぜか大仏マスクも調子を合わせてくる。

闇《やみ》の中で、陶器のように光る頬に手をあて、ブラドはすうと鼻から長い息を吐いた。

「いいだろう。ここまでたどりついたお前の勇敢さを認めよう」

ブラドはくるりと踵《きびす》を返し、椅子の上に残って優雅に前脚を舐《な》めていた猫の白い身体に、赤マントを覆《おお》うようにかぶせた。

マントを引いたとき、そこには砂時計が置かれていた。

「え？」

猫がいたはずの座面に砂時計がぽつんと立っている。まるで手品のように、猫は跡形もなく消え失《う》せてしまった。

「ね、猫は？」

ブラドは拾い上げた砂時計を胸の前に掲げた。

「これに猫のかたちを与えていただけだ。猫の毛並みを撫でていると落ち着く」

「で、でも、普通に動いていました……」

「そのくらい、簡単だろう」

とんでもないことをさらりと言い放ち、ブラドは「その人間は置いていけ。檻の中には、お前ひとりで入れ」と告げた。

目の前の空いている椅子にヨッちゃんの身体を下ろし、

「ここで少し眠ってて。すぐに戻ってくるから」

とささやくと「あーい」というくぐもった返事とともに、早くも軽い寝息が大仏マスク越しに聞こえてきた。

立ち上がってブラドと向き合うと、どうやら自分の椅子を使われるとは思っていなかったようで、どこか迷惑そうに口元を歪める端整な顔立ちにぶつかった。

「この砂時計の砂が流れる間、誰も部屋には入らせない。だが、砂がすべて落ち切った瞬間に、お前とその人間を、お前たちが住む場所まで戻す」

「ありがとうございます、ブラドさん」

深く頭を下げてから、高さ十センチほどの砂時計を受け取った。真鍮《しんちゅう》製だろうか。筒状の冷たい金属の内側で、ガラスの容器がくびれを作っている。ついさっきまで猫だった気配はどこにも残っていない。

「Qを戻す方法は……、これからも絶対に見つからないのですか？」

「やれることはすべて試した。私の力では及ばなかった。ただ……」

「ただ？」

「先代のブラドは言っていた。私の力の裏側に解き方があるはず――、と。力を用いて吸血鬼《われわれ》を変えたならば、それを裏返すように力を使えば、元の姿に戻すことができる、という意味だろうか。だが、私は見出すことができなかった」

ブラドは腕を伸ばし、私の手中の砂時計をひっくり返した。ガラス容器の内側で、砂とともに時間が流れ始める。

「きっかり、五分だ」

一瞬だけ触れたブラドの指は、砂時計を覆う金属よりも冷たく感じられた。

「行け、嵐野弓子」

「はい」

椅子で横になっているヨッちゃんに「行ってくるね」と心で声をかけてから、Ｑに向き直った。

一歩、二歩と立方体の枠組の前まで進む。

三歩目で枠をまたぎ、「檻」の内側に入った。

＊

まぶしい。

思わず、顔をマントで覆った。

これまで完全な暗闇に目が慣れすぎていたせいか、いきなり差しこんできた光に眼球が痛むくらい反応してしまう。

マントを下げて、目を細めながら周囲を確かめた。

すべてが白かった。

ブラドも、ヨッちゃんも、アンティークな椅子も、立方体の枠組も、真っ赤な壁も、あるべきものはどこにも見当たらず、ひたすら淡い光に包まれた――、いや、淡い光しかない場所に立っていた。

「Q!」

顔からマスクを脱ぎ捨て、白い世界にぽつんと浮かぶ、全身からトゲを生やした黒い影に向かって呼びかけた。

「見える? 私の声が聞こえる?」

「ああ、見えている」

懐《なつ》かしい、低く響くこの声。

どこか物憂《ものう》げな調子を帯びた声が、頭の内側に聞こえてきた。

「ひさしぶりだね、Q」

こらえきれず、あっという間に頰を伝っていった涙をマントの襟で拭《ぬぐ》って、足元に砂時計を置いた。床の質感を視認できなくても、私が立っている場所と同じように、砂時計も傾かず、まっすぐ床に立ってくれた。

砂が音もなく落ち続けるのを見て、急いでQに向き直る。

北ノ浜でダブルデートした日から、まだ十三日しか経《た》っていない。それなのに、もう何年も会っていなかったかのような遠く隔てられた感覚が、Qとの間に漂っていた。

「来ちゃったよ」

ここで意味もなく泣いて、大切な時間を無駄にするわけにはいかない。胸に手を当て、落ち着け、泣くな、と深く息を吸いこんだところへ、

「馬鹿者《ばか》が」

という声が届いた。

そのたったひとことにQの想《おも》いが染みこんでいるのを感じ、胸が一気に熱くなる。

「うん、ごめん」

と返すのが精一杯だった。

「その砂時計は何だ」

「五分だけ、ブラドさんが時間をくれた。ここからはまわりが見えないけど、本当は部屋の中に大きな枠が置いてあって、そこにあなたが浮かんでいるのが見えた。でも、あなたは私のことに気づいていたんでしょ？」

「ずっと、夢を見ていた」

「え？」

「夢の中でお前の声を聞いた気がした。いや、単に俺がバスが落ちたときのことを思い出していたからかもしれない。雨に打たれながら、お前がうるさく叫んでいた」

「それって……」

と思わず声が出かかったけど、続きを呑みこむ。

私が足元の枠を越えようとしたとき、鼻先をかすめた雨の気配。説明のしようがないし、今さらそんな必要もないけれど、きっとあなたは夢越しに、私に警告してくれたんだよ――。

「お前は、夢なのか？」

「夢じゃない」

ちゃんとここにいる、と私はコウモリのようにマントごと両腕を左右に広げて見せた。

「あなたはいつから、この場所に？」

「お前と別れてからだ。もう何日経ったのかも、わからない」

「あの事故から、二週間近く経ってる。私が目を覚ましたのは事故の三日後で、眠っている間に儀式は無事に済んだ。今は学校にも通ってる。しばらく大人しくしなさい、ってパパとママに言われて、まだ部活は再開していないけど、来週には復帰する予定。そうだ、ヨッちゃんたちも元気だよ。奇跡的に誰も怪我してなかったんだ」

「バスが崖《がけ》から落ちる途中で、お前は割れた窓から外に放り出された。お前が腕に抱えていた二人は、俺がバス内に留まらせた。でも、お前が受ける落下の衝撃までは打ち消すことができなかった」

「やっぱり――」

Qが私たちを助けてくれたんだ、とこみ上げてくる興奮を噛みしめつつ、

「大丈夫。肋骨にひびが入っていたけど、もう完全に治ったから。ここに来る途中、ちょっとだけ暴れてみたけど全然、問題なかったし。というか、怪我したこと自体、忘れてた」

と拳《こぶし》で胸をどんと叩《たた》いて見せた。

「でも、あなたがそんな力を持っていたなんて知らなかった」

「お前も少しなら使える。ただ、使い方を知らないだけだ」

え、そうなの？　と一瞬気が逸《そ》れそうになったが、今話すべきことではないと、Qにまっすぐ視線を向け、頭を下げた。

「ごめんなさい」

いちばん伝えたかった言葉を、ようやく言うことができた。

「私はあなたの警告を聞かなかった。だから……、だから、あなたをこんな目に」

「あの宮藤という男は無事だったのか」

私の言葉は無視するくせに、どこまでも不愛想な口ぶりで心配してくれている。

そう、こういう人なんだ。

はじめてQを「人」だと認識していることに気づき、改めて胸にきりりと鋭い痛みが走る。油断するとすぐに涙が滲《にじ》みだす目頭をマントの襟で一度拭ってから、顔を上げた。

「宮藤くんは、チョー元気。蓮田《はすた》くんと、とっくに部活を再開してる。全部、あなたのおかげ。でも、どうやって宮藤くんを生き返らせたの？　あの血だまりのなかで倒れていた宮藤くんは全部、私の夢？」

「あの男を生き返らせたのは、お前だ」

「私？　違う。私は宮藤くんを吸血鬼として蘇生させようとした。はっきりと覚えている。宮藤くんの血の匂《にお》いに、頭がおかしくなっちゃいそうだった。いや、実際おかしくなったの。耐えられなくて、牙《きば》を出して、宮藤くんの首筋にガブリと嚙みついた。それから、血を吸って、蘇生の力を加えた。でも、宮藤くんは吸血鬼になっていなかった。それどころか、あんなに血がたくさん流れていたのに、怪我のひとつすらしていない状態で、私といっしょにバスで倒れているところを救助してもらった。どれだけ考えても、どういうことかわからなくて、あれは私の見た夢かもって——」

「夢ではない。すべて現実だ。お前は俺の警告を無視して、牙を出し、あの男の首筋に噛みついた」

「え？　でも……」

「そこで、俺が止めた」

「止めた？」

「俺は証人だぞ。目の前で監視の対象が人間の血を吸って、血の渇きを得るのを、黙って見過ごすはずないだろう」

「そ、そんなことができるなら、もっとはじめから、私がバスを出るところで止めたらよかったじゃない」

「お前が牙を出したとき、俺ははじめて証人として、お前の行動を直接制限——、操ることができる」

あ、と口元から声にならぬ声が漏れた。

「だから、お前は血を吸ってはいない」

「でも――、血を吸った記憶が残っているの。言葉にするのもこわいくらい、得体の知れない何かが全身に広がっていく感じが」

意識がそのまま溶けてしまいそうな、あの甘美で背徳的な感覚――、あれこそが血の渇きの根源にあるものだろう。それを得ていないにもかかわらず、経験として把握している自分がいる。

「それは――、俺の記憶だ」

「あなたの？」

「一度だけ、人間を襲って、その血を喰らったことがある。どうしても、血を求める衝動に耐えられなかった」

暗い響きを帯びた声が、周囲を淡く満たす、白い光のなかに溶けこんでいく。ブラドが言っていた、Qが吸血鬼として蘇生してからの半年間、己が何者かも理解していなかったときの話だろうか。

「どうして……、あなたの記憶が私に？」

「俺はお前を止めた。そのとき、あの男を蘇生させたいというお前の強い願いが、突然、俺のなかに流れこんできた。俺がお前を操るはずが、逆に操られているような、自分が誰なのかわからなくなる感覚があった。あの瞬間、俺とお前の間で何かが交わった。俺はお前をあの男から引き離そうとした。でも、いつの間にか、俺は人間に蘇生の力を注いでいた――。俺の意思じゃない。そもそも、この姿になった俺は蘇生のための力など持っていない。お前だよ。お前が俺を介して、血を吸うことなく、蘇生の力を送りこんだ」

夢ではない、と否定されたあとに提示された事実が、私の想像を超えすぎていて頭がついていかない。

「気がついたら、瀕死の状態だったはずのあの男が蘇《よみがえ》っていた。あれだけ背中から流れていた血も、どこかに消えていた」

「ど、どうして、そんなことに？」

「わからない……。ただ言えることは、俺とお前の願いが叶《かな》った――」

「あなたの願い？」

「俺も、あの男を生かしてやりたいと、いつの間にか願っていた」

瞬《まばた》きをした拍子に、すとんと涙がこぼれていった。もう拭うのはやめて、ただ歪《ゆが》んだ視界に浮かぶＱを見つめた。

「牙を出したまま意識を失ったお前を操って、あの男を背負わせ、バスまで戻らせた。それからだ。猛烈な痛みが襲ってきたのは――」

「痛み？」

「内側から破裂しそうな痛みに、視覚も、聴覚も失って、意識が吹っ飛んだ。気がついたときには、この館に戻っていた」

「そ、それって、私のせい？　館の人たちには説明した？」

「ああ。だが、誰も理由がわからなかった。人間が吸血鬼にならずに、ただ蘇ったなんて前代未聞《みもん》だと。監視の対象から勝手に切り離されて、証人が戻ってくることも初めての例だと。だから、その原因を探るための審問がこれから開かれる。俺はここで、そのときを待ち続けている」

　突然、話が今に戻ってきて、ハッとして足元の砂時計をのぞいた。すでに、ほとんどの砂が下の容器に移動していた。

　審問の末にQに下されるだろう裁定について、伝えることなどできなかった。死刑を免れても、同じくらい悲しい結末が待っているなんて絶対に言えなかった。

「痛みは？　まだ、あるの？」

「ここに戻ると消えていた」

　よかった、と安心した声を上げる私は、この期《ご》に及んでも、どうしようもなく卑怯《ひきょう》者だった——。

「弓子」

この場所で、はじめてQは私の名前を呼んだ。

「お前が来た、本当の理由は何だ」

「あなたに会うためだよ。そんなの、決まってるでしょ」

「俺が死刑になるのを止めにきたのだろう」

あまりに真実を突いた言葉に表情が固まり、咄嗟《とっさ》に言い返すことができなかった。

「審問の結論はわかっている。人間を生き返らせるなど、許される行為ではない。俺は死刑になる」

「わ、わかってなんかいないッ」

気づけばマントから拳を突き上げ、叫んでいた。

「あなたは何も間違ったことはしていない。あなたは正しいことをしたの。失われたかもしれない命をいくつも助けた。命に人間も吸血鬼も関係ない、そうでしょッ？ ブラドさんにも、死刑なんて絶対に間違ってるって言った」

風が吹き抜けるように、「すっ、すっ、すっ」という音が届いた。

Qが笑っている。

「お前は嘘《うそ》が下手だな。全部、言ってしまっているぞ」

あ――。完全に言葉を失い、私はその場に棒立ちになる。

「弓子――、お前は誰よりもやさしくて、気高い吸血鬼だ」

もう、ダメだった。

こらえていたものがプツリと切れて、次から次へ涙が落ちてくる。

「ごめんなさい……、ごめんなさい」

何に謝っているのか、自分でもわからないまま、あごのふちに続々と垂れてくる涙を、手のひらで拭った。

泣いてちゃ、ダメだ。一秒だって、もったいない。

そんな暇があるなら、最後の瞬間までQと話せ。

「ひとつだけ――、訊《き》いていい？」

「何だ」

「あなたが私に教えてくれた話を覚えてる？　吸血鬼の少女が町の人間に撃たれてしまう、とても悲しい話」

少しの間を空けて「覚えている」という声が聞こえた。

「あの話さ、ちょっと変だよね」

涙声のまま、私は少しだけ笑った。

「彼女が酒屋の息子に好意を持ったことになってるけど、そこのところは本当はわからないわけじゃん。だって、ブラドから聞いたけど、あの話に出てくる酒屋の息子が、むかしのあなたなんでしょ？　あなたは吸血鬼になってから、彼女に会ったの？」

「会って、いない」

かすかに揺れる、低い声が聞こえた。

「じゃあ、あの女の子が、酒屋の息子をどう思っていたかなんて、わからないはず。でも、あなたはなぜか、女の子が酒屋の息子にちょっぴり好意を持ってるというストーリーに変えて話してくれた。そこがおもしろくって。あなた、そういうタイプじゃなさそうなのに、どうしてだろう、って思って」

目尻《めじり》に手のひらを押しつけてから向き直ったら、白い世界を背景にして、目の錯覚だろうか、Qがかすかに震えているように見えた。

「俺の――、唯一の、夢だった」

「夢？」

「俺が生きている世界には誰もいない。この暗闇のなかで、俺はずっとひとりで生きてきた。俺がお前に語った――、あれは俺に残された、最後の楽しい時間の記憶だ。もう、俺が知る人間は、誰もこの世界に生きていない。父も、母も、家族も、友人も、はるかむかしに死んでしまった。でも、あの子はひょっとしたら、今も生きているかもしれない。そうだな、お前が言うとおり、笑ってしまうような、くだらなくて馬鹿げた夢だ。でも、俺が唯一、希望に触れられる記憶なんだ。あの記憶に触れるときだけ、誰かが自分のそばにいるように感じる」

目の前の黒いトゲだらけの物体が、みるみる視認できなくなっていく。

嗚咽《おえつ》しそうになるのを堪《こら》えながら、私は一歩、踏みだした。

その拍子に砂時計を蹴《け》ってしまったが、そのまま放って、また一歩、Qに近づいた。

一メートルの距離まで詰めても、Qはその場に留まっている。私をストーカーしていたときのように、磁石が弾《はじ》き合うみたいに離れることはない。

「Q——、あなたは、誰かに触れられたことって、ある？」

「待て、何のつもりだ」

今の位置だと、私の顔の正面にトゲが来てしまう。

「少しだけ、浮いている場所を下げられる？」

返事がないので、Qの丸いフォルムを囲むように両手を伸ばした途端、

「やめろッ、何をしている」

という鋭い声が頭の内側で撥《は》ねた。

それを無視して、腕で輪っかを作り、そのままトゲに近づけた。

触れた瞬間、激痛に襲われた。

「痛《ツ》ッ」

マントから突き出した長袖《そで》の制服の生地越しであっても、トゲをわずかに押しつけただけで、焼けるような痛みが腕全体に走った。

それでも、歯を食いしばり、輪っかにした腕で押さえつけるようにQに触れると、その黒い球体はほとんど抵抗なく、下方向に移動してくれた。

いったん、Qから腕を離す。制服の生地には何の変化もなくても、激しい痛みと痺《しび》れが腕に残っていた。

「離れるんだ」

はっきりと狼狽《ろうばい》しているとわかるQの声を聞きながら、私は大きく深呼吸してから、宣言した。

「今から、あなたにもっと、触れる」

これまで聞いたことのない、悲鳴に似た叫び声が頭に響いたが、お構いなしに腕を回して黒い物体を――、どこか、ママのダイエット用のバランスボールを身体の前に抱えこむときのような動きで、腕と胸の間に挟みこんだ。

その瞬間、腕に、胸に、腹に、トゲが触れた場所すべてに強烈な痛みが走った。めまいが襲い、奥歯をめいっぱい嚙みしめても、うめき声が漏れる。

「今すぐ、俺から離れろッ。こんなことをして何になる」

十七歳の誕生日を迎えるまでともに過ごした十日間、Qに触れたことは一度もなかった。

そもそも不気味だし、ぬるりとした質感を保っているし、トゲが見るからに痛そうだし、近づきたいと思うこともなければ、はっきり言って視界に入るのも嫌だった。それに、たとえ近づいても私から離れてしまうし、投げたものも身体《からだ》を素通りしてしまうし、はじめから触れられない仕組みだった――。

「やめろ、弓子ッ」

あの雨の日、崖の下でも同じ言葉で止められた。

でも、結局、私はQの警告を何も聞かないのだ。

「私――、わかった」

すべて問題の根っこにあるのは、このトゲトゲだ。

視線を少し落とすだけで、今にも目に突き刺さりそうな迫力で、中心の黒い球体から生えた無数のトゲが禍々《まがまが》しく向かってくる。

この何百本ものトゲが、かつてブラドの心を覆っていた。

その悲しい姿を、先代に求められるがままに、あろうことか罪人に重ねてしまった。

先代は、ブラドに「力の裏側に解き方がある」と言った。

それから何百年もの間、ブラドは解き方を探し続けてきたという。彼がやったことは大きな過《あやま》ちであるけれども、それを非難する気持ちはすでに私のなかから消え去っていた。

でもさ、ブラド――。

何でこんな簡単な答えに気づかなかったの？

このトゲだらけの姿が、人を近寄らせないためのものならば、近寄ってあげたらいいだけなのに。

それがあなたの心の鎧《よろい》を表していたのなら、それを脱がしてあげたらいいだけなのに。

ただ、そばにいて抱きしめてあげたらいいだけなのに――。

激しい痺れのせいで、腕の感覚が遠くなっていく。両手の指を互いに絡《から》め、決して離れないようにしてから、思いきり身体をQに押しつけた。

触れた部分すべてにトゲが食いこんでくる。声は出さないと決めていたのに、どれだけ我慢しても、言葉にならぬ悲鳴が漏れ出てしまう。

「オイッ、聞いているのか。離れろ、俺から離れてくれッ」

何度「弓子」と名前を叫ばれても、私は耳を貸さなかった。いや、呼ばれるほどに両腕に力をこめて、Qの身体をもっと抱きしめた。

「Q！」

髪がいっせいに逆立ち、こめかみに浮き上がった血管が大きくうねる。

「うあああああああッ」

気がついたときには、叫びながら牙を解放していた。

ドクンと心臓が脈打つ。

トゲが制服の生地を貫き、肉に直接食いこんでくる。

「やめろ、弓子。お願いだ、やめてくれッ」

全身を焼きつくすような痛みに聴覚が消え去った。Qの声も、自分の叫びすらも、何も聞こえない。身体じゅうの骨がぎりぎりと軋《きし》み、視覚までもがチカチカと点滅を始める。Qのトゲが針状の切っ先となって肉を貫く痛みが、無音の爆発の連鎖を引き起こし、本当に身体が砕け散りそうだ。もしも牙を出していなければ、耐えきれずとっくに失神していただろう。

見下ろすと、制服の生地に無数の黒いトゲが深々と刺さっている。でも、なぜか血は出ていない。

いや、たった一点、心臓の位置あたりに赤い染みができていた。

それは少年の姿をした刺客《しかく》に操られ、自らナイフの先端をわずかに突き刺してしまった場所だった。

その赤い染みからトゲの表面を、ナメクジが移動するかのように、ゆっくりと伝っていくものが見えた。

血だ。

瞬きしたら、そこで気を失ってしまいそうで、必死でまぶたを持ち上げ続ける。

朦朧《もうろう》とする意識のなかで、遠近感が失われてしまったのか、その部分だけ異様に拡大され、視界に映し出された。

一本のトゲを伝って流れていく血のスピードは、とても遅い。

これ以上、痛いのムリだって、と心底絶望しつつ、さらに腕に力をこめた。

「がッ」

目の前に赤い閃光《せんこう》が走る。それでもQの身体を己に押しこみ続けたら、まるでヘビが走るように速度を上げ、トゲの表面を血が伝っていった。

私は泣きながら絶叫した。

「Q！　さっさと元の姿に戻りなさいよッ。さっきから、めちゃくちゃ痛いんだから！」

あまりの痛みに、いっそ、このまま潰《つぶ》れてしまえ、というくらい、力の限りQを抱きしめた。

ほとんど消えかけている意識の隙間《すきま》から、私は見届けた。

トゲを伝っていった先、根もとまで流れ着いた血が音もなく黒い球体に触れるのを。

*

熱も、光も、音も、何も感じなかった。

ただ、何かが爆発したことだけはわかった。

下方からの空気が一気に膨らむ衝撃をモロに受けて、身体ごと後ろに吹っ飛ばされた。

しばらく、仰向けで倒れたまま動けなかった。

あごまわりの骨が軋むように痛み、のろのろと口元に手を持っていくと、いつの間にか、牙が引っこんでいた。

あごだけではなく、全身の痛みが好き勝手に暴れだす。それでも、何とか首を持ち上げ、爆発が起きたあたりに視線をさまよわせた。

先ほどまで腕の中にいた黒い影がどこにも見当たらない。

「Q!」

痛みだけではなく、首元まで這《は》い上がってくる強い痺れに顔を歪めながら上体を起こす。

どこからか、かすれた声が聞こえた気がした。

「Q?　いるの?」

左右を見回すが、黒いトゲトゲの物体は見つけられず、ひたすら淡く発光する、白い空間が広がるばかりだ。

視界の隅に何かが引っかかり、反射的に視線を引き戻した。その部分だけ、白い床が盛り上がっている——、ように見える。表面の光り具合も、何だか妙だ。

三秒間、見つめ続け、唐突に理解した。

人だ。

裸の人が背中をこちらに向け、身体を丸めるような体勢で倒れているのだ。

無我夢中で立ち上がった。

まったく力が入らない腕を、ゾンビのように下に垂らしながら、よろよろと近づく。

がっしりとした肩の向こうに頭が見えた。栗色《くりいろ》の髪をした男の人だ。

私の気配を感じたのか、男が上体を起こし、こちらに顔を向けた。大きな耳と、大きな鼻と、大きな口の持ち主だった。おそろしく顔色が悪いせいで、ほりの深さがより際立《きわだ》っている。二十歳、いや、二十五歳くらいだろうか。意思の強そうな眉《まゆ》の下で茶色の瞳《ひとみ》が涙で濡《ぬ》れ、赤く充血していた。

「Q?」

自分の指が動くことが信じられない、と言うように、男は「ほら」と指を曲げて見せた。

声を発しようとしても、上手に息を吐き出せず、すぐに咳《せ》きこんでしまう。

それでも、ぽつりぽつりと単語が連なって血の気のない唇の間からこぼれ出た。

聞き慣れた、あの低く響くQの声そのものだった。それが頭の中ではなく、直接、耳に滑りこんでくる。

ただし、異国の言葉を話しているので、内容はさっぱりわからない。

「ごめん、何を言ってるのか、全然わかんないよ」

笑わなくちゃいけないところなのに、涙が止まらない。

何とか腕を持ち上げて、己の胸元にあるマントの紐《ひも》の結び目を解《ほど》こうとするが、指がちっとも言うことを聞いてくれなかった。

男が大きな目の端に少しだけ笑みを乗せて腕を伸ばし、代わりに結び目を解いてくれた。

ありがとう、といったんマントを脱ぐ。

「ダメだよ。レディの前で、こんな格好じゃ」

それを全裸の身体にかけてあげた。

もしも立ち上がったら、まったく丈が合わないだろうが、座っている男の身体をマントはすっぽりと覆ってくれた。

持ち上げるのも億劫《おっくう》な腕を、男の頭のまわりに回す。それから、できる限りの力で抱きしめた。背中に男の腕が回される感触。最初は躊躇《ちゅうちょ》して、それから力強く抱きしめ返してくれた。ちょっと痛いくらいだったけど、我慢した。

「もう、トゲは刺さらないね」

やわらかな栗色の髪が頬に触れるのを感じながら伝えたら、私の言葉は依然、わかるようで、「すっ、すっ、すっ」という笑い声が聞こえてきた。

身体を離すと、男の真っ赤に腫《は》れた目と視線が合った。

「はじめまして、Q」

「ゼノ」

「え？」

Qはマントの胸に手を当て、もう一度、「ゼノ」とはっきりと告げた。

この人の名前だ。

私に教えてくれているんだ――。

そう気がついたとき、視界が急に暗くなった。

「え、何で？」

意識がすうと落ちていく。

チクショー、時間切れかよ！　と結末を受け入れる気持ちと、何でこのタイミングなのよ！　と腹立たしい気持ちが交錯する私の耳元で、それはブラドからのものだったのか、Qからのものだったのか、それとも二人からのものだったのか、

「ありがとう」

というやさしい声が、意識が途切れる寸前にささやいてくれた気がした。

終章《エピローグ》

やかましく鳴り続ける目覚まし時計のアラームを止め、ベッドからむくりと起き上がった。

あくびをしながら階段を下り、「おはよー」とドアを開けるなり、

「おめでとう、弓子」

とキッチンで朝食の準備をしているママの笑顔に迎えられた。

「あ、そうだった」

冷蔵庫に貼《は》ってあるカレンダーの前で足を止めると、十月二十七日のマスには「弓子　たんじょうび！」とママのクセのある字で書きこまれている。

「今年は何事もなく、無事に誕生日を迎えられてよかった」

テーブルでコーヒーを飲むパパの声に、去年は病院で寝ている間に十七歳になってしまったよなあ、と思い出しながら、冷蔵庫からオレンジジュースのパックを取ってコップに注いだ。

「十八歳の誕生日、おめでとう」

「ありがとう」

パパの向かいの椅子《いす》に座ると、テーブルに封筒が置いてあった。

「何、これ」

「エアメイル。弓子宛《あて》の手紙が入ってる」

「私に？」

赤と青で交互に縁取られた封筒の宛名には、パパの名前がローマ字で書かれていた。

「おー、外国の切手だ」

切手も、その上に押されたスタンプも、見たことのないデザインで何だかオシャレ。裏返してみるが差出人の名前はない。すでに封は開いていて、中をのぞくと折り畳まれた紙が見える。

「読んでいいの？」

「もちろん」

封筒に指を差し入れ、紙をつまみ出す。二つ折りの紙を開くなり、クセの強い、ママ以上に斜めに傾いた書体でびっしり書きこまれた文章が目に飛びこんできた。

「何、これ。英語？」

「クボーからの招待状だよ」

パパが腕を伸ばして、いちばん上の行を指差した。

「ＩＮＶＩＴＡＴＩＯＮ」

そこだけはブロック体表記なので、読み取ることができた。

「私に招待状？　下のほう、何て書いてあるか全然、読めないよ」

「中身はお披露目式の説明だよ。これまでは、その年にハタチになった世界中の若い吸血鬼をクボーに集めていたけど、その対象が十八歳に引き下げられた、って書いてある」

ふえ？　パパってこんな強烈な筆記体でも読めちゃうの？　と驚きつつ、文中に「18」や「20」の数字を確かに発見する。

「今年、私のお披露目式があるってこと？」

「うん、十二月に」

「え？　十二月って、もうすぐじゃん。ちょっと待って。心の準備が整わない」

「誕生日に合わせて、送られてきた知らせだからね。そこは仕方がないよ」

「私、クボーに行くんだよね？　てことは、そこにはロージュの人たちがいて、みんな『原・吸血鬼《オリジナル》』なわけだよね？　これまで会ったことないし、怖いよ」

「大丈夫、取って食われるわけじゃないから」

「大老さんに、会えるかな」

「僕のときは、不在だったなあ。公務？　って言うのかな。世界じゅうを飛び回って、とにかく忙しいらしいよ」

「ママは？　大老さんを見た？」

「私のときは、大老の代わりに執事長とかいう人が、何語かわからない言葉で短くあいさつした気がするけど……、あまり、覚えていないのよね」

フライパンのベーコンをひっくり返しながら、ママは関心なさそうに答えた。

「大老さん、レアキャラだね。一度くらい、会ってみたいな。どんな人なんだろう」

やっぱり、大老というくらいだし、よぼよぼのおじいちゃんなのだろうか、と想像しつつ、封筒に招待状を戻そうとしたとき、

「クボーってどうやって行くの？」

という非常にシンプルな疑問に思い至った。

「当日に、迎えが来るんだ。その人が弓子をクボーまで送り届けてくれる。ほら、招待状の最後にサインしている人が、エスコート役だよ」

これを書いた人ってこと？　ともう一度、招待状を眺めたが、最後に記されたサインは本文以上に線が躍っていて、解読する気にもなれず、折り畳んで封筒に戻してしまった。

「そうだ、弓子。マント知らない？」

唐突な質問とともに、ママが朝食のプレートをテーブルに置いた。

「マント？　何で？」

「その封筒、昨日届いたの。私たち宛の手紙も入っていて、式には正装で参加なので準備しておくように、って書いてあったから、ひさしぶりにクローゼットであなたのマントをチェックしたら、これがないのよね」

「え、どうして？」

「去年はあなたのマント、一度も使わなかったでしょ。だから、全然気づかなくて。この前、ごっそり古着をゴミに出したときに、まぎれちゃったのかも。あなたのお古のほうのマントも見つからないし、ひょっとしたらいっしょに……」

「えー、もったいない。古いほうはいいけど、おニューのやつは、まだ三回くらいしか着てないよ」

「もしも、見つからなかったら、そのときはママのマントを着たらいいさ。クボーではみんな、目のまわりをマスクで覆《おお》うから、そもそも誰が誰だかわからないしね」

　パパの言葉に、いったい、クボーってどんなところ？　ゴージャスな宮殿みたいだとパパは言っていた気がするけど、洋風なお化け屋敷のイメージに近い？　などと想像しつつ、「いただきまっす」とトーストに齧《かじ》りついた。

＊

会社に向かうパパの車をママと並んで見送ってから、自転車にまたがった。

「ねえ、さっきの話。私のマントだけどさ」

「ゴメンね。もう少し探してみるから」

眉《まゆ》を八の字にしながら、自転車の前カゴに突っこんだカバンの位置を正すママに、

「どこかに置いてきたかもしれない」

と先ほどから心に引っかかっていることを告げた。

「置いてきた？　マントを？」

「なぜか、そんな気が……、するんだよね。でも、どこに置いたかは思い出せないんだ」

「あなたがあのマントを最後に着たのは二年前でしょ？　丘山さんのところでハロウインパーティーをしたときだから。置き忘れたなら、連絡が来たはずよ」

「そっか……、だよね」

「まだ、式は先のことだから」

「うん、行ってきます」

　行ってらっしゃい、というママの声を背中に受けながら、家の前から続くゆるやかな坂道のカーブを抜けて、一本道を自転車で快調に飛ばす。

　週末は、話題に上ったばかりの丘山さんのピザ屋で誕生日会の予定だ。デザートに出てくる、リンゴと蜂蜜《はちみつ》のピザがたまんないんだよなー、とその美味を思い出していると、前方で停止している一台の自転車に気がついた。

　田んぼの間を一直線に突っ切る側道入口に自転車を停め、車輪をのぞきこんでいる背中が見える。

「どしたー、大丈夫？」

　とブレーキをかけて気軽に声をかけたのは、キャップをかぶり、しゃがみこむ小柄な後ろ姿から、てっきり子どもだと思ったからである。

　しかし、すっと立ち上がり振り返った顔を見て、

「あ、ごめんなさい」

と慌《あわ》てて謝った。なぜなら、相手は完全な大人だったからだ。

「パンクですか？」

　ずいぶんと顔色の悪い男の人で、キャップの下からまぶしげな眼差《まなざ》しでこちらを見

上げている。とても背が低く、百五十センチに満たないくらいだ。痩《や》せた体型にキャップとジャンパーとジーンズという取り合わせのせいで、子どもと見間違えてしまった。自転車もよく見ると、大人用のおしゃれな折り畳み自転車である。

目が合うなり、男の人は眉間《みけん》にしわを寄せ、急にうつむいてしまった。

「そういうことか……。フンッ、連中のやりそうなこった」

「え？」

「いや、何でもない。このへんで落としものをしたから、探していたんだ」

「あ、探しましょうか？」

「見つけたから、もういい」

男の人は妙にぶっきらぼうな口調で告げると、折り畳み自転車にまたがった。そのまま私に背を向け、側道を漕《こ》いでいく姿を、腑《ふ》に落ちない気分で見送っていると、くるりと男が振り返った。

「お前を迎えにくるヤツに言っとけ。お前が探している相手は生きてるぞ、って」

「はい？」

「女だよ。まだ生きてる」

「え、誰が？」

「まったく、お前は相変わらずの馬鹿面《ばかづら》だな」

舌打ちすると、それきり背中を向け、あっという間に男は遠ざかっていく。

しばし呆然《ぼうぜん》としたのち、何、今の？　全速力で追いかけて蹴《け》りを入れてやろうか、と怒りが湧《わ》き上がってきたが、もちろん、そんなことできるはずもなく、すっかり小さくなった男の後ろ姿に向かって、「いきなりパンクして、用水路に突っこんじゃえ、バーカ」と散々に呪《のろ》ってから、自転車を発進させた。

合流地点ではすでにヨッちゃんが待機中で、朝からひどいのに出会ってしまった、変質者だよ、と訴えようとしたら、

「弓子、誕生日おめでとー！」

と満面の笑みとともにウインクされた。そうだ、こんなめでたい日にしょうもない話はやめておこう、と私も「ありがとう」とハンドルのベルをちりりんと鳴らして応《こた》える。

県道沿いの道を自転車を並べて進みながら、やけに隣でニヤニヤしているので、

「どうしたの」と訊《たず》ねると、

「また、当たっちゃった」

とヨッちゃんは誇らしげに鼻の穴を膨らませた。

「当たった？」

「清子様の占い。今月のスーパー・スペシャル枠をゲットです」

思わず「えー？」という声が漏れたのは、去年、ヨッちゃん曰《いわ》く「超高倍率」をくぐり抜け、清子様なるカリスマ占い師の新規占い枠を見事ゲットしたにもかかわらず、肝心のご託宣がまったくかすりもしなかったからだ。

「何だったっけ？　去年のお言葉」

「明日、人生でこれまで経験したことのない出来事が起きる――、だね」

「起きたんだっけ？」

「超ドキドキしながら、次の日に宮藤くんとハンバーガー屋に行ったら、臨時休業だった。そのまま駅に戻って解散。あれにはビックリした。でも、あんなにハンバーガー屋に夢を抱いて向かったのは人生ではじめてだったから、『これまで経験したことのない出来事』と言えなくもない」

相づちを打つに打てないこちらの気配を素早く察知したか、

「取りあえず毎月、応募はしていたんだ。何せ、スーパー・スペシャル枠はご新規さん限定で無料で占ってもらえるから。二千倍を超える倍率なんだよ。たった一名だけの超狭き門だから。まさか当たるとは思わないいじゃない」

と取り繕うようにヨッちゃんは口笛を吹いた。

「でも、ご新規さんじゃないよね？」

「違う名前でエントリーしたら、当たってしまったんだな、これが」

「そんなデタラメなデータで占ってもらえるわけ？」

「デタラメじゃないよ。ちゃんと弓子の名前を使ったもん」

うえぇ？　とつい裏返った声を上げてしまい、前方を歩く同じ学校の男子たちが
「何だ？」という顔で振り向いた。

「聞きたい？　占いの結果」

「もう知ってるの？」

「弓子の名前と生年月日を伝えたら、すぐに教えてくれた」

「三分で？」

「よく覚えてるね、弓子。今回は何と一分だった。清子様の文字打ちの速さ、マジ半《はん》端《ぱ》ない」

それ、ＡＩか何かで自動生成した文章じゃないの？　という疑いの念を口にするのは、熱心な信者の前では、もはや野暮というものである。

「十二月に大きな再会と、ふたたびの大冒険が待っている」

「はい？」

「だから、弓子の占い」

「ヨッちゃんのことじゃなくて？」

「私は大きな再会とか、大冒険とか、全然心当たりないもの」

「私もまったくピンとこないよ」

ヨッちゃんは「ふむ」といったん言葉を収めたが、

「清子様が二回連続で外すことはないと思うんだ。きっと何かあるよ。だいたい一回目のときも、私が覚えていないだけで、何かとんでもない経験をしているのかもしれない」

といっこうに信仰心を捨てきれぬ様子である。

とにもかくにも、ヨッちゃんは相変わらずのヨッちゃんだ。おかげでついさっき出会った変質者のことも、「ま、いっか」と流し去る気分に自然と誘導してもらえて、やっぱり大好きだぜ、ヨッちゃん。

「そうだ、弓子」

前方に校門が見えてきたあたりで、急に甲高い声が聞こえてきた。

「去年の誕生日プレゼントに、冗談で吸血鬼のマスクをあげたでしょ？　ひさしぶりに思い出して、私の大仏マスクはいずこへ？　と部屋を探したら、なぜかマスクの中にこれが入ってた」

ヨッちゃんは自転車の前カゴに手を伸ばし、そこに突っこんだカバンのポケットから、何やら取り出し、「ホイ」と私に向かって差し出した。

自転車を漕ぎながら受け取るなり、「あ」と思わず声が出た。

「これ、ママのサシェだ」

「やっぱり、弓子のだよね？」

「ママからもらって、すぐになくしちゃったんだよ。え、何でヨッちゃんが？」

「わかんない。大仏マスクの中に入ってた。間違って、私のカバンに紛れちゃったのかな」

予期せぬ帰還に驚きつつ、手のひらにすっぽりと収まる、かわいらしい刺繍《ししゅう》が施された小さな袋を鼻に近づける。ぎゅっと鼻に押しつけると、ほんの少しだけハーブの匂《にお》いを嗅《か》ぎ取ることができた。

その瞬間、誰かの声がまるで耳元でささやくように立ち昇ってきた。

招待状の最後に記されたクセのある書体のサインがなぜか思い浮かび、それが突然ひとつひとつのアルファベットに分解され、

「ZENO」の四文字となって頭に並んだ。

でも、何でだろう？　アルファベットが浮かぶ前に、男の人の声で「ゼノ」と答えを告げられた気がする——。

それはつまり、十二月のお披露目式に「ゼノ」という名前の人がエスコート役として、我が家にやってくるってことだ。どんな人なのかな？　その人も「原・吸血鬼《オリジナル》」？

と想像の翼が広がりかけたが、

「ゴータ！　はすっち！」

と校門の手前で、宮藤豪太と蓮田が並んで歩いているのに気づいたヨッちゃんの弾む声に、あっという間に頭の隅へと追いやられた。

振り返った二人が手を振り、ヨッちゃんが自転車のスピードを上げる。それに合わせ、私もペダルをぐんと踏みこんだ。

「大きな再会と、ふたたびの大冒険」

なぜだろう。真鍮製らしき金属でできた砂時計が急に脳裏に浮かんだ。

それを誰かが引っくり返した。

溜《た》まっていた砂が音もなく流れだすように、すでに何かが始まっている気がした。

この作品は二〇二二年八月新潮社より刊行された。

あの子《こ》とQ《キュー》

新潮文庫　ま－48－3

令和七年四月一日発行

著者　万《ま》城《き》目《め》学《まなぶ》

発行者　佐藤隆信

発行所　株式会社　新潮社

郵便番号　一六二―八七一一
東京都新宿区矢来町七一
電話　編集部(〇三)三二六六―五四四〇
　　　読者係(〇三)三二六六―五一一一
https://www.shinchosha.co.jp

価格はカバーに表示してあります。

乱丁・落丁本は、ご面倒ですが小社読者係宛ご送付ください。送料小社負担にてお取替えいたします。

印刷・錦明印刷株式会社　製本・錦明印刷株式会社

ISBN978-4-10-120663-9 C0193